Gabriel Martínez
Blutspur auf dem Jakobsweg

Das Buch

Die französische Gendarmerie ermittelt nach einem grausamen Mord in Saint-Jean-Pied-de-Port in Frankreich. Bereits einen Tag später ereignet sich ein ähnlicher Mord in einer Herberge in Roncesvalles, Spanien. Treibt ein Serienmörder sein Unwesen auf dem Jakobsweg? Der spanische Kriminalkommissar Roncal setzt alles daran, weitere Morde zu verhindern und den Täter dingfest zu machen.

Der Autor

Gabriel Martínez wurde 1952 in Rafal in der spanischen Provinz Alicante geboren. Als nimmermüder Reisender fühlt er sich immer wieder zu den Mysterien der alten Kulturen hingezogen. Aus diesem Grund ist er bereits mehrmals in Ägypten auf Spurensuche gegangen und hat außerdem Marokko, die Türkei, Griechenland, Großbritannien, Deutschland, Frankreich, Irland, Portugal, die Niederlande, Dänemark, Schweden, Polen, die USA, Mexiko, Kuba, Bolivien, Chile und die Osterinsel, Peru und Kolumbien bereist.

GABRIEL MARTINEZ

Blutspur auf dem Jakobsweg

THRILLER

Aus dem Spanischen
von Sarah Schmidt

Die Originalausgabe erschien 2012 unter dem Titel
»El asesino de la Vía Láctea« im Selbstverlag.

Deutsche Veröffentlichung bei
AmazonCrossing, Amazon Media EU S.à r.l.
5 Rue Plaetis, L-2338, Luxembourg
Februar 2016
Copyright © der Originalausgabe 2012
By Gabriel Martínez
All rights reserved.
Copyright © der deutschsprachigen Ausgabe 2016
By Sarah Schmidt

Umschlaggestaltung: semper smile, München, www.sempersmile.de
Umschlagmotiv: © Bernard Jaubert / Getty Images;
© leedsn / Shutterstock; © slavapolo / Shutterstock;
© Pictureguy / Shutterstock; © bonzodog / Shutterstock
Lektorat: Ute Köhler
Korrektorat und Satz:
Verlag Lutz Garnies, Haar bei München
www.vlg.de
Printed in Germany
By Amazon Distribution GmbH
Amazonstraße 1
04347 Leipzig, Germany

ISBN 978-1-503-93314-9

www.amazon.com/crossing

Prolog

Es war schon dunkel, als er den Mann vorübergehen sah. Das Foto in seiner Jackentasche benötigte er nicht. Obwohl sich dessen Gesichtszüge im Vergleich zu den letzten zehn Jahren sehr verändert hatten – er wusste allerdings nicht genau, was –, erkannte er ihn sofort. Die übrige Erscheinung des Mannes aber war genauso, wie er ihn in Erinnerung hatte: das Haar sorgfältig kurz gehalten und ein sehr akkurater Seitenscheitel, der ihm bereits damals aufgefallen war, als er ihn kennengelernt hatte, und der ihm dieses so typische makellose Aussehen verlieh. Eine etwas jüngere Frau begleitete den Mann, und diese Tatsache gefiel ihm ganz und gar nicht, denn die Anweisung, allein zu kommen, war unmissverständlich gewesen.

Stundenlang hatte er im Restaurant *Oillarburu*, das an der Straße zur Kirche lag, wie ein hungriger Wolf auf das Auftauchen seiner Beute gewartet. Beim Kellner zahlte er die vielen Kaffees, die er getrunken hatte, und eilte hastig nach draußen. Durch die antiken Gässchen im Zentrum des Dorfes – hier war der Jakobsweg allgegenwärtig – folgte er dem Paar. Er beobachtete sie, während sie in einem kleinen Restaurant zu Abend aßen. Plötzlich, er hatte kurz nicht auf seine Deckung geachtet, entdeckte der Verfolgte, dass jenseits des Fensters ein starrer Blick auf ihn gerichtet war.

Er trat drei Schritte zurück und verschmolz mit den

Schatten der Nacht. Die erste Reaktion des Opfers war Überraschung, dann Unruhe. Ohne den Blick vom Fenster abzuwenden, zog er die Augenbrauen hoch und sagte etwas, dessen Inhalt der Jäger nicht von seinen Lippen lesen konnte. Daraufhin drehte sich die Frau, die mit dem Rücken zum Fenster saß, um und schaute mit leeren und ziellosen Augen ebenfalls in die Nacht hinaus. Als ihr Partner jedoch plötzlich sorglos abwinkte, konzentrierten sie sich erneut auf ihre Tapas und nahmen das Gespräch wieder auf. Das Opfer sah nicht noch einmal nach draußen. Trotzdem war sich der Jäger, der den Mann weiterhin beobachtete, sicher, dass dieser nervös geworden war, als er ihn erblickt hatte – wie ein kurzer Anflug des Zweifels, der durch die Gedanken des Opfers strich.

Er folgte den beiden durch die Nacht bis zur Herberge *L'Esprit de l'Étoile*, und obwohl eiskalter Raureif das Pflaster der Straße wie eine dünne Schicht Eis bedeckte, blieb er an der Ecke stehen. Er trotzte der Kälte und hatte den Jackenkragen hochgeschlagen, da sich seine Ohren bereits anfühlten, als könnten sie beim kleinsten Hauch wie Glas zerspringen, während seine Hände trotz der Wollhandschuhe taub wurden. So wartete er fast regungslos bis kurz nach elf, um sicherzugehen, dass sein Opfer die Herberge nicht mehr verließ.

Während des Wartens stellte er fest, dass die Herberge nicht abgeschlossen worden war und er sie jederzeit betreten könnte. Sein Entschluss stand fest: Sobald er sicher wäre, dass alle schliefen, würde er hineingehen.

Die Kirchturmuhr schlug eins, als er lautlos in die Herberge schlich. Mit seiner rechten Hand strich er über das kalte Metall des Messers in seiner Jacke. Aber ein paar Stricknadeln, die auf dem Eingangstresen lagen, brachten ihn auf eine Idee. Er zog sich einen Handschuh aus, und mit festem Griff nahm er die Nadeln an sich. Beim Anfassen überprüfte er, ob sie aus Stahl waren. Anschließend steckte er sie in die Innentasche seiner Jacke und machte sich im Licht einer kleinen Taschenlampe auf die Suche nach seinem Opfer.

Im zweiten Zimmer, das er betrat, fand er ihn. Er schlief im oberen Teil des Stockbetts, während seine Begleiterin im unteren lag. Rasch schaltete er die Taschenlampe aus, um den Mann nicht durch das Licht zu wecken, und näherte sich dessen Kopf, bis er den ruhigen und rhythmischen Atem des Mannes vernahm. Um sicherzugehen, nicht den Falschen zu treffen, musterte er eingehend das Gesicht. Dann handelte er blitzschnell und gezielt: Er fasste die Stricknadel fest in einer Hand, berechnete, wo das Herz des Opfers im Schlafsack schlug, und stach kraftvoll zu. Gleichzeitig drückte er die handschuhlose Hand auf dessen Mund, um jedes verdächtige Geräusch zu unterbinden. Das Opfer stieß einen erstickten Laut aus, der eher vom Schrecken als vom akuten Schmerz herrührte, und versuchte vergeblich, Arme und Beine im Schlafsack zu bewegen. In weniger als dreißig Sekunden hörte der Mann auf zu atmen. Daraufhin zog er den Handschuh aus seiner Jackentasche, reinigte gewissenhaft die Nadel von Fingerabdrücken und dem Schweiß seiner Hand. Dann trat er einen Schritt zurück.

Die Frau schlief seelenruhig im unteren Bett. Plötzlich überkam ihn der Gedanke, dass dieser Dummkopf ihr das Geheimnis, das sie verband, verraten haben könnte. Auf keinen Fall wollte er dieses Risiko eingehen.

Aus dem Inneren seiner Jacke holte er die andere Stricknadel hervor, ging in die Hocke und leuchtete mit der Taschenlampe auf den Schlafsack, um abmessen zu können, wo er zustoßen müsste. Aber gerade als er zuschlagen wollte, geschah etwas, was das Leben der Frau retten sollte: Das Geräusch einer Bettfeder ließ ihn innehalten. Er sah in die Richtung, aus der der Laut gekommen war, und entdeckte jemanden, der zwei Betten weiter leicht den Kopf hob und ihn ansah. Schnell sprang er hoch, schaltete die Lampe aus und steckte die Stricknadel zurück in seine Jacke. Er schlich in Richtung Tür, wie ein weiterer Pilger, der nächtens auf dem Weg zur Toilette war, und versuchte, keine Aufmerksamkeit zu erregen.

Genauso, wie er hineingekommen war, verließ er die Herberge auch wieder und flüchtete zu seinem Auto, das er am Fluss abgestellt hatte. Besorgt überlegte er sich, was die namenlose junge Frau, die er zu seinem Bedauern hatte schlafen lassen müssen, wissen könnte. Bestimmt würde ihr Name in der Zeitung erscheinen, beruhigte er sich, und wenn sie vielleicht die Verlobte oder Freundin des Opfers war, dann würde er auf jeden Fall später Gelegenheit haben, sie zu finden. Er schaute auf seine Uhr. Es war schon fast zwei Uhr nachts, und er hatte noch zwei Stunden Fahrt nach Pamplona vor sich, bevor er dort schlafen könnte.

20. März
Roncesvalles (Spanien)

Die Erinnerung an letzte Nacht in Saint-Jean-Pied-de-Port ließ ihn keinen Schlaf finden, bis schließlich die Sonne ihre Fühler durch die Jalousie streckte. Dann lösten sich die Bilder, die ihm wie Szenen aus einem Film vorkamen, den er nicht verstand, langsam in seinem Kopf auf. Auch die Worte, die aufgrund ständiger Wiederholungen ihre eigentliche Bedeutung verloren, verschwanden.

Gegen Mittag, als die Reinigungskraft des Hotels sein Zimmer betrat, in dem Glauben, es wäre leer, wachte er auf. Ihm schmerzte der Kopf, und er hatte eine trockene Kehle, als ob er gestern einen über den Durst getrunken hätte. Aber für gewöhnlich trank er nicht; noch weniger unter Umständen wie diesen, wenn er seine fünf Sinne beisammen haben musste. Die Kopfschmerzen mussten vom Hunger kommen.

Gestern hatte er Pamplona im Morgengrauen erreicht. Nachdem er das Auto in einer Straße im Zentrum geparkt und den Weg zu seinem Hotel zu Fuß zurückgelegt hatte, fiel ihm auf, wie unglaublich hungrig er war... so hungrig. Zu dieser Uhrzeit, das war ihm klar, war nichts mehr geöffnet, wo man etwas Essbares hätte kaufen können. Lediglich in der Minibar seines Zimmers hatte er ein paar Tütchen Erdnüsse gefunden, die er auf einmal runtergeschluckt hatte, um den stechenden Hungerschmerz in seiner Magengegend zu beruhigen.

Im Spiegel des Badezimmers schaute er sich an. Dabei strich er über sein stoppeliges Gesicht und fühlte sich plötzlich seltsam schmutzig, als ob eine stinkende dicke Dreckschicht seinen Körper bedeckte. Er müsste sich dringend rasieren. Rasch zog er sich aus und stellte sich unter die Dusche. Minutenlang ließ er das warme Wasser über seinen Körper laufen. Danach rasierte er sich, zog sich an und ging auf der Straße direkt ins Café Iruña, das er bei jedem Besuch in Pamplona aufsuchte, um etwas zu essen.

Es war bereits fortgeschrittener Nachmittag, als er sich in seinem Auto auf den Weg in Richtung Esteribar machte. Es war das dritte Mal in vierundzwanzig Stunden, dass er diesen Weg nahm. Das erste Mal, als er vorgestern nach Saint-Jean-Pied-de-Port aufgebrochen war, und das zweite Mal, als er heute Morgen von dort zurückgekehrt war. Kurz vor der Ankunft hielt er an einer Lichtung am Straßenrand und zog aus einer Schachtel, die er im Handschuhfach aufbewahrte, einen dicken Schnurrbart. Er hatte ihn zusammen mit Schminke und einer Perücke vor ein paar Wochen in einem Geschäft für Theaterartikel in Madrid gekauft.

Als er Roncesvalles erreichte, parkte er an einem abgelegenen Platz, sodass er, wenn morgen die Zeit gekommen wäre, ohne großes Aufheben verschwinden könnte.

Von dort ging er direkt zur Herberge. Nachdem er sich mit

seinem Pilgerausweis eingeschrieben hatte, bezog er ein unteres Bett im hinteren Teil des großen Saals. Anschließend verließ er die Herberge und setzte sich in der Nähe an einen der Tische vor der Bar. Dort blieb er und trank einen Kaffee nach dem anderen. Diese Nacht musste er so lange wach bleiben, bis er ihn gegen neunzehn Uhr aus dem Bus von Pamplona steigen sah.

Anfangs zweifelte er fast daran, ob er es wirklich war. Er hatte ordentlich zugelegt und kaum mehr Haare auf dem Kopf. Aber es beruhigte ihn, dass wenigstens er, obwohl er eigentlich auch alle anderen darum gebeten hatte, tatsächlich allein kam.

Aus angemessenem Abstand beobachtete er ihn, bis er wusste, wo sich dessen Bett befand. Diese Herberge war um einiges größer als die in Saint-Jean, und es war nahezu unmöglich, eine bestimmte Person unter den Schlafenden auszumachen.

Der Mann schaute sich nach allen Seiten um, suchte nach einem bekannten Gesicht, und er war versucht, sich ihm zu zeigen, auf ihn zuzugehen und mit ihm über die Angelegenheit, wegen welcher sie hier waren, zu sprechen. Aber das wäre nicht besonders klug, sagte er sich, denn der andere wurde nicht herberufen, um über eine wichtige Angelegenheit zu reden, so wie er es ihn glauben machen wollte, sondern um das Ritual zu vollziehen, das ihm bestimmt war.

In den Stunden, die vergingen, bis um zweiundzwanzig Uhr die Türen verschlossen wurden, studierte er genauestens die Bewegungen, Blicke und Gesten seines Opfers. Eiskalt wie ein Jäger, der weiß, dass er nur einen einzigen Versuch hat, seine Beute zu erlegen, berechnete er, mit wie viel Kraft sie um ihr Leben kämpfen würde.

Er stellte den präparierten Rucksack vor sein Bett, um den Anschein zu erwecken, nur ein weiterer Pilger zu sein. Als das Licht gelöscht wurde, legte er sich ins Bett und versuchte, die

Augen offen zu halten, um sich an die Dunkelheit zu gewöhnen. So lag er da und beobachtete die Schatten, die sich von A nach B bewegten, und hörte auf die Laute, die allmählich weniger wurden, bis das Schnarchen das einzige Geräusch war, das er noch vernehmen konnte. Als er den Moment als gekommen erachtete, schaute er auf seine Armbanduhr, deren fluoreszierende Zeiger ein paar Minuten nach halb zwei anzeigten. Leise stand er auf und hielt die zweite Stricknadel, die er in Saint-Jean gestohlen hatte, fest in seiner rechten Hand. Er suchte das Bett, in dem der andere schlief. Ohne zu zögern, bewegte er schnell und gleichzeitig beide Hände. Die linke, um seinem Opfer den Mund zuzuhalten, und die rechte, um mit aller Gewalt sein Herz zu durchbohren.

Nur eine Minute später kehrte er zu seinem Bett zurück, und genauso leise, wie er sich kurz zuvor erhoben hatte, legte er sich auch wieder hin.

Um Punkt fünf Uhr morgens stand er als einer der Ersten auf. Nur ein paar wenige Schatten huschten durch den großen Saal von Roncesvalles, ins Bad oder vom Bad kommend oder leise ihre Rucksäcke packend. Die ganze Nacht über hatte er kein Auge zugemacht, nicht weil er das Gefühl hatte, etwas Unrechtes getan zu haben, sondern weil ihn die Anspannung, die sich in den vergangenen Stunden in ihm angestaut hatte, wachhielt. Er wollte nur noch raus und zurück, wie jemand, der aus einem Albtraum in die Realität zurückkehrt. Sobald die anderen Frühaufsteher ihre Rucksäcke packten, begann auch er. Seinen hatte er ja schon gestern Abend fertig gemacht, und so zog er sich an, schnürte seine alten Wanderstiefel und ging schnellen Schrittes nach draußen. Es war tiefdunkle Nacht und eiskalt. Er wollte schnellstmöglich zu seinem Auto, um sich zurückzuziehen. Aber als er in den Himmel blickte, wurde seine Aufmerksamkeit von einem wunderbaren Naturschauspiel gefangen genommen: Ein riesiger weißlicher Streifen breitete sich wie ein galaktischer Leuchtturm in Richtung Westen aus: die Milchstraße. Für einige Minuten stand er wie angewurzelt da, schaute fasziniert nach oben und dachte daran, wie unbedeutend er doch war, daran, was für kleine Sandkörner doch die Erde, die Sonne und die anderen Planeten in der unendlichen Weite des Weltalls waren. Wenn doch die Menschen so winzig kleine Partikel in der Galaxie waren, was würden seine Taten da schon für eine Bedeutung haben? Noch viel weniger, nämlich gar keine, dachte er heiter. Er füllte seine Lungen mit der klaren, eiskalten Nachtluft und ging langsam zu seinem Auto.

Kapitel I

Es war fünf Uhr nachmittags, und Klaus Wissermann lief allein über die Plaza del Castillo. Eine schwache, aber angenehme Frühlingssonne tauchte einen Teil des Platzes in ruhiges Licht. Er nahm auf der Terrasse des Café Iruña Platz und bestellte sich ein Bier. Aus seiner Hosentasche zog er einen zerknitterten Reiseführer des Camino del Santiago, auf dem Umschlag war die berühmte Kirche abgebildet. Darüber stand das Wort *Jakobsweg*. Lustlos suchte er die Sehenswürdigkeiten der Stadt Pamplona heraus.

Wissermann war ein hochgewachsener Mann mit weißem Haar und einer sportlichen Figur, obwohl er vergangenen Monat bereits fünfundsechzig Jahre alt geworden war. Sein Blick war traurig und undurchsichtig, möglicherweise, weil die Brillengläser, die er tragen musste, den Glanz seiner Augen verschleierten. Er war kein gesprächiger Mann, das war er noch nie, vielleicht weil er nicht viel zu sagen hatte. Außerdem dachte er, das Leben – sein Leben – sei nicht gerade von Glück gesegnet.

Vor zehn Jahren hatte er damit begonnen, jede Information über den Jakobsweg zu sammeln, die ihm unterkam. Er wollte hinter das Geheimnis kommen, warum jedes Jahr Tausende Junge und nicht mehr so Junge und Gläubige und Nichtgläubige sich auf eine Pilgerreise begaben. Eine Reise, die von der französisch-spanischen Grenze über fast achthundert Kilometer durch Flüsse, Wälder, Felder und Berge ging, bis sie schließlich am äußersten westlichen Zipfel Europas endete. Er wollte vor allem verstehen, was seine Tochter gesucht hatte, als sie so voller Hoffnung und Freude mit nur einem Schlafsack und ein bisschen Wechselkleidung im Rucksack von ihrem elterlichen Zuhause in Hannover aufgebrochen war.

Während vieler Jahre konnte er sich keinen Reim darauf machen. Aber eines Tages fiel ihm ein Buch in die Hände, das von den spirituellen Erlebnissen erzählte, die manche auf dem Camino de Santiago erlebten. Er erinnerte sich an die existenziellen Gedanken Kristins, ihre Fragen über das Leben, ihre Sorgen bezüglich der Zukunft und auch an die Furcht, die in all dem gesteckt hatte. Hatte seine Tochter den Weg angetreten, um Antworten zu finden? In diesem Fall konnte er einfach nicht akzeptieren, dass die einzige Antwort, die sie gefunden hatte, Selbstmord gewesen sein sollte. Aber was war es dann gewesen?

Einige Zeit später fand er in einem anderen Buch die Erklärung, dass im Mittelalter außer den Abenteurern, Prinzen und Heiligen auch noch viele Kriminelle nach Compostela gepilgert waren, um ihre Vergehen zu sühnen.

Der Gedanke, der Jakobsweg sei voll von Abenteuerlustigen, Heiligen und auch voll von Sündern, brachte ihn zu dem Ergebnis, dass er wohl nie eine Antwort auf die Frage erhalten würde, warum Kristin nach Spanien gereist war. Denn sicherlich gab es genauso viele Gründe dafür wie Personen auf dem Jakobsweg. Das Wichtige war ja nicht das Warum, sondern das Wie. Ihm wurde bewusst, dass er sich in ihre Fußstapfen begeben musste, als Hommage an sie. Aber ebenso auch als persönliche Buße.

Zu diesem Zeitpunkt fasste er den Entschluss: Sobald sein Ruhestand gekommen wäre, würde er den Jakobsweg laufen.

In der Zwischenzeit lernte er ein wenig Spanisch und hoffte darauf, neuartige Aromen in der Keksfabrik, wo er als Chemiker arbeitete, zu kreieren.

Alle persönlichen Dinge Kristins hatte er aufgehoben. Nicht wegen einer morbiden Einstellung zum Tod, sondern weil er einfach nicht wusste, was damit tun. Aus einem sentimentalen Grund heraus erschienen sie ihm viel zu wertvoll für den Mülleimer. Dennoch gab es etwas ganz Bestimmtes, was in seiner Erinnerung einen festen Platz eingenommen hatte: den Rucksack mit all ihrem persönlichen Hab und Gut, das sie während der Zeit auf dem Jakobsweg begleitet hatte. Die spanische Polizei hatte ihn ihm übergeben, als er den Leichnam seiner Tochter holte.

Tausende Male war er den Inhalt schon durchgegangen, und Tausende Male hatte er sich gefragt, wer die fünf Männer auf dem Foto neben ihr waren. Das Foto hatte er zwischen den Seiten ihres kleinen Reiseführers über den Jakobsweg gefunden. Jedes Mal, wenn er es betrachtete, konnte er nicht umhin, zu überlegen, ob diese Männer ihm möglicherweise etwas über Kristins letzte Tage erzählen könnten. Warum sie wohl so traurig gewesen war? Vielleicht könnte er so auch herausfinden, warum sie sich so weit weg von zu Hause an einem nebelverhangenen Berg in einem fernen Land wie ein wildes Geschöpf der Natur das Leben genommen hatte.

Doch die Monate vergingen, und langsam setzte sich in seinem Kopf der Gedanke fest, dass seine Tochter ermordet worden sein könnte. Der Beweis, davon war er überzeugt, war in den Zeilen einer Karte zu finden, die sie nicht mehr geschafft hatte abzuschicken:

Lieber Papa, in wenigen Tagen werde ich Compostela erreicht haben, und der Jakobsweg wird damit für mich beendet sein. Aber hier habe ich herausgefunden, dass es noch einen anderen »Weg« gibt, der zwar länger und schwieriger ist als der erste, und wenn man ihn einmal begonnen hat, wird man ihn gehen bis zum Tage seines Ablebens. In Liebe, Kristin.

Die Polizei meinte, in diesen Worten eine Ankündigung gefunden zu haben, aber er war sich da nicht so sicher. Auf der Karte schrieb sie nicht über ihren nahen Tod, sondern von der freudigen Entdeckung eines intensiveren Lebens.

Wer könnte sich Kristins Tod gewünscht haben und danach behaupten, sie hätte Selbstmord begangen? Und warum? Diese Frage ging ihm während der letzten Jahre nicht mehr aus dem Kopf. Aber er konnte sich keinen Reim darauf machen. Wenn er doch nur mit Leuten sprechen könnte, die sie auf dem Jakobsweg kennengelernt hatte… Vielleicht waren die jungen Männer, die lachend an ihrer Seite auf dem Foto zu sehen waren, Freunde von ihr. Sie könnten ihm sagen, ob ihnen in den Tagen vor ihrem Tod etwas Seltsames an ihr aufgefallen war. Möglicherweise war sie an dem Tag auch nicht allein unterwegs gewesen, und einer von ihnen hatte ihren Begleiter gesehen. Er müsste sie ausfindig machen und mit ihnen reden. Das war sein größter Wunsch, obwohl er wusste, es wäre nahezu aussichtslos.

Aber dann, vor ein paar Monaten, geschah etwas, was ihn vor Freude jubeln ließ. In der *Hannoverschen Allgemeinen* las er einen Artikel über den Besuch einer spanischen Gruppe Industrieller auf der *Hannover Messe*. Er glaubte auf dem Bild, obwohl nunmehr schon neun Jahre vergangen waren, einen der jungen Männer vom Foto seiner Tochter wiederzuerkennen. Noch am selben Tag ging er in die Redaktion der Zeitung und fand den Namen des Mannes heraus. Er hieß Alonso, Gerardo Alonso, und übernachtete, wie man ihm sagte, im *Grand Hotel* im Zentrum der Stadt gegenüber dem Bahnhof. Mit dieser Information begab er sich direkt zum Hotel und fragte an der Rezeption nach Herrn Alonso. Er wartete im Flur, und einige Minuten später erschien der junge Mann. Er war nun ein paar

Jahre älter als auf dem Foto, aber hatte noch dasselbe Lächeln. Der junge Mann war überrascht, weil ein Chemiker einer Keksfabrik mit ihm sprechen wollte. Aber noch mehr überraschte ihn, als Klaus Wissermann, nachdem sie sich vorgestellt hatten, ihm ein Foto zeigte, auf dem er neben einer jungen Frau zu sehen war. Nie zuvor hatte er dieses Foto gesehen, die Gruppe jedoch erkannte er sofort. Ohne die Situation zu verstehen, blickte er den Deutschen misstrauisch an.

»Sie war meine Tochter«, erklärte Wissermann, und ohne dass sein Gegenüber etwas erwidern konnte, fuhr er fort: »Die Polizei sagte, Kristin hätte sich umgebracht, aber ich... Sie kannten sie... Sie waren ja wenigstens in den letzten Tagen ihres Lebens mit ihr unterwegs«, sagte er, mit dem Foto wedelnd, »und ich muss von Ihnen wissen, ob es ihr nicht gut ging, ob sie etwas belastete oder ob sie unter etwas litt. Ich muss erfahren, ob es, wie die spanische Polizei behauptet, Selbstmord war oder doch nur ein Unfall.«

»Kristin... ja«, sagte Alonso, der die junge Frau auf dem Foto wiedererkannte. »Leider kann ich Ihnen nicht viel sagen. Ich habe fast nichts mit ihr zu tun gehabt, aber es stimmt schon, in ihrem Blick war etwas, das man nicht so recht erklären konnte... Traurigkeit. Ich weiß auch nicht...«, schloss er kopfschüttelnd. »Seit damals ist so viel Zeit vergangen.«

Wissermann fühlte große Enttäuschung in sich aufsteigen. Endlich hatte er jemanden gefunden, der mit ihr die letzten Tage ihres Lebens verbracht hatte, einen ihrer jungen Bekannten vom Foto. Und nun konnte der Spanier ihm fast nichts sagen, weil er sich kaum mit Kristin unterhalten hatte. Nur an einen Schatten in ihrem Blick hatte er sich sofort erinnert.

»Dann denken Sie also auch, sie hätte Selbstmord begangen?«, fragte der Deutsche.

Gerardo Alonso schaute ihm in die Augen und sah in ihnen all das Leid der über Jahre angestauten Ungewissheit und die Qual so vieler unbeantworteter Fragen und erwiderte: »Die Guardia Civil, die spanische Kriminalpolizei, fand sie in einer sehr schroffen, abschüssigen Gegend ... Sie sagten, es sei Selbstmord gewesen, doch genauso gut habe es ein Unfall gewesen sein können. Wir werden es wohl nie mit Gewissheit sagen können.«

Aber dies hatte nicht im Polizeibericht gestanden, den ihm die spanische Polizei übergeben hatte. In dem Bericht, den er hatte übersetzen lassen, um ihn beim Standesamt vorzulegen, stand ganz klar: ... *laut aller Beweise Selbstmord*. Wenn aber die Möglichkeit eines Unfalls bestanden hatte, warum stand es dann nicht im Bericht?

»Waren Sie an ihrer Seite, als ...«

»Nein«, unterbrach ihn Alonso. »Wir trafen uns öfter mal in den Herbergen, aber an diesen bestimmten Tag ... kann ich mich nicht mehr gut erinnern. Ich weiß nicht mehr genau, wo ich mich an diesem Tag aufhielt. Um ehrlich zu sein, erfuhr ich erst einige Tage später davon, als ein Freund es mir erzählte.«

Gerardo Alonso lächelte dem Deutschen zu, der resigniert das Foto wegsteckte. »Es tut mir leid, dass ich Ihnen nicht weiterhelfen kann.«

Erneut zog Wissermann das Foto aus seiner Tasche und zeigte es ihm noch einmal. »Kennen Sie vielleicht jemanden von dem Foto?«, fragte er. »Vielleicht kann sich ja eine der anderen Personen an etwas erinnern.«

Alonso nahm das Foto und schaute es einige Sekunden lang an. »Reisen Sie nach Spanien?«, fragte er, ohne seinen Blick vom Foto zu heben.

»Ja«, antwortete Wissermann, »ich habe beschlossen, den Jakobsweg nächstes Frühjahr zu gehen. Ich weiß noch genau, mit welcher Freude Kristin sich darauf vorbereitet hatte, und ich glaube, ihr würde es gefallen, wenn ich es auch täte.«

»Ich erinnere mich an deren Gesichter, doch leider nicht

mehr an die Namen und noch weniger daran, wo sie herkamen, tut mir leid. Auf dem Weg lernt man viele Leute kennen, aber mit den wenigsten hält man auch danach noch Kontakt.«

»Na gut«, sagte Wissermann, »ich suche schon so viele Jahre nach ihnen und bin mir sicher, sie früher oder später zu finden. Genau, wie das Schicksal mich zu Ihnen geführt hat, werde ich die anderen auch noch finden.« Er machte eine Pause, und als Alonso ihm das Foto zurückgeben wollte, fragte er: »Wo wurde das Foto denn aufgenommen?«

Gerardo Alonso schaute erneut auf das Foto und dachte ein Weilchen nach. »Ich glaube, das müsste kurz vor der Ankunft in Astorga, in der Provinz León, gewesen sein.«

»Sie starb in der Nähe von León«, flüsterte Wissermann.

»Ja«, bestätigte Alonso, »ich glaube mich zu erinnern, dass es am Berg Irago, in der Nähe von Cruz de Ferro, war.«

»Dann müsste das Foto einige Tage zuvor aufgenommen worden sein, oder?«

»Ja. Ein oder zwei Tage vorher.«

Wissermann steckte das Foto wieder weg, und Alonso fragte: »Und werden Sie trotz alledem nach Spanien reisen?«

»Ja.«

»Warum?«, fragte er. »Nur weil Sie glauben, Kristin hätte es gefallen?«

Wissermann verharrte ein paar Augenblicke nachdenklich, als ob er sich diese Frage noch nie gestellt hätte, und dachte über eine Antwort nach. »Ich bin es ihr einfach schuldig«, sagte er schließlich. »Ich war nicht bei ihr, als sie mich brauchte, und in ihre Fußstapfen zu treten und das zu beenden, was sie begonnen hat, ist meine Art, mich bei ihr zu entschuldigen.«

Klaus Wissermann war ein gebrochener Mann. Auf einen Schlag schien der vor noch ein paar Minuten starke und selbstbewusste Mensch plötzlich um zehn Jahre gealtert.

Gerardo Alonso nahm einen Kugelschreiber und schrieb

etwas auf eine Visitenkarte des Hotels, die auf einem Tischchen neben dem Sofa lagen, auf dem sie saßen.

»Das ist meine E-Mail-Adresse«, sagte er. »Schreiben Sie mir doch, wenn Sie das genaue Datum Ihrer Pilgerreise wissen. Wenn es mir zeitlich möglich ist, würde ich Sie gerne ein paar Etappen begleiten. In Gedenken an Kristin.«

Klaus Wissermann steckte die Karte weg und bedankte sich. »Ich werde Ihnen schreiben, das verspreche ich.«

Zum Abschied hatten sie sich die Hand gegeben, und Gerardo Alonso war langsamen Schrittes zum Aufzug gegangen.

Die Frage des Kellners, ob er noch etwas wünsche, holte Wissermann wieder in die Realität zurück, und er stellte fest, dass es schon dunkelte. Ein Schauer lief ihm über den Rücken, und er bat um die Rechnung.

Auf dem Rückweg zur Herberge traf er zwei Französinnen mittleren Alters, die ihn grüßten wie einen alten Freund. Er hatte sie das erste Mal vor drei Tagen in Saint-Jean-Pied-de-Port gesehen und danach noch einmal ganz kurz in Roncesvalles, doch bisher kein Wort mit ihnen gewechselt. Bestimmt ist es dasselbe Unterfangen, das diese seltsame Nähe unter Unbekannten hervorbringt. Obwohl er erst seit drei Tagen unterwegs war und bisher mit noch niemandem gesprochen hatte, fiel ihm auf, wie sich viele auf dem Weg veränderten und des Öfteren die beste Seite von ihnen zutage trat. Nicht, dass er dachte, es steckte ein Geheimnis oder gar ein Wunder dahinter. Er war sich sicher, dass die Pilger zwar müde waren, aber eben auch frei von Alltagssorgen. Außerdem konnten sie jeden Moment auf die Hilfe der anderen angewiesen sein, was ihm wiederum ein Gefühl der Einsamkeit vermittelte. War es das, worum es ging: seine Gefühle, einen Stück Weg, etwas Essen oder Wasser zu teilen? War dies der *andere Weg*, den Kristin gemeint hatte?

Er dachte wieder an Gerardo Alonso, der in Hannover so nett zu ihm gewesen war. Er fragte sich, wann er zum ersten Mal daran gedacht hatte, dass diese fünf Männer auf dem Foto vielleicht doch nicht so ganz unschuldig sein könnten, wie er anfangs vermutet hatte. Erst schien ihm dieser Gedanke noch ziemlich absurd. Er hatte einen von ihnen kennengelernt, und nichts, weder in dessen Verhalten noch in dessen Worten, hatte den Anschein erweckt, mehr zu wissen, als er zugegeben hatte. Das bedeutete allerdings längst nicht, dass die anderen unschuldig waren. Vor allem hatte Alonso ihm ja erzählt, die Männer hätten sich untereinander vorher nicht gekannt und sich erst auf dem Weg angefreundet. Aber danach seien sie nicht in Kontakt geblieben. Seit diese Gedanken in ihm Gestalt angenommen hatten, betrachtete er immer wieder die Gesichter der fünf Männer: vier junge Männer Anfang zwanzig und ein Fünfter in seinen Vierzigern. Er studierte deren Gesichtszüge aufs Genaueste, analysierte die Züge um die Lippen oder die Kälte in deren Augen. Er überlegte, wer von ihnen der Mörder von Kristin sein könnte, und stellte sich vor, wie er einen nach dem anderen umbrachte, um sicherzugehen, auch den Richtigen erwischt zu haben.

Hin und wieder fühlte er sich schuldig, weil er sich so von seinem Wunsch nach Rache vereinnahmen ließ. Vor allem, da er sich gegen Personen richtete, die wahrscheinlich gar nichts mit dem Tod seiner Tochter zu tun hatten. Tatsächlich konnte er sich ja noch nicht einmal sicher sein, ob es überhaupt einen Schuldigen gab, und vermutlich hatte sie sich, genauso, wie ihm mitgeteilt worden war, selbst das Leben genommen. Aber seine Überzeugung, sie könnte doch ermordet worden sein, und der blinde Wunsch nach Rache wurden von Tag zu Tag größer. Was passierte, wenn man einen Samen in den Boden steckte? Unweigerlich wuchs Tag um Tag daraus eine immer größer werdende Pflanze, vor allem wenn sie auf solch frucht-

baren Boden traf. Das war exakt das, was mit Klaus Wissermann geschah. Obwohl er sich immer wieder vorhielt, wie
absurd dieser Gedanke war, konnte er doch nichts dagegen tun,
dass dieser immer mehr von ihm Besitz nahm.

Als er schließlich in Rente ging und ein Datum für den
Beginn des Jakobswegs gewählt hatte, schrieb er Alonso eine
E-Mail. Er nutzte die Gelegenheit, um ihn zu fragen, welche
Route er für den Start wählen solle. Er hatte gelesen, die Etappe
von Saint-Jean-Pied-de-Port bis Roncesvalles gelte als besonders schwierig, vor allem für einen Mann in seinem Alter. Und
er schrieb ihm auch noch, dass er mithilfe eines Privatdetektivs
nun die Namen und den Aufenthaltsort der anderen Männer
auf dem Foto gefunden habe und diese besuchen werde, sobald
er den Camino de Santiago beendet haben würde.

Alonso antwortete ihm am darauffolgenden Tag: Er freue
sich sehr darüber, dass er die anderen gefunden habe. Er empfahl ihm, in Saint-Jean-Pied-de-Port anzufangen. *Wenn das
Wetter mitspielt, ist die Landschaft der Pyrenäen einfach atembe-
raubend schön, und obwohl es eine schwierige Etappe ist, so kann
sie doch jeder schaffen.* Und er kündigte ihm an, dass, wenn er
möge, er am 8. April bei León zu ihm stoßen werde. Sie könnten gemeinsam bis Ponferrada laufen: *Das sind die Etappen, die
ich damals vor zehn Jahren auch mit Kristin gegangen bin, und
wenn es für Sie in Ordnung ist, würde ich gerne mit Ihnen zusammen an sie denken.*

Sehr gerne, antwortete Wissermann, *am 8. April werde ich
in León sein und in der Herberge auf Sie warten.*

21. März
Undués de Lerda, Zaragoza

Es war sieben Uhr abends, und Natalio Roncal war gerade im Begriff, sich seinen ersten Gin Tonic des Tages zu gönnen, als sein Telefon klingelte. Niemand bis auf seine Kollegen im Präsidium wusste, dass er seine Wochenenden in dem kleinen Haus verbrachte, das er sich in Undués de Lerda gekauft hatte. Es konnte sich also nur um schlechte Neuigkeiten handeln. Für einen kurzen Augenblick dachte er daran, es einfach klingeln zu lassen. Aber schließlich setzte sich sein Pflichtbewusstsein durch, und er nahm ab.

»Ja, bitte?«, sagte er und hoffte, es hätte sich nur jemand verwählt.

»Roncal«, hörte er eine laute Stimme, an der er erkannte, dass es sich um Hauptkommissar Quiñones handelte, »es tut mir leid, Ihr Wochenende stören zu müssen, aber ich brauche Sie hier morgen, so früh wie möglich.«

Hauptkommissar Quiñones war nicht unbedingt ein Mann, der einen wegen Kleinigkeiten behelligte. Oberkommissar Roncal jedenfalls hatte ihn noch nie beunruhigt erlebt – so schlimm die Situation auch gewesen war. Somit musste es sich um etwas wirklich Wichtiges handeln.

»Gibt es Probleme, Herr Hauptkommissar?«, fragte er trotz alledem.

»Nein«, entgegnete dieser zurückhaltend, aber in diesem kurzen Satz steckte etwas Alarmierendes. »Momentan jedenfalls noch nicht«, schloss er.

Natalio Roncal konnte die Sorge in der Stimme von Hauptkommissar Quiñones hören. »Ich werde morgen früh zur Stelle sein.«

»Dann bis morgen, Oberkommissar Roncal.«

»Bis morgen, Herr Hauptkommissar.«

Kommissar Roncal leerte seinen Gin Tonic, den er während des Gesprächs auf dem Tisch hatte stehen lassen, in einem Zug. Nach einem Blick in die Karaffe, in der er sich zuvor seinen Drink zubereitet hatte, sagte er sich, dass er nicht dazu bereit wäre, auch nur einen Tropfen seines Getränks zu verschwenden.

Roncal war ein hochgewachsener, korpulenter Mann mit einem eckigen Kinn und kurz geschorenen Haaren. Seine großen Augen, die jedoch in dem von Mimikfalten gekennzeichneten Gesicht klein erschienen, waren stahlblau. Je nach Gemütszustand konnten sie entweder eiskalt – und das war meist der Fall – oder so sanft himmelblau wie die Augen eines verliebten Teenagers wirken.

Und wie alle alleinstehenden Männer war er sehr ernst. Einige Kollegen behaupteten sogar, sie hätten ihn noch nie lachen sehen, was jedoch nicht hieß, dass er nicht hin und wieder einen scharfen Sinn für Humor an den Tag legen konnte. Im Gesamten verlieh ihm dies ein beeindruckendes, grobes Aussehen, das ihm aber bei seiner Arbeit zugutekam. Vor zwei Monaten war er siebenunddreißig Jahre alt geworden, und er selbst bezeichnete sich als einsamen Wolf.

Obwohl viele Gegenteiliges dachten, war Natalio Roncal kein Frauenhasser.

Nachdem er im Alter von zehn seinen Vater verloren hatte, war er in einem Umfeld aufgewachsen, in dem die Frauen augenscheinlich alles dominierten. Der Tod seines Vaters, ein unbedeutender Anwalt aus Tordesillas, der sich seiner Mittelmäßigkeit bewusst war und sich selbst als einen Versager sah, zerstörte das Glück der Familie. Die Mutter stürzte sich in eine Depression. Er, ein schüchterner und introvertierter Junge, war nicht in der Lage gewesen, sie da herauszuholen.

Sie mussten zur Großmutter ziehen, die mit zwei noch unverheirateten Töchtern, beide älter als seine Mutter, in Valladolid lebte. Durch die ungewohnte Anwesenheit eines Kindes nahmen sie schnell die Rolle des Vaters ein: in zweifacher Ausfertigung in diesem Fall, streng und autoritär. Aber es konnte vorkommen, dass sie ihn nach einer harten Strafe wieder mit Küssen bedeckten, je nach Gemütszustand. Der arme Junge sah sich ohne den schützenden Mantel seiner Mutter verdammt dazu, in diesem weiblichen, mannlosen Universum aufzuwachsen, wo Frustration und Gewalt der Lebensfaden zu sein schien.

Die Kindheit dieses wütenden und introvertierten kleinen Jungen war nicht einfach. Die Damen machten es ihm auch nicht gerade leicht, da ihre bloße Anwesenheit den jungen Natalio Roncal gleichermaßen anzog und abstoß und er dadurch an Worten sparte. Aber all dies änderte sich schlagartig an dem Tag, an dem er Elena kennenlernte.

Er entschloss sich dazu, Polizist zu werden, zu einer Zeit, als alle es eigentlich für beschlossene Sache hielten, dass er seinen Vater zum Vorbild nahm und Anwalt würde. Seine Entscheidung gefiel den Tanten überhaupt nicht, hielten sie den Beruf des Polizisten doch nicht gerade für lukrativ. Aber nichts und niemand konnte ihn von seinem Vorhaben abbringen.

Als er bei einem Festakt für den 12. Oktober, er war gerade im zweiten Semester an der Polizeiakademie, Elena kennenlernte, änderte sich sein Leben für immer. Sie war die Tochter des Kriminaldirektors der Guardia Civil in Valladolid. Noch bevor er überhaupt mit ihr gesprochen hatte, wusste er, dass sie die Frau seines Lebens war. Kurz danach fingen sie an, miteinander auszugehen, und einen Monat, nachdem er zum Kriminalkommissar ernannt worden war, heirateten sie in der Kathedrale von Valladolid. Für einige Jahre lebten sie in León. Es waren die glücklichsten seines Lebens. Es folgten die Beförderung, der Umzug nach Bilbao, und nur wenig später verwandelte sich sein Leben in einen Scherbenhaufen.

Durch seine letzte Beförderung vor drei Jahren war er ins

Kommissariat nach Zaragoza gekommen, einer Zweigstelle von der in Bilbao.

Er wohnte nun in einem winzigen Apartment im vierten Stock des Präsidiums. Er war der einzige Polizist, der dort lebte, da die anderen ihre Familien von der Gefahr, die dieser Beruf mit sich brachte, so weit weg wie möglich wissen wollten. Aber Kommissar Roncal hatte keine Familie, *glücklicherweise*, sagten manche Kollegen. Denn wenn er an einem Fall arbeitete, dann verschrieb er sich diesem mit Haut und Haar. Er kannte keine festen Arbeitszeiten mehr und konnte achtundvierzig Stunden durcharbeiten, ohne überhaupt an Schlaf zu denken und ohne zu essen. Der Gefahr ins Auge zu blicken und die Angst zu überlisten waren Teil seiner Treue zum Beruf, davon war er überzeugt.

Im Kommissariat zu wohnen hatte seine Vor- und Nachteile. Aber für Natalio Roncal, der ganz für seinen Beruf lebte, existierten nur Vorteile. Trotz alledem liebte er es, wann immer er genügend freie Tage zur Verfügung hatte, in irgendein kleines Dorf im Norden zu fahren und für Stunden durch die Berge zu wandern.

So hatte er es jedenfalls gehandhabt, bis er beschlossen hatte, sich ein kleines Häuschen in einem dieser Dörfer zu kaufen und daraus einen Rückzugsort zu machen.

Vor zwei Jahren hatte er sich eines dieser vielen halb verfallenen Häuser in Undués de Lerda gekauft, einem kleinen und rustikalen Dorf, das aus fünfundsechzig Einwohnern bestand und einhundertvierzig Kilometer von Zaragoza und nur einen Steinwurf von Navarra entfernt lag. Er restaurierte es eigenhändig mit dem Elan eines Menschen, der etwas für sich selbst tat. Viele Monate und viele Wochenenden war er damit beschäftigt, zu mauern, zu klempnern und zu tischlern. Nie zuvor hatte er sich jemals handwerklich betätigt, und er stellte fest, dass es ihm wirklich gefiel: zu planen, es auf Papier zu bringen und dann, manchmal auch erst nach mehreren Versuchen, es in die Tat umzusetzen. Es bereitete ihm so viel Freude, die er nur schwer beschreiben konnte.

Hin und wieder hatte er Hilfe von Servando, einem Handwerker durch und durch und Bürgermeister des Dorfes. Dieser war glücklich über einen neuen Einwohner, auch wenn es nur einer fürs Wochenende war. Servando arbeitete als Hausmeister an der nahen Universität von Navarra, und zusammen mit seiner Frau verwaltete er ein Landhaus in der Nähe des Stausees Yesa. Außerdem war er ein ausgezeichneter Kenner der Berge und Täler, die das Dorf umgaben, und schon mehr als einmal trafen sie auf einem der versteckten Pfade aufeinander.

Nachdem das Haus fertig gewesen war, hatte Natalio es spartanisch eingerichtet und es in ein perfektes Refugium umgewandelt.

Er liebte die Ruhe und Abgeschiedenheit der Gegend und die langen Wanderungen in den nahen Bergen um den Stausee Yesa. Er liebte es, sich bis zum Umfallen zu betrinken, entweder mit einem guten Buch in der Hand oder während er darüber nachdachte, wie sein Leben sein könnte, aber nicht war.

An diesem Abend betrank er sich jedoch nicht. Kurz nach elf, mit leerem Magen und einem von den bereits fünf getrunkenen Gin Tonics leicht vernebelten Blick, zog er sich aus und ließ sich auf das Bett fallen, das im einzigen Zimmer des Hauses stand. Bevor er einschlief, erinnerte er sich noch verschwommen daran, dass einige Stunden zuvor der Frühling begonnen hatte.

Kapitel II

Roncal musste einige Minuten auf das Eintreffen von Hauptkommissar Quiñones warten. Die Tür zu dessen Büro war noch verschlossen, aber im Vorraum stand ein gemütliches Ledersofa, auf das er sich setzte, seinen Kopf auf die Lehne legte und die Augen schloss. Er war müde und hatte fürchterliche Kopfschmerzen. Mit Sonnenaufgang war er aufgestanden, um Punkt acht Uhr im Präsidium von Zaragoza zu sein, und hatte noch nicht einmal gefrühstückt. Er verschränkte die Arme vor der Brust, streckte die Beine aus, und ehe er es merkte, war er tief und fest eingeschlafen.

Er spürte, wie ihn jemand an der Schulter schüttelte, und öffnete die Augen. Als er sah, dass Hauptkommissar Quiñones leicht über ihn gebeugt vor ihm stand, sprang er, wie von einer Schraubfeder in die Höhe katapultiert, auf. »Zu Ihren Diensten, Herr Hauptkommissar«, begrüßte er ihn.

»Lassen Sie diese Formalitäten, und begleiten Sie mich in mein Büro«, entgegnete dieser mürrisch.

Als sie im Büro waren, setzte sich der Hauptkommissar und wartete darauf, dass auch Roncal Platz nahm, bevor er anfing, zu sprechen. Auf dem Tisch lagen zwei dunkelblaue Mappen, wie man sie im Präsidium für die Polizeiakten nutzte.

»Gestern erhielten wir eine wichtige Mitteilung von Interpol«, sagte er schließlich. Er atmete durch, und ohne weitere

Umschweife kam er zum Punkt: »Es gab einen Mord in Frankreich.«

Kommissar Roncal sah ihn überrascht an. Er war versucht, ihm zu sagen, dass tagtäglich einige Morde in Frankreich geschehen, aber er hielt lieber seinen Mund. Wahrscheinlich würde er ihm gleich berichten, dass der Mörder in Spanien verweilte und er deshalb hier in aller Früh erscheinen musste.

»Vor drei Tagen in Saint-Jean-Pied-de-Port«, fuhr Hauptkommissar Quiñones fort.

»Glauben Sie, der Mörder hat sich nach Spanien abgesetzt?«, fragte Kommissar Roncal.

»Davon war die französische Polizei ausgegangen, doch wir waren uns noch nicht ganz sicher, bis vorgestern ein weiterer Mord verübt wurde, dieses Mal in Roncesvalles.«

»Was macht Sie so sicher, dass es sich um denselben Mörder handelt?«

»Der Modus Operandi«, antwortete Hauptkommissar Quiñones. »In beiden Fällen ging er mit der gleichen Methode vor.«

Roncal schwieg und lauerte darauf, dass sein Vorgesetzter noch mehr Einzelheiten zu den Fällen erzählte. Man musste ihm wirklich alles aus der Nase ziehen, dachte er.

Sein Chef schien seine Gedanken erraten zu haben und begann ihn aufzuklären. »Der erste Mord ereignete sich, wie schon gesagt, in Saint-Jean-Pied-de-Port. Das Opfer war ein junger Mann, circa dreißig Jahre alt, Spanier, aus Madrid.« Das letzte Wort ließ er im Raum stehen und wartete, ob Roncal ihm die nötigen Fragen stellte.

»War er allein?«, fragte dieser.

»Laut der französischen Polizei war er mit seiner Freundin unterwegs. Eine junge Frau im Alter von zweiundzwanzig Jahren.«

»Kann sie ausgeschlossen werden?«

»Anfangs war sie die Hauptverdächtige, obwohl sie nicht wirklich ein Motiv hatte. Aber natürlich ist sie es jetzt, nach dem zweiten Mord, nicht mehr.«

»Wo fand man die Leiche genau?«

Hauptkommissar Quiñones hob leicht den Deckel der ersten Mappe, und nachdem er ein paar Sekunden darin geblättert hatte, nickte er. »An genau dem Ort, an dem er auch ermordet wurde: im Bett, in dem er geschlafen hatte. Ein Stockbett in der Herberge *L'Esprit de L'Étoile* in Saint-Jean. *L'Esprit de L'Étoile*«, wiederholte er, »kommt Ihnen das nicht auch komisch vor?« Er lächelte sarkastisch. »Scheint ein schlechtes Omen gewesen zu sein.«

»In seinem Bett?«, fragte Kommissar Roncal ungläubig. »Wie kann man denn jemanden im Bett ermorden, das von Dutzenden Menschen umgeben ist, ohne dass jemand etwas Merkwürdiges sieht oder hört?«

»Mit einer Stricknadel direkt ins Herz. Laut der Gerichtsmedizin starb er auf der Stelle.«

Für einige Sekunden sahen sich die Männer an.

»Ich nehme an, es liegt ein Bericht vor?« Roncal linste auf die zwei blauen Mappen auf dem Tisch.

Hauptkommissar Quiñones öffnete die Erste der beiden und zog einige Fotografien heraus, die er vor Roncal auf den Tisch legte.

Dieser nahm das oberste Foto und sah es an. »Oh Gott!«

Auf dem ersten Foto sah man den Mann, in dessen geöffneten Augen sich die Überraschung widerspiegelte. Roncal dachte, dass er wahrscheinlich gestorben war, ohne zu wissen, warum ihm jemand wortwörtlich einen Stich ins Herz versetzt hatte. Er lag in seinem Schlafsack, sodass man nur sein Gesicht erkennen konnte. Eine Stricknadel ragte aus dem Schlafsack heraus. Sie musste ungefähr dreißig Zentimeter lang sein, und rundherum war ein leichter Blutfleck erkennbar. Die weiteren Aufnahmen zeigten das gleiche Bild aus verschiedenen Blickwinkeln. Auf ein paar Fotos konnte man den Boden und die Stockbetten des Zimmers sehen.

»Die Stricknadel gehört der Frau des Herbergsbesitzers«, sagte der Hauptkommissar, während Roncal weiterhin die Fotos betrachtete. »Anscheinend strickt sie gern und hatte ihre Sachen auf einem Tisch im Aufenthaltsraum liegen lassen.«

»Und die andere Nadel?«, fragte Roncal automatisch.

»Die wurde nicht in der Herberge gefunden«, entgegnete Hauptkommissar Quiñones mit einem mysteriös klingenden Unterton, »aber leider fand man sie am darauffolgenden Tag.«

Roncal ließ die Aufnahmen auf den Tisch sinken. Er fragte sich, warum es ihn nach so vielen Jahren in der Kriminalarbeit und nach so vielen weitaus schlimmeren Fotos immer noch mitnahm, wie brutal und herzlos manche Personen zu ihren Mitmenschen sein konnten. »Und der andere Mord?«, wollte er wissen.

»Das zweite Verbrechen ereignete sich nur einen Tag später, besser gesagt, gestern, in der Herberge von Roncesvalles. Das Opfer war wieder ein Mann, neununddreißig Jahre alt. In diesem Fall aus Valencia und, soweit wir bis jetzt wissen, ohne jegliche Verbindung zum ersten.« Er öffnete die zweite Mappe und holte weitere Fotos hervor, die er wieder vor Roncal hinlegte. »Genau gleich wie der erste«, schloss er.

Roncal schaute sich ein Foto nach dem anderen an und bemerkte, dass diese, abgesehen vom Gesicht des Opfers, identisch mit denen des anderen Mordes waren. »Die zweite Nadel«, fuhr er fort, ohne die Fotos abzulegen, »... das scheint ein Ritual zu sein.«

Dieser Kommentar ließ den Hauptkommissar hellhörig werden. »Glauben Sie, es könnte sich bei diesen zwei Morden um irgendein Ritual einer Sekte handeln?«

»Ich weiß nicht«, entgegnete Roncal, ohne aufzuschauen. »Ich meinte ein Ritual aufgrund der genauen Wiederholung der Vorgehensweise.« Und fügte, ohne den Blick von den Fotos zu wenden, emotionslos hinzu: »Ich bin mir sicher, dass weitere Opfer folgen werden.«

»Davon gehen wir und die französische Polizei auch aus.«

Es entstand ein bedrückendes Schweigen, während sich beide Männer ansahen. Hauptkommissar Quiñones wartete darauf, weitere detaillierte Fragen zu beantworten, dafür hatte er sich gestern Nacht beide Berichte genauestens durchgelesen. Er hoffte auf eine gute Idee Roncals, aber dieser harrte im Gegenzug nur darauf, Anweisungen zu erhalten.

»Der Polizeipräsident erwartet eine schnellstmögliche Klärung des Falls«, sprach der Hauptkommissar endlich weiter, »nicht nur, weil der erste Mord in Frankreich geschah, und Sie wissen ja, wie die Dinge laufen…, sondern auch, weil gerade Tausende Menschen aus aller Welt auf dem Jakobsweg unterwegs sind. Sollte sich die Nachricht verbreiten, dass in zwei aufeinanderfolgenden Tagen zwei Pilger, während sie in Herbergen schliefen, ermordet wurden, ist die Hölle los.«

»Wenn wir davon ausgehen, dass der Mörder noch mal zuschlägt, dann sollten wir es vielleicht öffentlich machen und die Pilger vor der Gefahr warnen.«

Quiñones winkte ab, was so viel heißen sollte wie: Das ist unmöglich. »Ich glaube nicht, dass es sich um einen politischen Fall handelt«, entgegnete er als Argument dafür, jegliche Option in diese Richtung abzulehnen. »Der Polizeipräsident will, dass unser bester Mann an dem Fall arbeitet. Und dieser Mann sind Sie, Roncal.«

Roncal zeigte sich unbeeindruckt von dem Lob und tat so, als ob er es nicht gehört hätte. Er hatte es satt, für etwas beglückwünscht zu werden, was er für selbstverständlich erachtete. Dafür, dass er nur versuchte, so gut wie möglich seine

Arbeit zu erledigen. Genauso war er genervt von der Nachlässigkeit und Unfähigkeit mancher Kollegen.

Manchmal dachte er, dass die Guardia Civil nicht aufgrund von Befehlen von oben – es wäre wohl eher richtig zu sagen, *trotz* der Befehle – halbwegs funktionierte, sondern aus purer Trägheit. Denn es gab Menschen wie ihn, die einfach gern und gut ihre Arbeit verrichteten. Und er war überzeugt davon, diese Weisheit könnte auch bei vielen anderen Institutionen angewandt werden.

»Wurden die anderen Personen, die ebenfalls in der Tatnacht in der Herberge schliefen, bereits vernommen?«, wollte er wissen.

»Nur ein paar von ihnen.«

Roncal schaute ihn fragend an.

»In dieser Nacht haben mehr als hundert Personen in der Herberge von Roncesvalles geschlafen«, führte Quiñones weiter aus. »Als man den Leichnam des Opfers fand, waren die meisten schon weitergezogen. Aber wir haben eine Kopie der Übernachtungsliste, wie sie in jeder Herberge angefertigt wird.«

»Kann man der Liste trauen?«

»Was meinen Sie damit?«

»Wie wird diese denn erstellt?«, fragte Roncal. »Müssen die Pilger irgendeinen Ausweis vorlegen, der sie identifiziert?«

»Wenn Sie auf einen Personalausweis oder einen Pass hinauswollen, dann lautet die Antwort Nein. Es scheint, dass die Gäste nur einen Pilgerausweis vorlegen müssen.«

»Und ich nehme an, dieser Ausweis ist ganz leicht zu bekommen?«

»Den kann man sich in fast jeder Pfarrei oder durch den Freundeskreis des Camino del Santiago ausstellen lassen. Also ja, er ist einfach zu bekommen.«

Sehr einfach und wahrscheinlich auch noch mit Wunschnamen, dachte Roncal. Hat sich denn noch nie jemand darüber

Gedanken gemacht, dass, wenn man von den Pilgern einfach einen Pass oder Personalausweis zur Vorlage fordern würde, wie es in Hotels und Pensionen üblich ist, der Jakobsweg nicht weiter als ideales Versteck für all diejenigen, die sich für eine Zeit aus der Realität ausklinken wollen oder müssen, dienen würde? »Hat man diese Liste schon mit den Namen verglichen, die in der Herberge von Saint-Jean-Pied-de-Port schliefen?«

»Das ist das Erste, was die Polizei in Navarra getan hat, und es sind exakt achtzehn Namen, die übereinstimmen«, entgegnete der Hauptkommissar. »Viel zu viele Verdächtige«, schloss er. »Sie sind alle schon vernommen worden, und anscheinend hat niemand etwas gehört oder gesehen. Und laut dem Bericht der französischen Polizei ist es anscheinend kein Problem, in der Herberge ein und aus zu gehen, auch nachts… Wie hieß sie noch gleich?« »Ah!«, stieß er hervor, nachdem er kurz in der Mappe vor ihm geblättert hatte. »*L'Esprit de L'Étoile*. Es könnte also genauso gut jemand gewesen sein, der in einem anderen Hotel oder einer Herberge in Saint-Jean Gast war.«

»Also glauben Sie, dass sich der Mörder unter den Pilgern versteckt?«, fragte Roncal.

»Scheint so, oder? Oder fällt Ihnen etwas Besseres ein?«

Nein. Kommissar Roncal fiel nichts Besseres ein, und für einen Augenblick bereute er es, eine so dumme Frage gestellt zu haben. Dennoch wollte er wissen: »Dann kann davon ausgegangen werden, dass der Mörder in der Nähe des Opfers in Saint-Jean und in Roncesvalles geschlafen hatte?«

»In Roncesvalles wird laut den Herbergsbesitzern die Tür so gegen halb elf nachts abgeschlossen und erst wieder um fünf Uhr morgens geöffnet. Was uns annehmen lässt, dass in diesem Fall der Täter in der Nähe des Opfers genächtigt haben muss. Aber Sie wissen ja, wie das ist… ein Täter würde auch vor einer geschlossenen Tür nicht haltmachen. Was die französische

Herberge betrifft, verhält es sich ein bisschen anders, denn die Tür wird auch nachts nicht verschlossen.«

So wie es schien, gingen die Ermittlungen davon aus, dass es eine der achtzehn Personen, die sowohl in Roncesvalles als auch in Saint-Jean-Pied-de-Port in den Tatnächten geschlafen hatte, gewesen sein musste. Aber Roncal wollte sich nichts und niemanden durch die Lappen gehen lassen. Er war überzeugt, dass logischerweise nicht nur die achtzehn Personen verdächtig waren, sondern alle. Jeder einzelne der Pilger, die in der Nacht vom 20. auf den 21. März in Roncesvalles waren.

»Dieser Fall hat oberste Priorität«, fügte Hauptkommissar Quiñones an. »Sagen Sie mir, wie viele Männer sie brauchen. Ach ja, mit wem arbeiten Sie denn zusammen?«, fragte er.

»Mit Fernández.«

»Ah, Fernández!«, sagte der Hauptkommissar. »Ein guter Mann, aber ich weiß nicht, ob in diesem Fall…«

Wachtmeister Fernández, gebürtig aus Burgos – wohin er auch in jeder freien Minute zurückkehrte –, war der klassische Archetyp eines gutmütigen und tollpatschigen Polizisten. Er war ein älteres Semester und hatte eine Glatze. Aber dafür pflegte er seinen kräftigen Schnurrbart mit größter Sorgfalt. Er hatte eine dickliche Statur, weshalb seine Bewegungen nicht die Schnellsten waren, und er machte immer den Eindruck, fehl am Platz zu sein. Doch er hatte eine ausgezeichnete Intuition, die schon mehr als einmal dazu beigetragen hatte, einen Fall zu lösen.

»Ich arbeite ganz gut mit Fernández«, entgegnete Kommissar Roncal knapp.

»Aber nur um sicherzugehen, sage ich unserem Polizisten Mendizábal Bescheid, er solle bereitstehen, um Sie zu unterstützen. Sie können immer zu ihm gehen, wenn sie etwas benötigen, so belanglos es auch sein mag: Berichte anderer Polizeieinheiten oder ein Flugticket. Was auch immer Sie brauchen«, beharrte er.

»Danke, Herr Hauptkommissar.«

Quiñones erhob sich, und Roncal tat es ihm gleich. So standen sie für einige Augenblicke und schauten sich an, ohne ein Wort zu wechseln, bis der Hauptkommissar, dem das sichtlich unangenehm war, plötzlich sagte: »Auf geht's, Kommissar, an die Arbeit!«

Roncal warf einen Blick auf die Mappen, die noch auf dem Tisch lagen. »Die Berichte…«

»Ah ja, selbstverständlich«, sagte der Hauptkommissar und übergab die Mordakten Roncal. »Was wir bis jetzt haben, ist nicht gerade viel. Übrigens, wo werden Sie arbeiten?«, wollte er wissen, als ob dies die grundlegendste Frage wäre.

»In meinem Büro natürlich«, entgegnete der Kommissar. »Aber wahrscheinlich werde ich während der Ermittlungen ein paar Fahrten unternehmen müssen, je nachdem, wie es läuft.«

»Ja… Ja, klar. Und denken Sie daran, was ich Ihnen gesagt habe. Lassen Sie es mich bitte wissen, wenn Sie etwas benötigen«, wiederholte Quiñones. »Dieser Fall hat oberste Priorität.«

* * *

Während des restlichen Vormittags schloss sich Roncal in seinem Büro ein, um die nicht gerade umfangreichen Berichte, die ihm Hauptkommissar Quiñones überlassen hatte, zu lesen.

Ihm fiel auf, dass es relevant war, ob die Pilgerherbergen privat oder staatlich geführt wurden, da in den öffentlichen die Öffnungs- und Schließzeiten exakt geregelt waren, während in den privaten die Sache eher frei gehandhabt wurde. Die Herberge verfügte über zwanzig Betten, und in dieser Nacht war sie voll belegt gewesen. In dem Zimmer, in dem der Mord verübt wurde, standen fünf Stockbetten mit je zwei Schlafplätzen. Das Opfer hatte, laut den Fotos, im linken Stockbett oben geschlafen.

Wie dem Bericht zu entnehmen war, waren die übrigen neun Personen dieses Zimmers die Freundin des Opfers, zwei deutsche Pärchen mittleren Alters, zwei Koreaner, ein Australier und eine allein reisende Frau aus Frankreich. Sie alle hatten tief und fest geschlafen. Niemand von ihnen hatte irgendetwas gehört oder gesehen. Dennoch stimmten alle darüber ein, ein lautes Schnarchen von einem der Betten im Raum vernommen zu haben. Könnte es vielleicht sein, dass sie alle das vermutliche Todesröcheln des Opfers mit Schnarchen verwechselten? Die Freundin des Toten gab an, genauso wie die anderen, weder etwas gehört noch gesehen zu haben.

Sie erklärte weiter, weder sie noch ihr Freund hätten einen Grund gehabt, sich vor etwas zu fürchten oder gar zu ahnen, was geschehen würde. Sie wollten das Wochenende mit einer Wanderung von Saint-Jean-Pied-de-Port nach Pamplona verbringen und sich mit einer Gruppe von Freunden ihres Verlobten treffen, die aber dann doch nicht gekommen seien.

Roncal zog ein kleines Heft aus seiner Jackentasche und notierte: *Warum ging Tomás Sánchez ausgerechnet dieses Wochenende nach Saint-Jean-Pied-de-Port?* Er wusste, dass er dort war, um den Jakobsweg zu laufen, aber die Frage war, warum ausgerechnet an diesem Wochenende und nicht das vorherige oder das darauffolgende? Und weiter schrieb er: *Wer waren diese Freunde, mit denen sich das Opfer treffen wollte, und warum sind sie nicht aufgetaucht?*

Der Leiter der Herberge, ein gewisser Herr Bonhomme, der laut Bericht sehr aufgebracht war, als er seine Aussage bei der Gendarmerie machte, gab an, dass ihm das Opfer am Abend der Tatnacht besonders nervös erschienen sei. Diese Information stach Roncal ins Auge. Warum hatte der Herbergsleiter diesen Eindruck, während die Freundin mit keiner Silbe erwähnte, dass er auch nur ein bisschen unruhiger gewesen war als normal? Er unterstrich hier mit roter Tinte und ging dazu über, den Polizeibericht aus Navarra über die Tat in Roncesvalles zu lesen.

In der Herberge von Roncesvalles, einer riesigen mittelalterlichen Halle, vollgestopft mit Stockbetten, schliefen in dieser Nacht einhundertdreiundvierzig Personen, und wie im Fall von Saint-Jean hatte niemand etwas Außergewöhnliches gesehen oder gehört. Aber im Gegensatz zu der anderen Herberge musste der Täter die Nacht in der Nähe des Opfers verbracht haben, denn dort wurden die Türen um zehn Uhr abends geschlossen. Bis um sechs Uhr morgens konnte niemand hinein oder hinaus. Anbei lag die Liste der Personen, die in dieser Nacht dort geschlafen hatten, und eine weitere Liste mit den zwanzig Namen der Personen, die die Nacht zuvor im *L'Esprit de L'Étoile* verbracht hatten. Ein kleines Zeichen hob die Namen von achtzehn Personen in der Liste von Roncesvalles hervor. Roncal verglich sie mit den Namen derer, die in der französischen Herberge übernachtet hatten. In dieser Liste blieben zwei Namen außen vor: der des Opfers, das nun im Leichenschauhaus lag, und der seiner Freundin, die nach Madrid zurückgekehrt war. Ein weiterer Bericht der französischen Polizei gab an, dass von den zwanzig Leuten, die auf der einen Liste standen, keiner der Pilger, die in Roncesvalles übernachtet hatten, in irgendeinem anderen Hotel oder einer Pension in Saint-Jean-Pied-de-Port registriert worden waren. Was zu dem Schluss führte, dass diese achtzehn Personen als die Hauptverdächtigen gesehen werden mussten. Er nahm noch einmal die Liste zur Hand und ging die Namen einzeln durch. Abgesehen von dem Opfer und seiner Freundin gab es nur noch drei weitere spanische Namen. Diese galt es als Erste ausfindig zu machen und zu verhören.

Sonst gab es nichts weiter von Bedeutung in den Berichten. Zwar waren die Autopsien bereits durchgeführt, doch hatte Roncal bis jetzt die Ergebnisse noch nicht erhalten.

Er legte die Akten beiseite und schloss die Augen. Es gab zwei Ermittlungsstrategien, überlegte er. Eine ging davon aus, dass es nichts gab, was die zwei Toten miteinander verband, und das schien hier der Fall zu sein. Die andere nahm an, dass sehr wohl eine Verbindung zwischen dem ersten und dem zweiten Opfer existierte. Im ersten Fall hätte er es mit einem Mörder zu tun, der seine Opfer nach Gutdünken aussuchte. Diese Möglichkeit ließ Roncal aufseufzen, denn dann müsste er in die Gedankenwelt des Täters eindringen und dessen Psychologie studieren. Nur so wäre zu verstehen, warum er ausgerechnet diese Personen als Opfer ausgewählt hatte und nicht eine andere. Außerdem müsste er seine weiteren Schritte voraussehen. Das erforderte Zeit und höchstwahrscheinlich einige weitere Todesfälle.

Im zweiten Fall würde es ein Rennen gegen die Zeit. Er musste die Verbindung zwischen den Opfern aufdecken und herausfinden, wer ihren Tod gewünscht haben könnte: das Motiv des Verbrechens. Aus Erfahrung wusste Roncal, dass es, sobald man das Motiv kannte, nicht mehr schwer war, den Täter zu finden.

Sein erster Schritt war, die Dienststellen in Madrid und Valencia um einen detaillierten Report über die vergangenen Jahre der Opfer zu bitten: Persönlichkeit, Umfeld, familiäre, berufliche und freundschaftliche Beziehungen, Freizeitbeschäftigungen, unternommene Reisen … einfach alles. Und zuletzt wollte er noch wissen, ob die Personen das erste Mal auf dem Jakobsweg unterwegs waren, und wenn nicht, wann und mit wem sie zuvor dort gewesen waren.

Nachdem er das erledigt hatte, nahm er aus dem kleinen Regal seines Büros ein Buch über Kriminologie, geschrieben von Professor Egger, der auf die Analyse von Serienmördern spezialisiert war. Ein paar Minuten blätterte er darin und las hier und dort einige Absätze, die ihm interessant schienen.

Die Merkmale eines Serienmörders: Sie töten in der Regel zwischen drei und fünf Personen mit einem festen Zeitraum zwischen den einzelnen Morden. Sie lassen ihre sadistische Ader in den Verbrechen und ihre vermeintliche Überlegenheit anderen gegenüber durchscheinen. In den meisten Fällen stehen die Opfer in keinerlei Verbindung zum Mörder. Die Opfer haben einen symbolischen Wert. Das Motiv ist immer psychologischer, nicht materieller Natur, und normalerweise sucht er sich leicht angreifbare Opfer aus. Die meisten der Serienmörder sind Männer und mit einem überdurchschnittlichen IQ ausgestattet. Dies ist ein Grund, warum sie ein gesteigertes Selbstwertgefühl haben und sich überlegen fühlen. In der Regel sind sie von normalem Erscheinungsbild – meist sogar attraktiv –, aber nicht fähig, Liebesbeziehungen einzugehen. Sie sind Einzelgänger, und ihr Handeln ist die Folge von konstanter Frustration.

Roncal dachte, wenn es schon keine Beziehung zwischen den Opfern gab, so hatte er wenigstens ein genaueres Bild des Täters: Ein alleinstehender Mann, mit normalem Aussehen und übersteigertem Selbstwertgefühl, und es war zu erwarten, dass weitere Morde folgen würden.

Kapitel III

Am Tag darauf beschloss Roncal, während er auf die angeforderten Berichte wartete, nach Saint-Jean-Pied-de-Port zu fahren, um Michel Bonhomme, den Leiter der Herberge *L'Esprit de L'Étoile*, persönlich zu befragen. Auf dem Rückweg würde er auch noch in Roncesvalles vorbeischauen.

Er fuhr mit seinem Privatauto, und als er in dem französischen Örtchen ankam, war es gerade kurz nach zehn. Es war ein kalter und grauer Morgen, der einen Schneesturm ankündigte. Während er die Pyrenäen durchquert hatte und über den Ibañetopass gefahren war, hatte er daran denken müssen, wie fürchterlich es wäre, an einem solchen Tag über diese Bergkette zu wandern. Nicht nur wegen der Eiseskälte, deren Feuchtigkeit durch alle Ritzen zu dringen schien, sondern auch aufgrund des Risikos, sich bei einem Sturm in den Bergen zu verirren. Sind diese Pilger denn alle verrückt oder einfach nur leichtsinnig?

Die Herberge in der Rue d'Espagne, eine alte Villa, die im baskischen Stil aus Stein gebaut war, hatte bis ein Uhr mittags geschlossen. Aber als Roncal in den grauen Himmel sah, wusste er, wenn er heute Abend in seinem eigenen Bett schlafen wollte, musste er schnellstmöglich mit Herrn Bonhomme sprechen.

Beherzt klopfte er an die Tür, und nach einigen Minuten wurde sie geöffnet. Ein Mann mit unfreundlichem Gesicht empfing ihn mit wüsten Beschimpfungen auf Französisch.

Roncal zückte seinen Ausweis, der ihn als Beamten der spanischen Polizei auswies. »Michel Bonhomme?«, fragte er.

»Je suis Michel Bonhomme«, sagte der Franzose mit abfälliger Geste.

»Sprechen Sie meine Sprache?«

»Ein bisschen…«

»Ich würde mich gerne mit Ihnen über den Mord unterhalten, der vor vier Tagen hier passiert ist. Dürfte ich wohl reinkommen?«

Bonhomme öffnete die Tür und schloss sie gleich wieder hinter ihnen. »Folgen Sie mir«, antwortete er, während er zum Gehen ansetzte.

Er führte ihn in eine geräumige Küche mit einem langen Esstisch, bei dem Roncal sich vorstellen konnte, wie er allabendlich von freudigen Pilgern bevölkert wurde. Eine Frau wischte den Boden, ohne auch nur die geringste Notiz von den beiden Männern im Raum zu nehmen.

Sie nahmen an einer Ecke des Tisches Platz, und der Franzose sagte schroff, als ob er des Ganzen überdrüssig wäre: »Ich habe schon mit der Gendarmerie gesprochen.«

»Ihre Aussage habe ich bereits gelesen, Herr Bonhomme, aber ich wollte noch über ein paar Einzelheiten mit Ihnen sprechen.«

»Okay«, willigte er ein, ohne seinen rauen Ton abzulegen.

»Danke«, entgegnete Roncal und begann seine Befragung. »Sie hatten noch nicht erwähnt, um wie viel Uhr das Opfer und seine Begleiterin in der Herberge ankamen.«

»Es war spät«, antwortete Bonhomme, »doch ich kann mich natürlich nicht an die genaue Uhrzeit erinnern. Das Einzige, was ich Ihnen sagen kann, ist, dass sie die letzten zwei freien Betten nahmen.«

»Des Weiteren gaben Sie an, Ihnen sei der Betroffene *beson-*

ders nervös vorgekommen. Was meinten Sie genau damit?«

Bonhomme machte ein ratloses Gesicht. Eigentlich hatte er das *besonders* nur für sich selbst betont. Doch er antwortete: »… dass er halt sehr nervös war, als er nach dem Abendessen hier eintraf. Aber auch den restlichen Abend, zumindest, bis er sich zum Schlafen begeben hatte. Er sah dauernd zur Tür hin, als ob er fürchtete, jemand könnte plötzlich auftauchen. Das fiel mir im Nachhinein auf, aber ich glaube, er hatte Angst, so als ob er gespürt hätte, dass etwas Schlimmes passieren würde.«

Roncal war sich sicher, dass der Mann angefangen hatte, sich etwas zusammenzureimen, indem er eine bereits bekannte Geschichte mit erfundenen Details ausschmückte, um seine Glaubwürdigkeit zu unterstreichen. Er stattete sie mit ein bisschen Würze aus, damit in seiner Vorstellung ein Zusammenhang zu »Er sah es kommen« bestand. Etwas, was Roncal schon Hunderte Male untergekommen war. »War denn seine Freundin auch nervös?«, fragte er.

Bonhomme schien einen Moment zu zögern. »Mmmh …«, äußerte er schließlich. »Ich glaube, sie war sich nicht einmal bewusst, wie nervös er war.«

»Warum glauben Sie das?«

»Ich weiß nicht. Ich kann mich nur daran erinnern, dass ich mir dachte, Frauen würden generell zu viel reden. Er war sehr unruhig und wegen irgendwas besorgt, das war offensichtlich, aber ihr schien es nicht aufzufallen, oder es interessierte sie nicht.«

»Ah, und haben Sie zufälligerweise mitbekommen, was sie untereinander geredet hatten?«, fragte Roncal.

Bonhomme tat so, als ob ihn diese Frage beleidigte, und antwortete: »Guter Mann, ich lausche nie fremden Unterhaltungen!«

»Ich meinte ja auch nicht, ob Sie der Unterhaltung absichtlich zugehört hatten, sondern ob Sie vielleicht ein gesprochenes

Wort oder einen Satzfetzen aufgeschnappt haben …«

»Nein, ich höre da nicht mehr zu … Tagtäglich haben wir es hier in der Herberge mit vielen Leuten zu tun, und alle reden über das Gleiche, immer nur über den Jakobsweg.«

»Der Bericht der Gendarmerie gibt an, dass es einfach sei, nachts in der Herberge ein und aus zu gehen, ist das richtig?«

»Ja. Die Tür wurde nicht abgesperrt. Es gibt immer wieder Personen, die nachts ausgehen, einen trinken. Alle sollten das handhaben können, wie sie möchten, solange sie natürlich die anderen nicht stören. Aber das haben wir bereits geändert. Nun wird die Tür, wie es auch in anderen Herbergen üblich ist, um zehn Uhr abends verschlossen und um sechs Uhr früh wieder geöffnet.«

»Mmh. Was spricht man denn so über den Mord in Saint-Jean?«

»Wie bitte?«, erwiderte Bonhomme, obwohl Roncal sich sicher war, dass er die Frage genau verstanden hatte.

»Na, was sagen die Nachbarn über das, was sich vor vier Tagen abgespielt hat?«, wiederholte Roncal.

»Über so etwas wird hier nicht gesprochen«, antwortete Bonhomme, nachdem er ein paar Sekunden überlegt hatte. »Sie müssen das verstehen, das ist nicht gut fürs Geschäft.« Und plötzlich, als ob dieses Detail ihm besonders abstoßend erschien, sagte der Franzose: »Können Sie sich das vorstellen? Er tat es mit einer Stricknadel meiner Frau …«

»Gibt es noch etwas, was Sie hinzufügen möchten?«, fragte Roncal mechanisch.

»Nein, ich denke nicht.«

Und gerade, als Roncal sich erhoben hatte und die Unterhaltung für beendet hielt, rief Bonhomme aus: »Ah! Doch, fast hätte ich es vergessen. Als wir am darauffolgenden Tag die Räume putzten, fanden wir unter dem Bett von … diesem Mann einen Zettel. Warten Sie einen Moment«, bat er und

44

verschwand für ein paar Sekunden. Als er wieder auftauchte, zeigte er Roncal ein Stück dickeres Papier, in der Art einer Spielkarte, auf dem eine seltsame Zeichnung zu sehen war: »Sie befand sich direkt im Spalt zwischen der Matratze von dem Verstorbenen und der nebenan. Wir wissen natürlich nicht, ob sie diesem Herrn gehörte oder ob sie eine andere Person verloren hat.«

Roncal inspizierte aufmerksam die Zeichnung auf der Karte. Es war eine Art Y, dessen unterer Strich sich nach oben verlängerte und zwischen die anderen zwei traf und so eine Art Dreizack bildete, wie ein Kreuz, dessen äußere Striche um fünfundvierzig Grad nach oben geneigt waren. Und ein Stern, der grob am unteren rechten Rand gezeichnet war.

»Wissen Sie, was diese Zeichnung bedeuten könnte?«, fragte er.

»Nein«, antwortete der französische Gastwirt.

»Darf ich die Zeichnung behalten?«, wollte Roncal wissen.

»Natürlich.«

Roncal verabschiedete sich von Michel Bonhomme mit einem kräftigen Händedruck und trat auf die Straße. Es war zwölf Uhr mittags. Er spürte, wie sich sein Magen zuschnürte, und ihm wurde schmerzlich bewusst, dass er bis jetzt nichts weiter als den Milchkaffee heute Morgen um sechs Uhr zu sich genommen hatte. Er ging den Weg zur Kirche zurück, wo er sein Auto abgestellt hatte, und überlegte, in ein Café zu gehen, um etwas zu essen, bevor er sich erneut aufmachen würde, die Pyrenäen zu überqueren. Doch nach einem besorgten Blick in den grauen Himmel verwarf er diese Idee und begab sich auf den Weg zum Ibañetapass und in Richtung Roncesvalles. Er hoffte darauf, dass der Schneesturm ihn schon nicht mitten auf dem Weg überraschen würde.

Roncesvalles

Die ersten Schneeflocken fielen genau in dem Moment, als nach einer engen Kurve die Stiftskirche von Roncesvalles vor seinen Augen auftauchte. Roncesvalles war nicht wirklich ein Dorf, nicht mal ein Weiler. Es war eher ein Ort, in dem ein paar Gebäude standen: die Stiftskirche, das Kloster, die Herberge, einige kleine mittelalterliche Häuschen und zwei Restaurants, die auch Fremdenzimmer anboten. Aber vor allem war Roncesvalles ein Name, ein mystischer Name. So sah es zumindest Kommissar Roncal.

Er parkte das Auto am Rand der Straße und rannte zu der restaurierten alten Halle, die als Herberge diente. Die Tür stand ein wenig offen, und Roncal schlüpfte hinein, ohne weiter Zeit zu verlieren. Nach ein paar Sekunden erschien ein sehr hochgewachsener Mann, gestikulierte mit den Armen und gab ein »No, No, No« von sich.

Als Roncal sich ausgewiesen und ihm den Grund seines Besuches erklärt hatte, stellte sich heraus, dass der große Mann ihn so gut wie gar nicht verstand. Er musste einige Minuten warten, bis ein weiterer auftauchte, um ihn darüber aufzuklären, dass der Erste ein schottischer Freiwilliger sei, der erst seit einer Woche in Spanien war. Wenige Augenblicke später gesellte sich noch ein dritter Angestellter in einigem Abstand zu ihnen.

Die Unterhaltung war kurz, denn keiner der drei Männer konnte etwas zu den bereits gemachten Aussagen im Polizeibericht hinzufügen. Die Tür der Herberge wurde um Punkt zehn Uhr abends abgeschlossen und pünktlich um sechs Uhr früh wieder geöffnet. Zu dieser Zeit war David Rocafort aus Valencia bereits mindestens vier Stunden tot. Der Mann schien allein unterwegs gewesen zu sein, obwohl es niemanden gab, der diese Vermutung bestätigen konnte, und es gab nichts, was ihn von anderen Pilgern unterschieden hätte. Einer der Männer merkte an, dass, wenn er nicht hier ermordet worden wäre, sich niemand am nächsten Tag auch nur an sein Gesicht hätte erinnern können.

Die Natur des Menschen ist ein Mysterium, das Natalio Roncal faszinierte. Dieselbe Person, die bei dem Anblick eines Welpen ganz rührselig wurde, konnte nach einer Gewalttat vollkommen friedlich schlafen, wenn er das Gesicht seines Opfers aus dem Gedächtnis löschte.

Er warf einen letzten Blick auf die Vielzahl der Betten, die geometrisch in der Halle angeordnet waren. Eher aus persönlicher Neugier, als dass es interessant für die Ermittlung wäre, erkundigte er sich, in welchem der Betten das Verbrechen begangen worden war.

Die beiden Männer begleiteten ihn zu einem der oberen Stockbetten in der Mitte der zweiten Reihe, und einer deutete mit dem Finger darauf. »Hier war es.«

Roncal musterte das Bett genauestens, nicht, weil er hoffte, ein Indiz zu finden, er wusste, dass dies zum jetzigen Zeitpunkt unmöglich war, sondern um sich den Ablauf vorzustellen, wie sich der Mörder seinem schlafenden Opfer näherte, ihm mit einer Hand den Mund zuhielt, um verdächtige Geräusche zu unterdrücken, und mit der anderen gewaltsam die Nadel durchs Herz rammte. Ihm wurde schlecht, und er lief nach draußen, wo er die klare, kalte Bergluft tief einsog.

Ihm fiel die Tür ein, und er dachte über die Möglichkeit nach, wie jemand mitten in der Nacht die Herberge betreten, ein Verbrechen verüben und wieder verschwinden könnte, bevor ihn jemand entdeckte. Es war eine einflüglige, rustikale Holztür, die sehr stabil schien. Sie war mit einem dicken Türschloss versehen, und Roncal war sich sicher, dass nicht unbedingt jeder Amateur dieses aufbekäme. Darüber befand sich ein Riegel, um die Tür von innen zu sichern.

»Wer ist denn dafür verantwortlich, die Tür zu verschließen?«, wollte er wissen.

»Der Nachtwächter«, erwiderte einer von ihnen.

»Immer mit Schloss und Riegel?«

»Nein«, entgegnete derjenige, der ihm zuvor geantwortet hatte. »Normalerweise wird nur der Riegel vorgeschoben. Aus Sicherheitsgründen«, versuchte er sich zu rechtfertigen, »falls es nachts brennen sollte.«

Roncal seufzte und ließ seinen Blick wieder über das Innere der mittelalterlichen Halle schweifen. Wenn es wahr wäre, was die Männer erzählten, und daran gab es eigentlich keinen Zweifel, dann wäre es unmöglich, einzudringen, nachdem die Tür verschlossen worden war. Das bedeutete, dass der Mörder definitiv unter den einhundertzweiundvierzig Personen, das Opfer bereits ausgeschlossen, gewesen sein musste.

Er entsann sich der Karte mit der seltsamen Zeichnung, die in seiner Tasche steckte, und zog sie hervor, um sie den Herbergsangestellten zu zeigen.

»Haben Sie zufällig etwas wie diese Zeichnung hier gefunden?«, fragte er.

Einer der Männer schien überrascht und entgegnete: »Warten Sie einen Moment.«

Mit einer identischen Karte, wie die in Kommissar Roncals Händen, kam er zurück. Sie war versehen mit derselben schwarzen Kugelschreiberzeichnung.

»Ich weiß nicht, warum ich sie aufbewahrt habe«, sagte der Herbergsangestellte.

»Wo haben Sie sie gefunden?«, wollte Roncal wissen.

»Unter dem Bett des Mannes, der ermordet wurde.«

Offensichtlich war dies die Unterschrift des Mörders. Es war nicht viel, aber für den Anfang war es wenigstens etwas. Der erste Schritt würde darin bestehen, die Bedeutung dieser Zeichnung herauszufinden, das würde ihm eine Spur zur Psychologie des Täters geben. Er packte sie zu der anderen in seine Tasche.

Roncal schaute sich um und erblickte ein kleines Restaurant auf der anderen Straßenseite. Glücklicherweise hatte es aufgehört zu schneien, und er überlegte, dass es vielleicht eine gute Idee wäre, etwas in den Magen zu bekommen, bevor er den Heimweg antreten würde. Mit einem Händedruck verabschiedete er sich von den Männern und überquerte die Straße in Richtung Restaurant.

Als die ersten Pilger aus Saint-Jean-Pied-de-Port mit erschöpften Gesichtern und zitternd vor Kälte eintrafen, machte er sich auf den Weg in Richtung Zaragoza.

Es war bereits dunkel, als er in seinem Apartment in der Wache ankam. Er war müde, aber wenigstens nicht hungrig. Da er das Gefühl hatte, als ob ihm das Essen im Halse stecken geblieben wäre, schienen ihm ein paar wohltuende Gin Tonics genau das Richtige zu sein.

Kapitel IV

24. März
Zaragoza

Am nächsten Morgen gab Roncal als Erstes die Anweisung, die achtzehn Personen ausfindig zu machen, die neben dem Opfer und seiner Begleiterin in der Nacht vom 19. März im *L'Esprit de L'Étoile* verbracht hatten, und sie zu einer Vernehmung zu bestellen. Aber dann entsann er sich, dass es vielleicht doch sinnvoller wäre, er würde die Personen aufsuchen, anstatt jeden Einzelnen nach Zaragoza zu beordern. Seit dem ersten Mord waren fünf Tage vergangen, woraus er schloss, dass, wenn alle von ihnen den Jakobsweg weitergingen, sie gerade auf dem Weg von Puente la Reina nach Estella sein müssten. Obwohl ja auch noch die Möglichkeit bestünde, dass einige – nachdem sie erfahren hatten, was geschehen war – doch nach Hause zurückgekehrt waren.

Danach bat Roncal um einen großen, starken Kaffee, und während er diesen trank, legte er die gefundenen Karten auf den Tisch und musterte sie, als ob die Zeichnung dadurch ihre Bedeutung von selbst verraten würde. Ob die Taten nun ritueller Natur waren oder auch nicht, so überlegte er, so sind sie doch ziemlich sicher von ein und demselben Täter verübt worden. Roncal stützte sich dabei auf die Art des Verbrechens und vor allem auf die Unterschrift des Mörders. Der Täter fühlte sich allen anderen überlegen, und auf eine Art brachte er damit zum Ausdruck, dass er zufrieden mit seiner Arbeit war. Er forderte die Ermittler heraus, also ihn, wenn auch auf unbewusster Ebene. Er wollte gefunden werden.

Roncal befand sich in einer Phase der Ermittlungen, in der eigentlich alles nur Mutmaßungen waren, und dieser Umstand machte ihn wütend. Etwas Handfestes müsste her, und wenn es nur die Art von Gewissheit wäre, die auf Intuition beruhte und die man nicht erklären konnte. Er rief sich noch mal das erste Opfer ins Gedächtnis: Tomás Sánchez, der mit seiner Freundin in Saint-Jean-de-Port gewesen war, um von dort den Jakobsweg zu beginnen. Was hatte dieser Mann Besonderes, das der Mörder ihn auswählen ließ? Was unterschied ihn von den anderen? Welche Gemeinsamkeit verband ihn mit dem zweiten Opfer, David Rocafort, die sie zum Tode verurteilte? Es könnte etwas in der Vergangenheit geschehen sein, das sie in den Augen des Täters schuldig machte, oder, und das fürchtete Roncal am meisten, dass ein gewisser Blick, ein bestimmtes Wort oder eine einfache Geste dessen Mordlust auslöste. Er wusste, sobald er die Verbindung zwischen den einzelnen Opfern gefunden hätte, käme er auch auf die Spur des Täters.

Für einen Moment vergaß er die zwei Karten, die vor ihm lagen, und nahm sich die zwei Mappen mit den Polizeiberichten der beiden Fälle vor. Die Fotos legte er beiseite und konzentrierte sich auf die weiteren Aspekte, die eine Verbindung der Opfer darstellen könnten. Ihm fiel auf, dass in beiden Fällen das Verbrechen in den oberen Stockbetten verübt wurde. Vielleicht geschah die Auswahl nicht nach der Person, sondern nach dem Bett? Er konnte sich noch genauestens an die Lage der Betten der Opfer in Saint-Jean und in Roncesvalles erinnern und versuchte, eine Skizze davon anzufertigen. Vergebens rechnete er alle möglichen Kombinationen mit den anderen Betten durch, um herauszufinden, ob sich dahinter eine Logik in der Wahl verstecken könnte. Daraufhin verglich er die äußerliche Erscheinung beider Todesopfer, aber auch

dort erkannte er keine Gemeinsamkeiten. Erneut las er sorgfältig die Aussage durch, die Eva María Ortega, Freundin des
ersten Opfers, bei der französischen Polizei gemacht hatte. Und
er bemerkte, dass ihre Antworten recht vage gehalten waren,
fast so, als ob sie Angst davor gehabt hätte, etwas Unbedach-
tes von sich zu geben, oder als ob sie hätte vermeiden wollen,
Themen anzuschneiden, von denen sie nicht sprechen wollte.
Er nahm den Telefonhörer in die Hand und wählte eine haus-
interne Nummer. »Guten Morgen, Mendizábal. Hier spricht
Kommissar Roncal.«

»Zu Diensten, Herr Kommissar. Kann ich etwas für Sie
tun?«, fragte er.

»Ich nehme an, Hauptkommissar Quiñones hat Sie bereits
aufgeklärt.«

»Ja, Herr Kommissar.«

»Haben Sie die Berichte gelesen?«

»Der Herr Hauptkommissar hat mir eine Kopie zukommen lassen.«

»Ich habe gerade über Eva María Ortega nachgedacht«,
sagte Roncal.

»Die Freundin von Tomás Sánchez, dem ersten Opfer?«,
beeilte sich der andere, um seinem Vorgesetzten zu zeigen, dass
er auf dem Laufenden war.

»Wissen wir, was mit ihr geschehen ist?«

»Die französische Polizei hat sie laufen lassen, als der zweite
Mord passierte«, informierte ihn Mendizábal.

»Ja, das wissen wir, aber ich meinte jetzt. Haben wir ihren
derzeitigen Aufenthaltsort?«

»N…nein«, stotterte Mendizábal und versuchte, zu erraten,
worauf der Kommissar hinauswollte. »Sie ist aus Madrid, vermutlich ist sie dorthin auch wieder zurück.«

»Dann kümmern Sie sich doch bitte darum, sie ausfindig
zu machen. Ich habe das Gefühl, sie hat der französischen

Polizei nicht alles gesagt, was sie wusste. Ich würde sie gerne schnellstmöglich befragen.«

»Selbstverständlich, Herr Hauptkommissar«, sagte der Polizist und legte auf.

Als Nächstes rief Roncal den Beamten Fernández zu sich, den er, seit er den Fall übernommen hatte, noch so gut wie gar nicht gesehen hatte. Als er mit verlorenem Blick und kurzatmig vor ihm stand, tat Roncal so, als ob er viel beschäftigt seine Papiere ordnen würde.

»Fernández, haben Sie sich über den Fall informiert, an dem wir arbeiten?«

»Ja, Herr Kommissar.«

»Und was halten Sie von alldem?«, fragte er ihn und schaute ihm nun fest in die Augen.

»Möchten Sie die Wahrheit hören?«

»Ja bitte!«

»Nun ja, ich denke, es ist ein verflixter Fall, und diese zwei Typen, die Toten«, erläuterte er unnötigerweise, »müssen den Täter wohl heftig mit irgendetwas gereizt haben, dass es ihn zum Mord trieb.«

»Wollen Sie damit sagen, es gäbe eine vorherige Verbindung zwischen den Opfern und dem Täter?«

»Na klar.«

Hauptkommissar Roncal verblüffte, mit welcher Überzeugung Polizist Fernández diese Behauptung aufstellte. »Und was macht Sie da so sicher?«

»Ich denke, das liegt doch auf der Hand. Wenn ein Typ solch einen Raum voller Schlafender betritt, von denen die meisten Touristen sind, und einen Spanier tötet, könnte das Zufall sein. Wenn er aber am darauffolgenden Tag wieder einen Spanier umbringt, ist das kein Zufall mehr, dann war er hinter ihnen her. Und wenn er hinter ihnen her war, dann wohl, weil sie ihm etwas getan haben, das ist meine Meinung.«

Das war so einleuchtend, dass Kommissar Roncal sich ein wenig schämte, noch nicht von selbst auf solch simple Lösung gekommen zu sein. »Was halten Sie von der Frau?«

»Die Freundin vom Ersten?«, entgegnete Fernández, und ohne die Antwort Roncals abzuwarten, fuhr er fort: »Die ist eingeschüchtert. Ich glaube, ihr ist bewusst, dass sie dem Tod noch nie zuvor so nah ins Auge geblickt hat, und jetzt hat sie Angst, dass, wenn sie etwas Falsches sagt, er auch sie holen könnte.«

Roncal war immer noch erstaunt darüber, wie dieser unstudierte und ungehobelte Mann die seltene Gabe hatte, zu derselben Lösung zu kommen wie er selbst, nur auf viel schnellerem und einfacherem Weg. Das müssen die Volksweisheiten sein, sagte er sich, die gleichen, die auch so fürchterliche Bauernweisheiten hervorbrachten wie: *Geh immer vom Schlimmsten aus, und dir kann nichts passieren,* die aber dennoch ins Schwarze trafen. Der atavistische Instinkt der Landbevölkerung eben.

»Sie können gehen.«

»Zu Befehl, Herr Kommissar.«

Als Roncal wieder allein war, besah er sich die Karten mit der seltsamen Zeichnung von Neuem, und leise sagte er zu sich selbst: »Langsam komme ich dir auf die Schliche, du Sauhund.«

Definitiv könnte er wohl die Möglichkeit eines Serienkillers, der wahllos mordet, ausschließen. Die Frage war nun, was es für eine Verbindung zwischen Opfer und Täter gab. Obwohl die eigentliche nächste Frage lauten müsste: Wird es weitere Tote geben? Momentan hatte er darauf keine Antwort parat, alles hing davon ab, ob der Mörder seinen Hunger nach Rache schon gestillt hatte oder nicht. Wenn es überhaupt Rache war, was ihn antrieb.

Am späteren Vormittag erhielt Roncal die Nachricht, dass die meisten der achtzehn Personen auf der Übernachtungsliste der Herberge *L'Esprit de L'Étoile* wenige Kilometer hinter Puente la Reina ausfindig gemacht werden konnten und nun auf dem Weg dorthin zurück waren, um befragt werden zu können.

Er bat Polizist Mendizábal darum, ihm ein Auto mit Chauffeur der Guardia Civil bereitzustellen, und einige Minuten später preschten sie bereits mit Höchstgeschwindigkeit Pamplona entgegen.

Kurz vor drei Uhr nachmittags erreichte er Puente la Reina und gab dem Fahrer die Anweisung, geradewegs zur Hauptwache der Guardia Civil zu fahren, die etwas außerhalb des Städtchens lag. Roncal musste sich ausweisen, da er für gewöhnlich nie Uniform trug, wenn er zu Ermittlungen außerhalb seines Präsidiums war. Er war überzeugt davon, dass im Gegensatz zum normalen Streifenpolizisten eine Uniform für ihn nur hinderlich wäre, wenn er Personen befragte, denn diese könnten sich dadurch eingeschüchtert fühlen. Nachdem er den Grund seines Besuches erläutert hatte, musste er überrascht feststellen, dass keiner der zurückgeholten Pilger anwesend war.

»Sie hatten Hunger und sind etwas essen gegangen, Herr Kriminalkommissar«, sagte der diensthabende Polizist der Wache. »Ich bin davon ausgegangen, Sie würden erst viel später hier eintreffen.«

Bei diesem Stichwort bemerkte Roncal mal wieder, dass auch er noch nichts gegessen und ein beachtliches Loch im Magen hatte. Doch bevor er sich etwas genehmigen würde, bat er den Polizisten, ihn über die Zeugen, die er gleich zu befragen hatte, aufzuklären. Es waren vierzehn, das hieß, es fehlten noch genau vier der Pilger, die auch in der Tatnacht in Saint-Jean-Pied-de-Port übernachtet hatten. Zufrieden stellte er jedoch fest, dass die drei Personen mit spanischem Namen dabei waren. Das ließ ihn vermuten, dass sich Opfer und Täter in der Vergangenheit doch gekannt haben konnten.

»Was meinen Sie, wann werden die Pilger zurückkommen?«, fragte er.

»Keine Ahnung. So gegen vierzehn Uhr sind sie gegangen.«

Es wäre wohl eher unwahrscheinlich, wenn sie vor sechzehn Uhr zurückkehrten, überlegte Roncal, und so hätte er selbst auch noch eine volle Stunde.

»Ich nutze die Gelegenheit, um selbst einen Bissen zu mir zu nehmen«, sagte er und wollte daraufhin wissen: »Wo gibt es denn hier in der Nähe ein Restaurant mit Mittagsmenü?«

»Sie müssen zur Hauptstraße zurück, fast alle Restaurants von Puente la Reina befinden sich da.« Er begleitete Roncal nach draußen, um ihm den Weg zu zeigen. »Gehen Sie dort entlang, und wenn Sie die Herberge *Padres Reparadores* erreichen, biegen Sie rechts in die Calle del Crucifijo ein. Dann immer geradeaus, und Sie stehen schon auf der Hauptstraße.«

»Ist es weit?«, fragte Roncal, um abzuschätzen, ob er sein Auto benötigte.

»Nein, nein. Dreihundert Meter vielleicht.«

Er beschloss, zu Fuß zu gehen, und nahm den Schotterweg, den ihm der Polizist gezeigt hatte. Ohne Mühe fand er die Herberge der *Padres Reparadores*, ein ehemaliges Pilgerhospital, vor deren Tür einige Pilger auf dem Boden neben ihren Rucksäcken saßen und sich angeregt unterhielten. Danach ging Roncal nach rechts und durchschritt einen steinernen Bogen, der sich zwischen einer Kirche und einem Kloster befand. Ihm fiel auf, dass die Kirche zu seiner Rechten wohl uralt sein musste, und sah, dass die Tür nur angelehnt war, was ihn neugierig machte. Er beschloss, hineinzugehen und einen Blick von innen auf sie zu werfen, bevor er seinen Weg in Richtung Hauptstraße fortsetzen würde. Es war eine kleine Kirche im romanischen Stil mit zwei Kirchenschiffen. Die blanken Wände erweckten bei ihm den Eindruck, es gäbe nicht viel zu sehen, doch dann erblickte er das einzige Objekt im Raum: ein

Christus am Kreuz in der Mitte des Altarraums. Aber es war nicht die Christusfigur, eine wunderschöne romanische Schnitzerei mit großen Füßen, die seine Aufmerksamkeit erregte, sondern die Form des Kreuzes. So eine Art Kreuz hatte Kommissar Roncal noch nie zuvor gesehen … außer auf den Zeichnungen des Mörders in Saint-Jean und in Roncesvalles. Hatte diese Form eine bestimmte Bedeutung? Wohnte ihr eine verborgene Nachricht inne, die das Motiv des Mörders erklären könnte oder die Verbindung von Opfer und Täter? Wie ein Schatten im Halbdunkeln erschien ein Mönch in dunklem Gewand beim Haupttor, und Roncal sprach ihn an: »Entschuldigen Sie, Pater«, sagte er leise und fragte: »Hätten Sie einen Augenblick für mich?«

»Möchten Sie Beichte ablegen?«, entgegnete der Mönch, ein dürrer Mann um die siebzig Jahre, mit weißem Haar und dünnem Stimmchen.

»Nein«, antwortete ihm Roncal, der sich nicht erinnern konnte, wann er das letzte Mal beim Beichten war. »Ich würde Ihnen nur gern ein paar Fragen stellen.«

»Ich höre.«

»Noch nie zuvor habe ich ein Kreuz wie dieses gesehen.« Roncal zeigte zum Ende des Altarraums. »Hat es denn eine bestimmte Bedeutung?«

Der Mönch blickte in die Richtung und seufzte. Zweifellos hörte er die Frage nach der seltsamen Form des Kreuzes nicht zum ersten Mal.

»Sind Sie ein Pilger?«, fragte der Mönch.

Für einen Augenblick war Kommissar Roncal versucht, ihm nicht die Wahrheit zu sagen, um unangenehmen Erklärungen auszuweichen, denn es schien ihm unsittlich, in einer Kirche über Verbrechen zu sprechen, aber er log nicht gern.

»Nein, Pater«, antwortete er, »ich bin Kriminalkommissar der Guardia Civil und ermittle in einer Reihe von … Delikten.«

Obwohl er Termini wie Verbrechen oder Mord vermied, erschraken seine Worte den Mönch, der ihn ansah und fragte: »Was? Hier in Puente la Reina?«

Roncal deutete erneut auf das Kruzifix und beharrte auf seiner Frage. »Ich möchte nur, dass Sie mir sagen, ob die Form dieses Kruzifixes eine bestimmte Bedeutung hat.«

»Begleiten Sie mich bitte«, entgegnete der Mönch und ging in Richtung Ausgang.

Als sie draußen waren, überquerten sie die Straße, durchschritten den steinernen Bogen und betraten ein anderes Gebäude, das wie eine weitere Kirche schien, aber es handelte sich um das Kloster San Juan. Er führte Roncal durch einen langen Gang bis zu einem Raum, in dem an den Wänden Vitrinen voller Bücher standen und zwei lang gezogene Tische mit Holzbänken die Mitte des Raumes einnahmen. Ein großzügiges Fenster an der Südseite erlaubte einen Blick auf einen wunderschönen Kreuzgang.

In dem Raum angekommen, drehte der Mönch sich wieder zu ihm. »Sind Sie wirklich von der Guardia Civil?«

Roncal griff nach seinem Dienstausweis und gab ihn dem Geistlichen, der ihn anschließend mit anerkennender Geste wieder zurückgab.

»Was möchten Sie genau wissen?«, fragte er daraufhin.

»Ich habe noch nie zuvor solch ein Kreuz in der Form eines Y gesehen.«

»Soweit ich weiß«, entgegnete der Mönch, »gibt es nur zwei Statuen Christi an einem Kreuz in Y-Form in Spanien. Dieses und ein Weiteres, den Cristo del Amparo in der Kirche Santa María in Carrión de los Condes.«

»Dieses Kreuz… Was stellt es dar? Wer kam auf die Idee, ein so seltsames Kreuz zu fertigen?«

»Um Ihre zweite Frage beantworten zu können, muss ich Ihnen berichten, was die Legenden sagen. Eine von ihnen erzählt, dass es eine Gruppe Pilger aus Deutschland auf ihrer Wanderung nach Compostela dabeihatte und auf dem Rückweg das Kruzifix hierließ als Dank für die gute Gastfreundschaft. Es ist anzunehmen, dass es deutscher Herkunft ist, denn in Köln und auch noch in anderen Städten hat man mittelalterliche Christi an ähnlichen Kreuzen wie dem unseren gefunden. Eine andere Legende berichtet, dass es die Templer im 12. Jahrhundert hergebracht haben sollen, als sie die Kirche gebaut hatten, aber in keinem der Fälle existiert ein Dokument, das dessen Herkunft bescheinigt.« Er machte eine kurze Pause, bevor er fortfuhr. »Was Ihre erste Frage betrifft, sollten Sie sich wohl besser an einen Historiker oder, noch besser, an einen Esoteriker wenden.«

Der Vorschlag des Geistlichen überraschte Roncal, und er fragte: »Was haben denn die Esoteriker mit der Form des Kreuzes zu tun?«

»Sie müssen verstehen, dass ich nicht gerade die geeignete Person bin, Ihnen diese Frage zu beantworten.«

»Mich interessieren hier keine Glaubensfragen, mir geht es nur um Informationen«, entgegnete Roncal und schaute seinem Gegenüber fest in die Augen.

Dieser wich seinem Blick nicht aus, und während einiger Sekunden hielten beide dem intensiven Blickkontakt stand wie in einem Duell.

Schließlich zeigte sich auf dem Gesicht des Mönches ein leichtes Lächeln. »Also gut, in diesem Fall will ich Ihnen die Dinge schildern, die ich hier und da gelesen habe, manche sind wirklich paradox. Ich nehme an, Sie kennen das *Gänsespiel*, eines der ältesten Brettspiele Europas?« Er hielt inne und wartete vergeblich auf eine Bestätigung Roncals. »Es gibt welche, die behaupten, das Spiel sei von den Templern erfunden worden und nichts Geringeres als ein geheimer Führer für den Camino del Santiago. Die Gans und das, was sie symbolisiert, wird durch die Zehenform ihres Fußes repräsentiert: ein Kreuz in Form eines Dreizacks.«

»Wie das Kreuz in der Kirche«, stellte Roncal fest.

»Ganz genau«, entgegnete der Mönch. »Für die Kelten war die Gans ein Paradigma des heiligen Wissens, da sie glaubten, die Gänse wären von den Göttern gesandt, um die Menschen zu beraten. An vielen Stellen des Jakobswegs kann man in den Steinen von Brücken und Kapellen den Gänsefuß eingraviert sehen.«

»Ah, und Sie? Was halten Sie davon?«

Der Geistliche lächelte leicht spöttisch, bevor er antwortete. »Sie fragen mich, ob ich glaube, dass die Inschriften etwas mit dem keltischen Glauben zu tun haben könnten?«

»Ja.«

»Natürlich nicht. Und ich verneine nicht aus einer Glaubensfrage oder einer rein religiösen Überzeugung heraus. Dieses Symbol wurde oft von den Steinmetzmeistern im Mittelalter benutzt. Warum? Das weiß niemand, aber ich bin mir sicher, dass es nichts mit den Göttern der Kelten zu tun hatte.«

Kommissar Roncal, der ständig über die Karten mit dem gezeichneten Gänsefuß grübelte, fragte sich, ob es sich statt um eine Unterschrift des Mörders nicht vielleicht auch um eine Nachricht handeln könnte, eine Warnung an einen Dritten.

»Meinen Sie, dieses Symbol wird heutzutage noch für irgendetwas verwendet?«, wollte er schließlich wissen.

Der Mönch verneinte zögerlich mit dem Kopf, als ob er sich nicht ganz sicher sei, wohin diese Frage nun führen sollte. »Nein«, sagte er. »Abgesehen von den Personen natürlich, die dem Camino de Santiago eine esoterische Bedeutung beimessen möchten.« Und er fügte hinzu: »Heutzutage gibt es schon seltsame Sachen. Ist es ein schlimmer Fall, an dem Sie arbeiten?«, wollte er plötzlich wissen.

»Ja«, antwortete Roncal und war versucht, ihm von den zwei Morden und der Sache mit den Gänsefußzeichnungen zu erzählen. Aber dadurch würde er nur die Gerüchte weiter schüren, die man sich wohl bereits, laut dem Polizisten der Wache in Puente la Reina, auf dem Jakobsweg erzählte. Er streckte dem Geistlichen seine Hand hin. »Danke für das Gespräch.«

»Ich hoffe, ich konnte Ihnen helfen«, sagte der Mönch und ergriff Roncals Hand.

»Mehr, als Sie sich vorstellen können«, antwortete Roncal, der darüber nachdachte, dass es gar nicht so abwegig wäre, wenn ein Mitglied einer esoterischen Gruppe sich durch andere Mitglieder betrogen gefühlt haben könnte und nun beschlossen hätte, Rache zu nehmen. Aber welcher Betrug wäre so gravierend, dass man dafür mordet?«

Als Roncal wieder unter freiem Himmel stand, schaute er auf seine Uhr. Es war fast vier, und wenn er die Pilger, die auf die Wache seiner Kollegen der Guardia Civil gebracht worden waren, nicht zu lange warten lassen wollte, dann müsste er sein Essen noch mal verschieben. Es wäre ja nicht das erste Mal, dass die Arbeit ihn von der Nahrungsaufnahme abhalten würde, und so nahm er den Weg zurück zum Präsidium. Vor der Tür der Herberge *Padres Reparadores* saßen schon jetzt wesentlich mehr Pilger als noch vor ein paar Stunden. Er musterte die Gesichter von einigen, die trotz der offensichtlichen Erschöpfung lächelten. Erneut fragte er sich, was diese Menschen antrieb, Tag für Tag unter brennender Sonne, pfeifendem Wind, kalten Regenschauern oder Schneefall bis zur vollen Erschöpfung den Weg zu nehmen.

Auf der Wache warteten bereits die vierzehn Pilger darauf, vernommen zu werden. Es waren drei Spanier und elf Personen anderer Nationalitäten. Roncal war sich sicher, dass diese elf Personen – zwei Franzosen, vier Deutsche, ein Italiener und vier Koreaner –, von denen bereits die Deutschen von der französischen Polizei verhört worden waren, wie ihn der diensthabende Polizist beim Eintreten informiert hatte, nichts mit den Morden zu tun hatten. Aber er hegte noch immer die Hoffnung, dass sie doch etwas gesehen oder gehört hätten, was ihm bei seinen Ermittlungen weiterhelfen könnte.

Im Fall der drei Spanier sah die Sache schon ganz anders aus. Da sie in den Augen von Kommissar Roncal der Kategorie *potenzielle Verdächtige* angehörten und da sich ihre Befragung länger hinziehen könnte als die der anderen elf Personen, beschloss er, sich diese für den Schluss aufzusparen.

Kriminalkommissar Roncal zeigte jedem Einzelnen von ihnen die Fotos der Opfer und fragte, ob sie sie wiedererkennen würden. Einige konnten Tomás Sánchez identifizieren, da sie ihn in der Herberge von Saint-Jean-Pied-de-Port gesehen hatten, aber an David Rocafort konnte sich niemand erinnern. Weiter wollte er wissen, um wie viel Uhr sie in der Herberge angekommen waren, wo und mit wem sie zu Abend gegessen hatten, wo sie in jeder der beiden Herbergen geschlafen hatten und ob sie etwas Auffälliges gehört oder gesehen hatten. Die Aussagen waren im Großen und Ganzen die gleichen, wie er sie eh schon gelesen hatte. Lediglich eine Deutsche erinnerte sich, nachts aufgewacht zu sein und das Licht einer Lampe neben einem der Stockbetten gesehen zu haben. Und zwei Koreanerinnen gaben an, sie hätten beim Verlassen des Restaurants, in dem auch Tomás Sánchez und seine Freundin gewesen waren, jemanden bemerkt, der im Schatten eines Hauseingangs gestanden und anscheinend versucht hatte, durch das Fenster des Restaurants zu spähen.

»Mir fiel das wieder ein, als Sie mich nach dem Ort fragten, an dem wir zu Abend gegessen hatten«, sagte eine der jungen Frauen. »Es war sehr kalt, und wir wunderten uns, was er da draußen in der Kälte machte.«

»Sind Sie sich sicher, dass es ein Mann war?«, fragte Roncal.

»Ja«, antwortete die Frau aus Korea.

»Meinen Sie, Sie würden ihn wiedererkennen?«

»Nein, leider unmöglich. Es war zu dunkel, und so genau habe ich auch nicht hingeschaut.«

»Was haben Sie gedacht, als Sie ihn da so sahen?«

»Wir glaubten, er würde wohl auf jemanden warten.«

Zweifellos handelte es sich hier um den Täter, dachte Roncal und stellte ihn sich vor wie eine wilde Bestie, die in der Dunkelheit auf ihre Beute lauerte.

Es war bereits fast neunzehn Uhr, als der erste Spanier, Víctor Suárez, in Roncals Verhörzimmer trat. Er war ein hagerer Mann um die dreißig mit gestutztem Bart, und die Haare fielen ihm bis über die Ohren. Eine moderne Brille mit Metallrahmen zierte sein Gesicht, was ihm das Aussehen eines schüchternen Menschen verlieh, was aber, Roncal war sich dessen sicher, nicht der Realität entsprach. Der Kommissar war hungrig und müde und wünschte sich, dass diese Verhöre, die ihn nicht wirklich weiterbrachten, endlich ein Ende fänden.

Als der Spanier sich gesetzt hatte und seinen Namen bestätigte, nahm er ihn in die Mangel. »Wo wohnen Sie?«

»In Madrid.«

»Sind Sie allein unterwegs?«

»Ja, das heißt… nein«, zögerte er. »Jetzt nicht mehr. Ich habe allein begonnen, aber dann habe ich die anderen zwei kennengelernt«, sagte er und bezog sich auf die anderen zwei Spanier, die draußen saßen und darauf warteten, an die Reihe zu kommen. »In Saint-Jean-Pied-de-Port, und seitdem wandern wir gemeinsam.«

»Sie haben sich in derselben Herberge kennengelernt?«

»Äh, eigentlich schon in Pamplona. Wir trafen im Busbahnhof aufeinander. Sie waren auch auf dem Weg zum Camino de Santiago, den sie ebenfalls in Saint-Jean-Pied-de-Port beginnen wollten. So beschlossen wir, ein Taxi zu teilen.«

»Haben Sie in der Nacht vom 19. März im *L'Esprit de L'Étoile* geschlafen?«

»Ja«, antwortete er, und die nächste Frage Roncals vorgreifend, fügte er hinzu: »Aber ich war im hinteren Zimmer.«

»Und am 20. März waren Sie auch in Roncesvalles?«

»Ja, da war ich auch.«

Roncal nickte und zeigte ihm daraufhin Fotos von Tomás Sánchez und David Rocafort. »Haben Sie diese Männer zu irgendeinem Moment an diesem oder am anderen Tag gesehen?«

»Nein. Sind das die Ermordeten?«

»Ja.«

»Es ist das erste Mal, dass ich sie sehe«, entgegnete er und gab ihm die Fotos zurück.

»Haben Sie denn keinen von den beiden gesehen, nachdem Sie gehört hatten, was passiert war?«

»Nein, ich bin nicht so einer von den Schaulustigen. In Saint-Jean hörte ich davon wie alle anderen, als diese Frau anfing, zu schreien, man habe ihren Freund ermordet. Ich glaube, alle wollten die Leiche sehen, bevor die Polizei eintraf. Aber ich bin nicht einmal in das Zimmer, in dem er lag. Und am darauffolgenden Tag in Roncesvalles bin ich schon im Morgengrauen weitergegangen und hatte nicht mitbekommen, was dort passiert war.«

»Wann haben Sie dann davon erfahren?«

»Am Nachmittag in Zubiri. Ein Australier hat es mir erzählt, anfangs konnte ich es gar nicht glauben. Ich spreche nicht besonders gut Englisch und glaubte, er würde das mit dem Mord in Frankreich verwechseln. Außerdem schien es mir doch ein wenig zufällig: zwei Morde an zwei aufeinanderfolgenden Tagen.«

So zufällig, dass es kein Zufall sein kann, dachte Roncal.

»Versuchen Sie, sich zu erinnern«, bat er ihn, »am 19. März in Saint-Jean und am 20. in Roncesvalles. Haben Sie irgendetwas Ungewöhnliches gesehen oder gehört? Denken Sie bitte nach.«

Víctor Suárez überlegte eine Weile, bis er antwortete: »Ich habe Ihnen ja schon gesagt, dass ich noch nicht einmal die zwei Todesopfer gesehen habe. Wenn etwas seltsam gewesen wäre, muss es wohl komplett an mir vorbeigegangen sein.«

»Wie viele Tage wollen Sie denn auf dem Jakobsweg unterwegs sein?«

»Etwas mehr als einen Monat. Ich würde gerne bis Santiago kommen und dann weiter bis nach Finisterre.«

»Müssen Sie denn nicht arbeiten?«, wollte Roncal wissen, überrascht davon, dass jemand, der weder Student noch Rentner war, so viele Tage am Stück freihatte, um den Camino de Santiago zu laufen.

»Genau genommen arbeite ich.«

»Wie denn das?«

»Ich bin Schriftsteller und arbeite an einem Buch über die magischen Aspekte des Jakobswegs.«

»Magische? Glauben Sie allen Ernstes, es gäbe magische Erscheinungen auf dem Camino de Santiago?«, entgegnete Roncal ironisch.

Nun war Suárez derjenige, der überrascht war über den Sarkasmus, den der Kriminalkommissar plötzlich an den Tag legte. Dessen Tonfall ärgerte ihn, und er sagte: »Magisch, mystisch … Sie wissen schon. Es existieren ja genug schriftliche Überlieferungen, dass sich vor mehr als elf Jahrhunderten viele Menschen aus ganz Europa auf den Weg nach Compostela begaben. Aber es gibt auch Indizien dafür, dass bereits die Kelten schon einige Jahrhunderte zuvor nach Finisterre, dem Ende der Welt, pilgerten. Dabei folgten sie den Gänsen auf ihren Migrationszügen, dem Sonnenverlauf, und in der Nacht orientierten sie sich an der Richtung, die die Milchstraße vorgab. Und weshalb? Was ist seit mehr als elf Jahrhunderten der Grund für Millionen von Menschen, genau diesen Weg genommen zu haben? Niemand weiß es. Die Christen sagen, um dem Apostel Santiago zu huldigen, aber … was ist mit den Kelten vor der Zeit der Christen? Mit welcher Sicherheit kann man denn behaupten, dass das eine ein Initiationsritus war und das andere nicht?«

Er machte eine Pause, um seinen Worten Nachdruck zu verleihen, doch Víctor Suárez, der gewohnt war, die Emotionen seiner Gesprächspartner zu lenken, wusste nicht, dass er gegenüber einem vorzüglichen Kenner jeglicher Gedankenmanipulationen saß und der ihn gerade kalt ansah.

»Ich kann nicht bestreiten«, fuhr Suárez fort, »dass etwas Mystisches und Magisches in all dem steckt. Es ist interessant, und außerdem ist es zurzeit in Mode. Heutzutage ist doch alles so abgeklärt, und die Menschen hungern ja förmlich danach, ihr Leben mit etwas Magie zu würzen. Irgendetwas, was die Wissenschaft oder die Geschichte nicht erklären kann.«

Kriminalkommissar Roncal lächelte. Er hatte einen Zyniker vor sich, aber das ließ ihn eher kalt. Von dem Vortrag war das Einzige, was seine Aufmerksamkeit erregt hatte, die Erwähnung der Gänse. »Wissen Sie, was der Gänsefuß ist?«

»Meinen Sie das Zeichen?«

»Ja.«

»Die Gans wurde schon seit Urzeiten und von vielen Kulturen als Symbol der Weisheit gesehen, und normalerweise wird sie durch ihren Fuß dargestellt. Dadurch kann man sagen, dass der Gänsefuß als ein Zeichen für Initiation gesehen wird.«

»Initiation für was?«, fragte Roncal, der nicht unbedingt eine spitzfindige Person auf diesem Gebiet war, und all dieses Gerede hörte sich in seinen Ohren an wie die Halbwahrheiten, derer sich Politiker und andere Quacksalber so gern bedienten.

Der Schriftsteller zuckte mit den Achseln und entgegnete: »Initiation beziehungsweise Einführung in einen bestimmten Personenkreis, eine Sekte oder ein geheimes Wissen zum Beispiel.«

Kommissar Roncal hatte bis heute noch nie zuvor von dem Symbol des Gänsefußes und seiner Bedeutung gehört noch von der esoterischen Auslegung des Jakobswegs. Das waren so Sachen, die ihn einfach nicht interessierten. Für ihn war alles, was man nicht sehen, riechen oder fühlen konnte, nichts weiter als Abschweifungen von der eigentlichen Sache, und darüber hinaus gingen sie schlecht einher mit seiner Arbeit. Als er zum ersten Mal die Karten mit der Zeichnung des Mörders gesehen hatte, war er davon ausgegangen, sie seien nur für ihn bestimmt und eine Art Rätsel. Aber nun, nachdem er erst mit dem Mönch gesprochen hatte und jetzt auch noch mit dem schreibenden Pilger, schien es ihm doch zu offensichtlich, nur ein hinterlassener Köder des Mörders zu sein.

Víctor Suárez rutschte auf seinem Stuhl hin und her und holte so den Kommissar aus seiner Gedankenwelt zurück.

»Gut, Sie können gehen«, sagte Roncal. »Sagen Sie bitte einem Ihrer Freunde, er kann jetzt reinkommen.«

Víctor Suárez erhob sich von seinem Stuhl, ging zum Ausgang. Als er die Türklinke in die Hand genommen hatte, drehte er sich noch mal um. »Sie hatten mich vorhin gefragt, ob mir etwas aufgefallen sei in Saint-Jean oder in Roncesvalles. Wahrscheinlich ist es nichts, aber am Morgen des 21. März, als ich gerade die Herberge in Roncesvalles verließ, fiel mir ein Pilger auf. Es war noch stockdunkle Nacht, und er stand ein paar Meter von der Herberge entfernt und schaute genauso versonnen in den Sternenhimmel wie ich. Ich bemerkte, dass wir dasselbe bewunderten: die Milchstraße. In diesem Moment schien es mir eine perfekte Allegorie zum Jakobsweg. Aber das war nicht das Seltsame, sondern ein paar Minuten später glaubte ich, ihn in einem Auto in Richtung Pamplona fahren zu sehen. Welcher Pilger steht schon vor Morgengrauen auf, um dann im Auto nach Pamplona zurückzufahren?«

Jemand, der kein Pilger war, jemand, der gerade von einem Tatort floh, dachte Kommissar Roncal. Mit einer Vorahnung, wie die Antwort ausfallen würde, erkundigte er sich: »Und haben Sie diesen Pilger seitdem noch einmal gesehen?«

Víctor Suárez trat näher. »Nein.«

»Könnten Sie ihn beschreiben?«

»Ja. Er war relativ jung, bestimmt noch keine vierzig, ungefähr von Ihrer Statur. Er war nicht dick, aber auch nicht unbedingt dünn und hatte schulterlanges Haar. Doch was mir am meisten auffiel, war sein Schnurrbart: ein riesiger Schnauzer, der sozusagen seinen kompletten Mund bedeckte. Wahrscheinlich ist es Unsinn«, fügte er lächelnd hinzu, »aber seine Erscheinung erinnerte mich an einen Hippie aus den Siebzigern.«

Roncal notierte die Personenbeschreibung. »Erinnern Sie sich an die Marke, Modell, Farbe des Autos und an irgendeine Zahl oder irgendeinen Buchstaben des Nummernschilds?«

Der Schriftsteller seufzte schwer und schüttelte den Kopf. »Es war eher ein größeres Auto, aber auf die Marke habe ich nicht geachtet, und es war von dunklerer Farbe. Ich kann Ihnen leider nichts weiter darüber sagen.«

»Kein Problem, Ihre Aussage war sehr hilfreich. Warten Sie einen Moment«, bat Roncal, als Suárez gehen wollte. Er suchte in seiner Brieftasche und zog eine Visitenkarte hervor, die er ihm übergab. »Wenn Sie sich doch noch an irgendein Detail dieser seltsamen Person oder des Autos erinnern, rufen Sie mich bitte an.«

Víctor Suárez nahm sie, sah sie an und steckte sie in seine Jackentasche. »In Ordnung«, sagte er und verließ das Büro.

Einige Sekunden später kam der nächste Spanier herein. Seine Aussage war genau gleich wie die seiner Vorgänger, nichts Besonderes: Er hatte die Todesopfer zuvor nicht wahrgenommen, noch hatte er etwas gesehen oder gehört, was von Belang für die Ermittlungen sein könnte... nein, nein, nein.

Als die Verhöre endlich vorüber waren, zeigte Roncals Uhr kurz nach acht. Er war müde, und sein Kopf schmerzte, aber Hunger verspürte er kaum noch. Nachdem er sich von dem Hauptkommissar des Präsidiums verabschiedet hatte, machte er sich auf die Suche nach seinem Fahrer, und sie fuhren wieder zurück nach Zaragoza. Roncal schaute auf seine Uhr und errechnete, dass sie gegen halb elf ankommen müssten.

Der Fahrer drehte sich um und fragte ihn: »Möchten Sie, dass ich unterwegs irgendwo anhalte, um etwas zu essen, Herr Kommissar?«

»Nein«, entgegnete er, obwohl er seit dem Frühstück nichts mehr zwischen die Zähne bekommen hatte, »ich möchte lieber auf schnellstem Wege nach Hause.«

Roncal streckte sich ein wenig auf seinem Platz aus, um eine gemütliche Sitzposition einzunehmen, und schloss die Augen. Wenigstens könnte er sich auf dem Weg ein bisschen ausruhen. Aber das Klingeln seines Handys, ein altes Rolling-Stones-Lied, schreckte ihn auf.

»Ja?«, antwortete er, ohne vorher auf das Display geschaut zu haben, wer ihn anrief.

Es war Amaya. »Wie geht es dir?«, wollte sie wissen. »Schon lange nichts mehr von dir gehört.«

»Gut, ich bin sehr eingespannt in der letzten Zeit«, entschuldigte sich Roncal.

»Also kommst du nicht bei mir vorbei?«, fragte die Frau, und ein vorwurfsvoller und enttäuschter Ton schwang mit.

»Unmöglich. Ich versuche, am Samstag oder Sonntag bei dir vorbeizukommen«, sagte er lustlos und fügte hinzu: »Falls ich in Zaragoza sein sollte.«

Es entstand ein unangenehmes Schweigen, das nur vom Rauschen des Autos durchbrochen wurde, das mit einhundertfünfzig Stundenkilometern auf der Autobahn entlangbrauste.

Roncal fragte schließlich: »Und dir? Wie geht es dir?«

Kapitel V

25. März
Zaragoza

Am darauffolgenden Morgen erwartete ihn bereits Wachtmeister Fernández in der Tür seines Büros mit den Akten über Tomás Sánchez und David Rocafort in einer und mit einem großen Kaffee ohne Zucker in der anderen Hand.

»Wann sind die Berichte eingetroffen?«, fragte Roncal geistesabwesend, während er einen ersten Schluck aus der Kaffeetasse nahm.

»Gestern Abend kurz vor Dienstschluss, Herr Kommissar.«

»Haben Sie sie schon gelesen?«

»Ja, Herr Kommissar.«

»Na, dann fassen Sie doch mal zusammen«, ordnete Roncal an, trank einen weiteren Schluck Kaffee und öffnete eine der Mappen, die ihm der Polizist in der Tür übergeben hatte.

Dieser stand aufrecht in seiner ganzen dickbäuchigen Erscheinung vor ihm, räusperte sich leicht und begann zu erklären: »Ich nehme an, Sie suchen eine Verbindung zwischen den beiden, Herr Kommissar. Etwas, was die Opfer und den Mörder verband und was der Grund dafür ist, dass sie nun nicht mehr am Leben sind.«

Kommissar Roncal sah Fernández an und nickte mit dem Kopf. Wieder einmal bewunderte er den einfachen und direkten Weg, den er nahm, um einen Lösungsweg zu finden. »Ja, genau das suche ich.«

»Tja, dann haben wir ein Problem«, fuhr der Wachtmeister fort, »denn diese zwei Männer könnten nicht unterschiedlicher sein. Laut den Berichten war Tomás Sánchez ein konservativer Mann, sehr ernst, verantwortungsbewusst, Bankangestellter und mit einer Verlobten, die er in ein paar Monaten ehelichen wollte. Eines seiner Hobbys war das Wandern, und er war Mitglied einer Wandervereinigung in Madrid, die jedes Wochenende Ausflüge organisiert. David Rocaforts Leben hingegen schien das genaue Gegenteil: Vor fünfzehn Jahren hatte er geheiratet, verließ seine Frau jedoch schon nach einigen Monaten. Seit damals hatte er keine feste Arbeitsstelle. Er hat eine Tochter im Alter von sechzehn, die er aber nie gesehen hatte …«

»Drogen?«, wollte Roncal wissen.

»Er rauchte Haschisch und drehte hin und wieder ein paar krumme Dinger. Dem Bericht zufolge nichts Gravierendes.«

»Und von was lebte er dann?«

»Seit ungefähr einem Jahr erhielt er von irgendjemandem jeden Monat pünktlich zum Ersten tausend Euro auf sein Bankkonto.«

»Per Überweisung?«, fragte Roncal, während er einige Daten im Bericht überprüfte.

»Direkteinzahlung am Bankschalter. Unmöglich, den Wohltäter ausfindig zu machen«, antwortete Fernández.

»Wo wurden denn die Einzahlungen vorgenommen?«

»Normalerweise von Madrid aus, aber hin und wieder auch in einer anderen Stadt.«

Kommissar Roncal schreckte hoch. »Ach was! Da sieh einer an!«, rief er aus. »Tomás Sánchez war doch aus Madrid, nicht? Und außerdem arbeitete er in einer Bank. Wissen wir, von welcher Bank die Einzahlungen ausgingen?«, fragte er, während er einen Blick in Mappe warf, um sich sofort enttäuscht selbst die Frage zu beantworten. »Oh Mist! Derjenige ist ganz schön gewieft. Jedes Mal in einer anderen Bank und jedes Mal in einer anderen Filiale. Scheint, er wollte nicht erwischt werden.«

Er nahm die Augen wieder von den Papieren und richtete seinen Blick auf den Kollegen, der weiterhin unbeweglich vor ihm stand. »Was meinen Sie, weshalb diese Einzahlungen?«

»Von jemandem, der ihn sehr mochte, vielleicht... zum Beispiel jemand aus der Familie«, holte Fernández aus, »oder vielleicht handelte es sich um die Bezahlung einer alten Gefälligkeit...«

»Oder aber als Produkt einer Erpressung«, schlussfolgerte der Kommissar. »Womit wir auch ein Motiv für ein Verbrechen hätten.«

»Und wie würden Sie dann den Tod von Tomás Sánchez erklären?«

Auf diese Frage von Fernández hatte Roncal keine Antwort. »Das weiß ich nicht, es sei denn, das Motiv würde darin bestehen, uns mit einer möglichen Verbindung zwischen den zwei Opfern in die Irre zu führen.«

Nach ein paar Sekunden, in denen beide ihren Gedanken nachhingen, sagte Wachtmeister Fernández in einem beinahe geheimnisvollen Ton: »Da gäbe es schon eine Verbindung zwischen den zwei Todesopfern.«

»Was?«

»Laut den Berichten sind beide vor Jahren schon einmal den Jakobsweg gegangen.«

»Zur gleichen Zeit?«

»Es ist kein Datum angegeben.«

Roncal schloss die Akten und legte sie beiseite. »Rufen Sie Inspektor Mendizábal an, und sagen Sie ihm einen schönen Gruß von mir, er solle doch bitte so genau wie möglich die Daten in Erfahrung bringen, an denen die beiden Todesopfer damals auf dem Jakobsweg unterwegs waren. Sie können gehen«, ordnete er an.

»Gern, Herr Kommissar.« Er salutierte und ging zur Tür.

»Fernández!«, rief Roncal ihn zurück.

»Ja, Herr Kommissar?«

»Sagen Sie bitte Inspektor Mendizábal auch noch, dass er doch bitte herausfinden soll, ob den beiden an Rätseln gelegen war und ob sie eine dieser Esoterikzeitschriften gelesen oder abonniert hatten, die es so am Zeitungsstand gibt.«

Als er wieder allein in seinem Büro saß, ging Roncal erneut die Aufzeichnungen der gestrigen Verhöre in Puente la Reina durch. Das Einzige, was man jetzt wohl sicher sagen konnte, war, dass der Mörder auf dem Gebiet der Zeichen, die mit dem Jakobsweg verbunden waren, bewandert war und in der Nacht vom 20. März in der Herberge in Roncesvalles geschlafen hatte. Sowie, dass er am darauffolgenden Morgen in einem großen dunklen Auto abgehauen war. Aber wenigstens hatte Roncal eine Verbindung zwischen den Mordopfern herstellen können: den Jakobsweg. Und nicht nur, weil beide dort tot aufgefunden wurden, sondern auch, weil sie ihn schon einmal in der Vergangenheit gegangen waren. Hatten sie sich vielleicht dabei kennengelernt? Das wäre des Rätsels Lösung. Denn wenn die Antwort positiv ausfallen würde, dann müsste man nur noch herausfinden, was damals an diesen Tagen oder Wochen geschehen war, um das Motiv der Verbrechen zu erhalten. Und damit hätte man den Mörder schon so gut wie in der Hand.

Das Telefonklingeln holte ihn aus seinen Überlegungen. Es war Polizist Mendizábal, der ihn darüber informierte, dass die gewünschte Erweiterung der Berichte bereits ins Rollen gebracht worden sei und, was wesentlich interessanter war, man Eva María Ortega in ihrem Elternhaus in Madrid ausfindig gemacht habe.

Er hatte ja bereits die Aussage der jungen Frau gelesen, die sie in den vierundzwanzig Stunden nach dem Auffinden der Leiche ihres Verlobten der Gendarmerie gegeben hatte, als sie noch als Hauptverdächtige gegolten hatte. Es war eine defensive Aussage, sie hatte noch unter Schock gestanden und gewusst, dass die Gendarmen sie verdächtigten.

»Veranlassen Sie alles Nötige, damit ich noch heute Nachmittag nach Madrid fahren kann«, sagte Roncal. »Ich muss diese Frau verhören.«

* * *

Es war zwanzig Minuten vor sechs, als Roncal in der Hauptwache der Guardia Civil in Tres Cantos in Madrid eintraf.

Ein Polizist führte ihn zu dem Raum, in dem bereits Eva María Ortega mit ihrem Vater wartete. Er hatte absichtlich auf das Verhörzimmer verzichtet, denn er wollte die junge Frau so ruhig und entspannt wie möglich befragen in einer Atmosphäre, die einer normalen Unterhaltung gleichen sollte. Sogar ihren Vater hatte er gebeten, dabei zu sein.

»Nur wenn es in Ordnung ist für sie«, hatte dieser geantwortet.

Eva María hatte keine Einwände, und ihr Vater setzte sich zu ihr. Nervös verkrampfte sie ihre Hände.

Kriminalkommissar Roncal entnahm ein paar Blätter aus seiner Aktentasche und legte sie auf den Tisch. Es war eine Kopie der Aussage, die sie vor fünf Tagen in Saint-Jean-Pied-de-Port gemacht hatte. »Sie wissen, warum Sie hier sind, nicht wahr?«, fragte er einleitend.

Die Frau nickte und nahm eine Hand ihres Vaters.

»Zuallererst möchte ich Ihnen mein herzliches Beileid für den Verlust Ihres Verlobten aussprechen«, sagte Roncal weiter.

»Danke. Ich kann immer noch nicht fassen, dass Tomás tot ist. Haben Sie schon einen Verdächtigen?«

»Nein«, entgegnete Roncal. »Noch nicht.«

Er war kurz davor, einen dieser Sätze anzubringen, die man in solchen Fällen verwendete, um die Familie zu beruhigen, aber beschloss dann, doch lieber zu schweigen. Einer Frau, die neben ihrem Verlobten lag, als dieser ermordet wurde, einen Satz à la: *Wir werden diesen Verbrecher finden, der Ihnen das angetan hat, und er wird dafür büßen*, schien ihm dann doch nichts weiter als eine naive Absichtserklärung zu sein. Vor allem, wenn er eigentlich so gut wie noch gar nichts in der Hand hatte.

»Wie viele Tage hatten Sie geplant, auf dem Camino de Santiago unterwegs zu sein?«

»Drei. Wir wollten bis nach Pamplona und anschließend mit dem Zug zurück nach Madrid fahren.«

»Warum fingen Sie in Saint-Jean an und nicht an irgendeinem anderen Punkt des Jakobswegs?«

Eva María zögerte. »Ich weiß auch nicht…«, sagte sie schließlich. »Wir gingen oft am Wochenende zum Wandern, und immer war es Tomás, der die Strecken plante.«

»Also war es schon länger geplant, dass sie von Saint-Jean aus wandern wollten?«

»Nein. An diesem Wochenende hatten wir eigentlich vor, in die Sierra de Gredos zu fahren. Wenige Tage vor der Abreise entschied sich Tomás jedoch um. Eines Tages kam er zu mir und sagte: ›Ich habe mir überlegt, dass wir doch lieber ein paar Etappen des Jakobswegs machen. Von Saint-Jean-Pied-de-Port aus.‹«

»Und hat er Ihnen erklärt, woher dieser plötzliche Sinneswandel kam?«

»Er hat nur gesagt, er habe sich dort mit ein paar Freunden verabredet.«

»Was für Freunde?«

»Das weiß ich nicht.«

»Leute aus dem Wanderverein?«

»Nein, das glaube ich nicht. Wenn es jemand gewesen wäre, den ich auch kenne, dann hätte er es mir gesagt.«

Kommissar Roncal schaute Eva María in die Augen, und zu seiner Überraschung hielt sie seinem Blick stand. Sie schien weiterhin angespannt, aber ihre Nervosität verflog allmählich. Er nutzte die Gelegenheit, sie abzuschätzen, und in wenigen Augenblicken kam er zu der Überzeugung, dass Eva María Ortega eine vertrauenswürdige und sehr intelligente Person sei.

»Hatte Tomás irgendwelche Feinde?«, fragte er plötzlich.

»Feinde?«, wiederholte sie. »Tomás war lammfromm. Ich glaube nicht, dass ihm irgendjemand etwas Böses wollte. Es muss eine Verwechslung gewesen sein, denn er hätte nicht mal einer Fliege etwas zuleide tun können.«

»Wann war Ihr Verlobter denn zuletzt auf dem Jakobsweg?«

Die junge Frau schien überrascht über die Frage. »Woher wissen Sie, dass Tomás zuvor schon mal auf dem Camino de Santiago war?«

»Ich habe einen Bericht«, Roncal stockte, »ich nehme an, es waren die Eltern oder seine Arbeitskollegen, die uns diese Information gaben.«

»Ja, Tomás ist vor zehn oder elf Jahren schon einmal einen Teil gegangen, die Hälfte ungefähr, wie er mir erzählte. Aber er hat die Wanderung dann abgebrochen, weil ihm der Jakobsweg anscheinend nicht gefallen hatte. Darum habe ich mich ja auch so gewundert, dass er plötzlich wieder für ein paar Tage dahin zurück wollte.«

»Wissen Sie noch genau, wann das war?«

»Nein. Das war lange, bevor wir uns kennengelernt haben.«

»Ich würde gerne das Haus sehen, in dem er gewohnt hat«, bat Roncal. »Würden Sie mich begleiten?«

»Natürlich«, antwortete sie und fragte: »Was erwarten Sie denn, dort vorzufinden?«

»Etwas, was uns weiterbringt … ich weiß nicht genau. Ein Brief, Fotos …«

»Da ist nichts dergleichen.«

»Woher wissen Sie das?«

»Na, weil es auch mein Haus ist. Ich kenne jede Ecke in- und auswendig, jeden Schrank, jede Kiste. Da ist nichts aus seiner Vergangenheit. Vielleicht im Haus seiner Mutter«, sie überlegte kurz, »obwohl ich das auch nicht glaube. Tomás war keiner, der Sachen aufbewahrte oder an der Vergangenheit hing. Er sagte immer, ihm gefalle die Zukunft besser, denn da könne man den Weg einschlagen, den man möchte, und die Vergangenheit interessiere ihn nicht, da man ja eh nichts mehr daran ändern könne.«

Warum seine Einstellung, nicht an die Vergangenheit denken zu wollen? Die Vergangenheit von Tomás Sánchez war aber genau die Zeit, die Kommissar Roncal am meisten interessierte, da dort der Schlüssel verborgen liegen könnte. War da möglicherweise etwas, was er vergessen *musste*? Was hätte er an seiner Vergangenheit ändern wollen und konnte es nicht?, fragte sich Roncal.

»Hat er Ihnen nie erzählt, ob er vielleicht in der Vergangenheit ein traumatisches Erlebnis hatte?«

»Nein. Er hat immer von einer glücklichen Kindheit gesprochen«, antwortete sie im Glauben, der Kommissar wäre an diesem Lebensabschnitt interessiert.

Die Kindheit. Roncal glaubte nicht an das Märchen von der glücklichen Kindheit, aber hatte auch nicht das Recht und auch keine Lust, anzuzweifeln, dass es bei anderen Leuten anders gewesen war. Auf jeden Fall hatte ihn dieser Ausflug in das Leben von Tomás Sánchez ihn ihm so nah gebracht, dass er schon fast das Gefühl hatte, neben ihm zu stehen.

Roncal drückte die Fingerkuppen fest in die Innenfläche seiner Hand, um ein Schwindelgefühl abzuwenden, das ihn manchmal überfiel, und er fragte: »Können Sie sich erinnern, ob er nervös war in der Nacht, als er ermordet wurde?«

»Ja, das war er ein bisschen. Aber ich habe dem nicht allzu viel Bedeutung beigemessen, da ich davon ausging, es hinge mit seinen nicht so guten Erinnerungen an den Weg zusammen. Ich habe Ihnen ja schon erzählt, dass ihm der Jakobsweg beim ersten Mal nicht so gut gefallen hatte.«

»Hatte er sich in letzter Zeit besonders nervös oder unruhig gezeigt?«

»Nein. Normalerweise war Tomás ein sehr ruhiger Mensch. Hin und wieder mal konnte er etwas gereizt reagieren, doch das war immer schnell verflogen.«

»Was regte ihn denn auf?«

»Ich nehme an, irgendwas in der Arbeit.«

»Sie nehmen an?«, fragte Roncal verwundert.

»Ja, ich nehme an. Tomás hat nicht gern über seine Gefühle gesprochen, und ich habe das respektiert.«

»In den vergangenen Monaten, ist da irgendetwas passiert, was Ihnen seltsam vorkam?«

Die Frau schüttelte langsam und nachdenklich den Kopf. Dann erinnerte sie sich doch noch an etwas, und als ob diese Erinnerung von ihr Besitz ergreifen würde, erschien sie ihr vollkommen klar, und sie durchlebte sie bis ins kleinste Detail. Der Drang, zu weinen, überfiel sie, und sie machte sich unglaubliche Vorwürfe, nicht mehr darauf beharrt zu haben, dass Tomás ihr erzählte, was ihn bedrückte. Hätte sie es getan, dann wäre er vielleicht noch am Leben. Sie stoppte ihre langsamen Kopfbewegungen, sah Roncal in die Augen und sagte: »Vor ungefähr einem Jahr wachte ich nachts auf und sah das Licht im Wohnzimmer brennen. Es war vier Uhr morgens, und das war recht ungewöhnlich. Also stand ich auf, um nach dem Rechten zu sehen. Es war Tomás, er weinte. Ich fragte ihn, was denn los sei, doch er wischte sich nur die Tränen weg und antwortete, es sei nichts. Dann gab er etwas von sich, was ich nicht verstand. Er sagte: ›Man kann die Vergangenheit nicht aus seinem Kopf löschen. Ich dachte, man könnte es, aber es funktioniert einfach nicht.‹«

»Und er hat Ihnen nie erzählt, worauf sich seine Worte bezogen?«

»Nein.«

»Nun werde ich Ihnen eine Frage stellen, die Sie bereits beantwortet hatten, und ich möchte, dass Sie noch einmal genau überlegen, bevor Sie etwas sagen«, bat Roncal langsam und fast schon theatralisch. »Diese Nacht in Saint-Jean-Pied-de-Port, haben Sie den Mörder gesehen?«

»Nein«, antwortete sie ohne einen Anflug von Zweifel. »Ich habe geschlafen, als er ermordet wurde.« Sie machte eine Pause, und plötzlich traf sie der Kummer mit aller Wucht. »Tausend Mal bin ich schon im Kopf durchgegangen, was in dieser Nacht passiert ist, auf der Suche nach einem Detail, das mir entgangen sein könnte, ein Gesicht, ein Blick, ein Geräusch… Ich versichere Ihnen, ich habe nichts gesehen und nichts gehört, außer…«

»Sprechen Sie weiter«, bat Roncal, als die Frau ihre Erzählung unterbrach.

Eva María schloss die Augen. »Wir haben gerade zu Abend gegessen, und Tomás glaubte, dass uns jemand durch das Fenster ansah. Aber dem war nicht so.«

»Sie hatten ja angegeben, dass sie mit einigen Freunden verabredet waren, nicht? Kann es einer der Bekannten gewesen sein?«

Eva María zuckte mit den Schultern. »Ja, möglicherweise. Deshalb habe ich mir ja keine weiteren Gedanken darum gemacht.«

»Haben Sie diesen Mann im Fenster auch gesehen?«, interessierte Roncal.

»Nein. Als Tomás es mir sagte, habe ich hingeschaut, aber niemanden gesehen. Vielleicht war es ja nur eine Spiegelung im Fenster. Wer weiß!«

»Eine letzte Frage: Könnten Sie sich vorstellen, wer nach seinem Leben getrachtet haben könnte?«

»Ich kann mir nicht vorstellen, dass es jemanden gibt, der ihm den Tod gewünscht hätte. Wie schon gesagt, er war überall beliebt.«

Doch augenscheinlich schien sich immer mehr herauszukristallisieren, dass dies ja nicht ganz der Wahrheit entsprach und es wohl jemanden gegeben haben musste, der Tomás Sánchez' Tod gewünscht hatte, und er nicht zufällig ausgewählt worden war.

Kommissar Roncal dankte Eva María Ortega für das Gespräch und gab ihr eine Visitenkarte mit der Bitte, ihn bei der leisesten Erinnerung, so unwichtig es ihr auch scheinen möge, anzurufen.

Obwohl Roncal vorgehabt hatte, direkt von Madrid wieder nach Zaragoza zurückzukehren, entschied er sich dafür, seine Reise nach Valencia auszuweiten. Es wäre von außerordentlicher Wichtigkeit, den Bericht über David Rocafort zu vervollständigen, und dafür müsste er mit dessen engsten Vertrauten sprechen. Mit jemandem, der ihm etwas über bestimmte Details aus dessen Vergangenheit berichten könnte. Außerdem war er müde, und der bloße Gedanke daran, nach Zaragoza zurückzufahren, nur um kurz darauf nach Valencia aufzubrechen, ließ ihn seine Pläne ändern.

Er blätterte in der Akte, die er in seinem Koffer trug, und ihm fiel auf, dass Rocafort nicht gerade viele Freunde gehabt hatte und kaum Kontakt zu seiner Tochter. Mit der Exfrau?, fragte er sich. Wahrscheinlich noch weniger. Roncal rief den Polizeichef des Präsidiums in Valencia an, und nachdem er sich für den kommenden Morgen angemeldet hatte, bat er darum, alles für eine Vernehmung der Tochter David Rocaforts vorzubereiten.

Währenddessen fuhr das Auto durch stockfinstere Nacht, deren Schwärze nur hin und wieder von den entgegenkommenden Scheinwerfern durchbrochen wurde. Roncal wusste, er würde während der Fahrt nicht schlafen können, bettete aber dennoch seinen Kopf auf die Nackenstütze und schloss die Augen. Dann versuchte er, zu berechnen, wie schnell die entgegenkommenden Autos fahren – anhand der Motorengeräusche beim Näherkommen und wenn sie sich wieder entfernten. Dabei kam ihm der Dopplereffekt in den Sinn. Existierte dieser Effekt auch bei menschlichen Gefühlen? Er dachte an Elena und an Amaya und spürte einen Stich in seiner Brust. Der Gedanke an eine feste Bindung schreckte ihn ab. Seit er bemerkt hatte, dass sie in ihn verliebt war, verspürte er den unsäglichen Drang, zu fliehen, ohne einen Blick zurückzuwerfen. Aber unsichtbare Fäden schienen ihn mit aller Gewalt festzuhalten. War es denn nicht möglich, die Beziehung einfach in diesem ungewissen Zustand beizubehalten, in dem alles so schön vage war? Obwohl er sich ja eingestehen musste, dass das, was sie wirklich forderte, in erster Linie Aufmerksamkeit war und noch keine feste Beziehung. Es war er selbst, der sich so voller Angst in seine eigenen Gefühle verstrickte. Trotz allem akzeptierte Amaya diesen Zustand, und er sagte sich, dass sie die einzige Frau in seinem Leben war, die ihm seit dem Tod seiner Frau etwas bedeutete.

Natalio Roncal hatte sich nicht mehr für Frauen interessiert, seit vor acht Jahren seine Frau und sein zweijähriger Sohn bei einem Autounfall ums Leben gekommen waren. Sie hatten gerade das Wochenende bei ihm in Bilbao verbracht und befanden sich wenige Kilometer von Valladolid entfernt, als es passierte. Der bloße Gedanke daran, eine Beziehung mit einer anderen Frau einzugehen, in die auch Gefühle involviert wären, widerstrebte ihm. Es wäre, als ob er seine Frau und auch seinen Sohn betrügen würde. Daher war sein einziger Kontakt mit dem weiblichen Geschlecht ein rein käuflicher, wann immer der Ruf der Natur zu groß wurde. Roncal hatte dabei keine moralischen oder sonstigen Bedenken. Eine ganz normale Sache, für die er bezahlte, um ohne Umschweife das zu bekommen, was er benötigte.

Amaya war die erste Frau nach Elena, die wirklich seine Aufmerksamkeit erregte, von dem Moment an, als er sie in einem Raum voller Menschen entdeckte. Sie zog ihn an wie ein Magnet, als würde sie in einem Scheinwerferkegel stehen, und alle um sie herum verblassten. Und als er sich ihr dann näherte und ihr in die Augen schaute, wurde ihm schwindlig, als ob der Planet unter seinen Füßen in ein schwarzes Loch gesogen würde. Und er wusste, ob er wollte oder nicht, diese Frau würde sein Leben verändern, und er könnte nichts dagegen tun.

Eine Zeit lang schaltete sich sein Gehirn aus, und er ließ sich auf dieser Welle tragen. Erst als er sich bewusst wurde, dass er sich immer weiter in das eigene Netz der Gefühle verstrickte, begann er, Fragen zu stellen und nach Antworten zu suchen. Wann war der Punkt an ihm vorübergezogen, an dem er hätte aussteigen können? Wann hatte seine Weltordnung, die er so brauchte, begonnen, sich auf den Kopf zu stellen? An einem Tag, an dem, ohne dass es auch nur einer von beiden bemerkt und es sich wahrscheinlich auch nicht gewünscht hatte: der Tag, als sie in eine Phase des geheimen Einverständnisses, der Anrufe zu unmöglichen Zeiten und der zugeraunten Zärtlichkeiten eingetreten waren.

Da erfuhr Amaya, dass Natalio verheiratet gewesen war und einen Sohn gehabt hatte und beide bei einem Autounfall ums Leben gekommen waren und dass er die Schuldgefühle, die er seit damals mit sich herumtrug, nicht abschütteln konnte.

Er war sich absolut und unerschütterlich sicher, sie wären noch am Leben, wenn er nicht aus einem überbeschützenden, dummen Gefühl heraus darauf bestanden hätte, dass sie weiter in Valladolid wohnen sollte, obwohl sie eigentlich mit ihm ziehen wollte, als er nach Bilbao versetzt wurde.

Amaya, die bereits von Amors Pfeil getroffen war, wusste, es wäre unmöglich, gegen so ein Phantom anzukämpfen. Sie hätte ihm einen Vortrag darüber halten können, wie absurd dieser Gedanke und wie unnütz solch negative Gefühle doch wären, aber stattdessen nahm sie ihn einfach nur in den Arm und schenkte ihm all ihr Mitgefühl. Unweigerlich kam er langsam in das Alter, in dem das Voraussehbare sich in einen wichtigen Faktor der Stabilität wandelte. Es stimmte, wenn wie bei einem Forscher, der am Ende des Geländes angelangt war, sich das Schwindelgefühl auflöste, sobald man jede einzelne Falte des anderen Körpers oder der andern Seele kannte. Doch genauso war es wahr, dass zu diesem Zeitpunkt manchmal auch ein neues Abenteuer begann, vielleicht nicht ganz so heftig wie das erste, aber dafür umso tiefgehender.

Roncal wünschte sich, dass ein freundliches Gesicht auf ihn wartete, wenn er von einem harten Arbeitstag nach Hause kam, eine Brust, an die er sich anschmiegen, und eine Stimme, der er lauschen könnte, und verspürte Panik. Jetzt war noch Zeit, zu fliehen, um dem Gefühl des Betrugs an Elena auszuweichen, und er tat es. Von einem Tag auf den anderen hatte er sich nicht mehr bei Amaya gemeldet und sich immer mehr in seine Arbeit vergraben, um nicht nachdenken zu müssen.

Die Worte seines Fahrers holten ihn wieder aus seinen Gedanken.

»Herr Kommissar…«, sagte dieser, und da er dachte, Roncal wäre eingeschlafen, wartete der Chauffeur, bis er sich aufrichtete, um dann fortzufahren: »Wir sind gleich in Valencia. Wo soll's hingehen?«

»Halten Sie einfach an dem erstbesten Hotel, das Sie sehen«, antwortete Roncal.

»Morgen müssen wir früh raus.«

Nachdem sie in einem Hotel im Stadtzentrum angekommen waren, gab er dem Fahrer etwas Geld, damit dieser sich etwas zu essen kaufen konnte, und sperrte sich in seinem Zimmer ein. Er war nicht müde, jedenfalls nicht körperlich, aber es war bereits dreiundzwanzig Uhr, und er verspürte keine Lust, durch die Gegend zu laufen und ein Restaurant zu suchen, dessen Küche noch geöffnet wäre. Er warf einen Blick in die Minibar, und zu seiner großen Freude entdeckte er Tonicwater und kleine Fläschchen Gin. Daraus machte er sich ein großes Glas Gin Tonic, und als er einen ersten Schluck genommen hatte, ließ er sich der Länge nach aufs Bett fallen. Nachdem er Amaya bereits mehr als einen Monat nicht mehr gesehen hatte, schaffte er es bereits, die Erinnerung an ihr Gesicht fast gänzlich aus seinem Gedächtnis zu streichen. Aber ihr Anruf letzte Nacht hatte diese konfusen Gefühle in ihm wieder wachgerüttelt. Er stand auf, trank den Gin Tonic auf einen Zug leer und zog sich aus, um zu duschen. Das Wasser ließ er so lange laufen, bis es beinahe unerträglich heiß wurde, erst dann stellte er sich unter den Wasserstrahl. Roncal stützte sich mit seinen Armen an der Wand ab, und während einiger Minuten ließ er den Wasserstrahl heftig auf sich einprasseln, ertrug Hitze und Druck, bis der Wasserdampf es ihm fast unmöglich machte, zu atmen. Erst danach drehte er den Hahn zu und rubbelte seine Haut bis zur Schmerzgrenze.

So wie er es des Öfteren tat, um Leben um sich herum zu haben, schaltete er den Fernseher ein, ohne Notiz davon zu nehmen, was gerade lief. Nackt setzte er sich vor das Fenster und atmete tief durch. Für einige Minuten genoss er die blumige Nachtluft Valencias. Im Fernsehen kam ein Schwarz-Weiß-Film von Truffaut, der ein paar Sekunden seine Aufmerksamkeit erregte, aber ihm stand nicht der Sinn danach. Er dachte kurz daran, Amaya anzurufen, überlegte es sich dann doch noch einmal anders. Erneut richtete er seinen Blick auf den lärmenden Verkehr, auf die wenigen Fußgänger, die in aller Eile auf dem Bürgersteig aus seinem Blickfeld verschwanden, und auf die beleuchteten Gebäude, die in der Ferne strahlten. Und bevor er schließlich einschlief, trank er noch zwei weitere bittere Gin Tonic.

25. März
Navarrete

Während des ganzen Morgens, den er durch die ausladenden Weinfelder wanderte, die wie eine grüne Decke die sanften Hügel zwischen Viana und Navarrete bedeckte, hatte Wissermann eine seltsame Vorahnung. Das Gefühl, sein Leben wäre in Gefahr, überschattete ihn. Er war sich sicher, dass dies bestimmt nur Einbildung war, aber während der folgenden dreiundzwanzig Kilometer, die zwischen dem einem und dem anderen Dorf lagen, schaute er sich alle paar Minuten um.

Erst nachdem er in der Herberge von Navarrete angekommen war, sich geduscht und erholt hatte, vergaß er das beunruhigende Gefühl wieder, das ihn die Etappe über begleitet hatte. Er verbrachte den Nachmittag damit, durch die Gassen zu schlendern und nachzudenken, so wie er es in jedem Dorf tat, in dem er bis jetzt auf seiner Reise übernachtet hatte. Er betrat die Kirche und setzte sich auf eine der vorderen Bänke. Seit seiner Kindheit war er nicht mehr in einer Kirche gewesen. Wissermann war kein gläubiger Mensch. Hin und wieder, wenn er mit einem Freund auf das Thema zu sprechen kam, sagte er, er glaube nicht an Gott, da er keine Notwendigkeit darin sehe: »Der Mensch glaubt nur an das, was er glauben muss, das, was sich gut anfühlt für diejenige Person. Ich komme auch gut ohne aus.«

Jedoch als er dort so im Halbdunkeln saß, gegenüber dem großen Altar, dachte dieser einsame Mann über die Belanglosigkeit des Seins nach und verspürte plötzlich den Drang, zu beten. Und was ist beten anderes, als mit Gott zu sprechen? Zumindest war es das, was ihm in der Schule beigebracht worden war und an das er sich noch erinnern konnte. Wissermann rutschte auf der Bank hin und her, und ihn überkam ein Unwohlsein, als ob er kein Recht hätte, an diesem Ort zu sein. Eigentlich war er vollkommen im Reinen mit sich selbst, doch gleichzeitig hatte er das Bedürfnis, schnellstmöglich nach draußen zu rennen und seine Lungen mit der kalten Abendluft zu füllen. Die stickige Luft in der Kirche, eine Mischung aus Feuchtigkeit, ranzigen Blumen, Weihrauch und Schweiß, die sein ausgezeichneter Geruchssinn, den er für seine Arbeit in der Keksfabrik benötigt hatte, herausfilterte, umnebelte seine Sinne. Konfuse Bilder, die ihm Angst einjagten, kamen in ihm hoch. Ich brauche eine Antwort, dachte er sich. Gott, ich bin Klaus Wissermann und brauche eine Antwort. Die Situation schien im plötzlich absurd – absurd und lächerlich. Er war nicht gläubig und spürte das Verlangen, zu weinen.

Der Mensch ist kein Geschöpf Gottes, sondern ein chemischer Unfall. Atome, die Moleküle formten, und Moleküle, die wiederum Nukleinsäuren bildeten. Sich Gedanken über das Warum der Existenz zu machen schien ihm eine Arroganz am Rande des Lächerlichen zu sein. Das war sein Credo. Jedoch war er offensichtlich hier, um Gott zu suchen. Einen kosmischen Gott, Rächer und gerechtigkeitsliebend, einen Gott, der ihn verstand. Er, der nicht an das Schicksal glaubte, wurde sich plötzlich bewusst, dass jede einzelne Handlung, jeder Augenblick in seiner Vergangenheit, nichts weiter gewesen war als eine Vorbereitung auf diesen Moment. Aber was war seine Mission? Er fühlte sich als Versager, sowohl als Mann als auch als Vater, weil er seiner Tochter nicht hatte helfen können, als sie ihn am meisten gebraucht hatte. Im Laufe der letzten zehn Jahre war ihm klar geworden, dass es seine Mission war, dem Schicksal zu dienen. Aus seiner Hosentasche holte er ein gefaltetes Blatt Papier.

Es war eine Liste von Namen, die er bereits auswendig kannte; der Dritte dieser Liste war Gerardo Alonso. Wissermann betrachtete sie und fragte sich, wer von denen ein Geheimnis verschwieg. Wer etwas wissen könnte oder etwas gesehen hätte, vielleicht etwas, dem derjenige keine Bedeutung beigemessen hatte, das aber helfen könnte, die Person zu finden, die Kristin etwas angetan hatte.

Erneut fragte er sich, ob es Rache war, was er suchte. Seit er angefangen hatte, die Freunde seiner Tochter zu suchen, hatte er sich diese Frage schon viele Male gestellt. Was würde er machen, wenn er sie träfe? Zwei Gefühle kämpften gegeneinander, wenn er sich diesen Moment vorstellte. Das Erste war irrational und primitiv: töten. Töten, wie man ein lästiges Insekt tötet, ohne Mitgefühl, mit einer Mischung aus Genugtuung und Ekel. Er war sich sicher, dass zumindest einer von ihnen nicht ganz so unschuldig war, und die Rache wäre das Einzige, womit er seinen Schmerz mildern könnte. Das zweite Gefühl war: wissen. Wissen, was passiert war und wer dem Leben einer jungen Frau, die gerade erst angefangen hatte, aufzublühen, ein Ende bereitet hatte … und vor allem: weshalb.

Eine Gruppe von fünf oder sechs Pilgern betrat die Kirche und durchbrach die Stille, die in ihr herrschte. Rücksichtslos tuschelten sie und ließen das Blitzgewitter ihrer Kameras auf die Gemälde und Altäre los, während sie durch das Kirchenschiff liefen. Klaus Wissermann schaute sie wütend an und hasste sie. Er hasste sie für ihre Respektlosigkeit gegenüber Menschen wie ihm, die sich hierher zurückgezogen hatten, um nachzudenken, um ihren Weg zu finden. Dann erhob er sich, und schnellen Schrittes verließ er den Tempel der Ruhe.

In einem kleinen Restaurant in der Nähe der Herberge aß er zu Abend: ein Gericht aus Gemüse und Huhn und dazu eine großzügige Ration Wein. Danach ging er durch eine alte Gasse mit Säulengang zurück zur Herberge und hoch in den Schlafsaal. Er lag auf seinem Bett, blätterte in dem Reiseführer voller Markierungen und Anmerkungen, die Kristin hinterlassen hatte, studierte die Schwierigkeiten der Etappe, die ihn morgen erwarten würde, als eine weibliche Stimme plötzlich seine Aufmerksamkeit auf sich zog. Es war eine der Französinnen, die er seit Roncesvalles immer mal wieder getroffen hatte. Sie war allein, und eher aus Anstand als aus Interesse fragte Wissermann sie in seinem rudimentären Französisch nach ihrer Begleiterin, und kurz darauf überraschte er sich selbst, wie er so auf seinem Bett saß und ihre Fragen beantwortete. Wo er den Jakobsweg begonnen habe? »In Saint-Jean-Pied-de-Port.« Bis wohin er gehen möchte? »Wenn meine Kräfte ausreichen, bis nach Compostela.« Über wie viel Zeit er verfüge? »Über alle Zeit der Welt.« Ob es ihm gefalle, allein zu gehen? »Jeder Mensch ist allein unterwegs, auch wenn er meint, er sei in Begleitung.«

Kapitel VI

26. März
Valencia

Im Morgengrauen wachte er mit einem bitteren Geschmack im Mund auf. Kommissar Roncal brauchte ein paar Minuten, bis er begriff, wo er war und was er in Valencia machte. Er sah auf seine Uhr und stellte fest, dass er noch genügend Zeit hatte. Wenn die äußere Erscheinung das innere Seelenheil widerspiegelte, dann wäre dies nun ganz schön erbärmlich. Unter Aufbringung all seiner Kräfte stand er auf, stolperte zum Badezimmer und suchte nach dem Elektrorasierer, denn er wollte sich erst rasieren und anschließend duschen. Die Übelkeit und das Schwindelgefühl verschwanden nicht, und er beschloss, sich ein gutes Frühstück zu gönnen, bevor er ins Präsidium zur Vernehmung von David Rocaforts Tochter fahren würde.

Roncal ging hinunter in die Cafeteria des Hotels, und während er frühstückte, erhielt er einen Anruf von Mendizábal, der ihm nach einer förmlichen Begrüßung mitteilte: »Ich habe Nachforschungen angestellt, und es scheint, dass keiner der ermordeten Männer auf übersinnliche Sachen oder Ähnliches stand.«

Seit er den Auftrag am vorherigen Tag erhalten hatte, überlegte Mendizábal, was es für die Ermittlungen für einen Wert haben könnte, ob die Todesopfer Esoteriker waren oder nicht. Er fragte jedoch nicht danach und wartete lieber die Reaktion

Roncals ab. Dieser aber schwieg vor sich hin, als ob er schon gar kein Interesse mehr an der Angelegenheit hätte.

Nach einigen Sekunden des Schweigens fragte Mendizábal: »Herr Kommissar, haben Sie heute schon die Zeitung gelesen?«

Die Frage überraschte Roncal. »Nein, warum?«

»In der Tageszeitung *El País* steht heute ein Artikel über die Mordfälle«, erwiderte Mendizábal. »Lesen Sie ihn, er wird Ihnen gefallen«, fügte er sarkastisch hinzu.

»Okay, danke.«

Auf einem der Nachbartische sah Roncal einen Stapel Zeitungen und entdeckte, dass eine davon *El País* war. Er nahm sie und suchte sich den Bericht heraus, von dem Mendizábal gesprochen hatte. Der Artikel ging über eine ganze Seite und trug die Überschrift: *Die Mordserie auf dem Jakobsweg.* Kommissar Roncal schnaubte abfällig. Nicht nur, dass die Bekanntmachung der Geschehnisse dazu führen könnte, dass der Mörder abtauchte, sondern auch die sensationsheischende Berichterstattung, die jedes kleinste Detail der grausamen Morde ausschlachtete, hing ihm zum Hals heraus. Die Beschreibung der Tatwaffe, *eine gewöhnliche und unschuldig aussehende Stricknadel, wie man sie bestimmt auch bei Ihnen zu Hause finden kann,* erschien ihm besonders abstoßend. Offensichtlich zielte der Artikel nur auf die Sensationsgeilheit der Leserschaft ab, und zu allem Überfluss gab er auch noch die Namen der Todesopfer preis. Er las weiter und war entsetzt. Der Journalist erwähnte außerdem die Karte mit der speziellen Zeichnung, die man neben jeder Leiche gefunden hatte: *die die Kriminalpolizei davon ausgehen lässt, dass wir es hier mit einer Sekte zu tun haben,* was ja auch noch vollkommen falsch war. Der Artikel endete mit der Aussage, die Polizei habe es hier mit einem Serienmörder zu tun, und nannte ihn: der *Jakobswegmörder.* Was aber Roncal am meisten beunruhigte, war der folgende Absatz: *Glücklicherweise gibt es jemanden, der den Mörder*

erkannt haben könnte: Die Ehefrau (sic) des ersten Opfers, deren
Name aus den Initialen EMOG besteht, schlief in der Tatnacht im
unteren Bett, als es geschah. Hat sie den Täter gesehen? Die Guar-
dia Civil ermittelt.

Bekümmert ließ Roncal die Zeitung sinken und beendete
sein Frühstück. Er überlegte, inwieweit dieser Artikel die
Ermittlungen gefährden könnte, und kam zu dem Schluss: leider sehr. Auf jeden Fall stießen ihm solche Berichterstattungen
sauer auf, und er beschloss, mit seinem Vorgesetzten, Hauptkommissar Quiñones, darüber zu sprechen, wie diese Weiter-
gabe von vertraulichen Informationen eingedämmt werden
könnte. Aber was wäre, wenn Quiñones selbst der Verantwort-
liche dafür war?

Er betrat das Präsidium kurz vor acht und wurde bei Kommissar Furelas vorstellig, der gerade dabei war, in seinem Büro
einen Kaffee aufzusetzen. Die Kaffeemaschine stand auf einem
alten Tisch an der Wand.

»Möchten Sie einen Kaffee, Roncal?«, offerierte er, nachdem sie sich die Hand gegeben hatten.

»Nein danke. Ich habe eben erst im Hotel gefrühstückt.«

Kommissar Furelas drehte Roncal wieder den Rücken zu,
und nachdem er das Pulver in den Filter gefüllt hatte, setzte er
sich hin und verschränkte die Arme. »Ihr Termin ist noch nicht
hier«, verkündete er. »Obwohl ich glaube, dass es nicht mehr
lange dauern kann. Vor einer halben Stunde habe ich ein Auto
geschickt, um die zwei abzuholen.«

»Die zwei?«, wunderte sich Roncal.

»Rocaforts Tochter ist noch nicht volljährig«, gab Furelas
zurück. »Sie wird von ihrer Mutter begleitet.«

Kommissar Furelas sah zu seiner Kaffeemaschine, die zu
blubbern und dampfen begann und den Raum mit wunder-
barem Aroma füllte.

»Ich bevorzuge Filterkaffee«, erwähnte Furelas, ohne Roncal anzusehen. »Der ist sanfter, und über den Tag verteilt trinke ich so einige Tassen.«

Auf diesen Kommentar hatte Roncal nichts zu erwidern, und es gab ja eigentlich auch nichts darauf zu sagen, da er diese Beobachtung einfach so in den Raum geworfen hatte. So blieb Roncal in der Mitte des Zimmers stehen, bis ein Klopfen an der offenen Tür beide den Kopf in die Richtung drehen ließ.

»Sie sind da«, kündigte ein Polizist an, der im Türrahmen stand.

»Sie sollen reinkommen«, entgegnete Kommissar Furelas und stellte die Kaffeekanne wieder an seinen Platz.

Plötzlich schaute er Roncal an und schien sich wieder zu erinnern, weshalb dieser in seinem Zimmer war. »Möchtest du sie hier in meinem Büro vernehmen oder lieber im Verhörzimmer?«, wollte er wissen.

Roncal wollte ihm sagen, dass es sich hierbei nicht um ein Verhör handelt, sondern vielmehr um eine Unterhaltung, um mehr über das Leben des zweiten Todesopfers, David Rocafort, zu erfahren. »Wenn es dir nichts ausmacht«, duzte er ihn genauso, wie Furelas es kurz zuvor auch mit ihm getan hatte, »würde ich lieber hier mit ihnen sprechen. Das ist nicht ganz so … unpersönlich.«

»Gern«, erwiderte Furelas.

In diesem Moment betraten die zwei Frauen den Raum.

»Guten Tag«, sagte die Ältere von beiden, zweifellos die Mutter des Mädchens und Exfrau von Rocafort.

»Guten Tag«, sagten Roncal und Furelas einstimmig.

Kommissar Furelas war schneller und reichte ihnen die Hand. »Ich bin Kommissar Furelas, derjenige, der sie zu so unmöglich früher Stunde herbestellt hat«, entschuldigte er sich. »Das ist Kommissar Roncal«, stellte er seinen Kollegen vor. »Er leitet die Ermittlungen im Fall des Todes von David Rocafort und möchte mit Ihnen sprechen. Wollen Sie sich nicht setzen?«

Die zwei Frauen nahmen auf den beiden Stühlen vor dem Schreibtisch Platz, und Roncal, nachdem Kommissar Furelas es ihm angedeutet hatte, setzte sich ihnen gegenüber.

»Ich warte draußen«, sagte Furelas und schritt zur Tür. Vor dem Hinausgehen blickte er zur dampfenden Kaffeemaschine und zeigte auf sie. »Wenn Sie Kaffee möchten ...«

Die Frauen bedankten sich, aber verneinten. Roncal hatte sie beobachtet, seit sie in der Tür gestanden hatten. Die Jüngere von beiden war ein Mädchen von sechzehn Jahren mit ängstlichem Blick und von zerbrechlicher Erscheinung. Sie sah ihrer Mutter überhaupt nicht ähnlich, woraus er schloss, dass sie die hellen Augen und das braune Haar von ihrem Vater haben musste. Die Mutter im Gegensatz war dunkel, von starkem Knochenbau und hatte fein definierte Gesichtszüge. Sie sah ihr Gegenüber aus zwei großen tiefen, dunklen Augen an, und Roncal dachte, dass sie mit ihrem Blick bewusst oder vielleicht auch unbewusst viele Leute einschüchtern könnte.

Als sie allein waren, begann er: »Ich bin Kommissar Roncal und leite die Ermittlungen im Fall des Mordes an David Rocafort.« Er schaute auf seine Papiere und wandte sich dann an das Mädchen: »Ich nehme an, du musst seine Tochter Amparo Rocafort sein.«

Das Mädchen nickte. »Ja«, erwiderte sie.

Die Frau wartete nicht darauf, dass Roncal sie fragen würde, sondern stellte sich gleich selbst vor: »Und ich bin Amparo Mengual, ihre Mutter.«

Roncal nahm kaum Notiz von Frau Mengual und fragte die Tochter: »Hast du deinen Vater oft gesehen?«

»Wenn er in Valencia war, haben wir einmal die Woche zusammen gegessen«, antwortete sie unsicher.

Die Fahrt nach Valencia könnte vollkommen unnütz gewesen sein, überlegte Roncal, denn dieses Mädchen, das ja nie bei ihrem Vater gelebt und ihn auch nur sporadisch gesehen hatte, könnte wohl kaum die Fragen beantworten, die Roncal so gern gestellt hätte.

»Ich muss von dir alles über sein Leben wissen, verstehst du? Zum Beispiel, was er gemacht hat, wenn er nicht mit dir zusammen war, und wer seine Freunde waren.«

Das Mädchen schaute verängstigt auf ihre Mutter und wusste nicht, was sie antworten sollte.

»Ich kann die letzte Frage beantworten«, sagte die Mutter, und nach einem kurzen Blick auf ihre Tochter fuhr sie fort: »David lebte von der Hand in den Mund, benutzte die Leute, wie es ihm gerade zum Vorteil war, und ich glaube, er hatte nicht viele Freunde.«

Roncal bemerkte einen Groll in Amparos Aussage und dachte, dass sie wohl sehr unter der Trennung von David Rocafort gelitten haben musste, weil sie jetzt, so viele Jahre danach, immer noch mit so viel Wut über ihn sprach.

»Was meinen Sie damit?«, fragte er daraufhin ohne großes Interesse.

Amparo schaute ihre Tochter liebevoll an, nahm ihre Hand und drückte sie zärtlich. »Genau das, was ich gesagt habe«, sagte sie entschlossen. »David kannte keine Skrupel, wenn es um sein eigenes Wohlergehen ging. Und glauben Sie bloß nicht, ich würde das aus Groll gegen ihn sagen«, fügte sie, Roncals Gedanken erratend, hinzu. »Seit vielen Jahren weiß ich, das Beste, was uns je passieren konnte, war, dass er uns damals verlassen hat.«

»Haben Sie mit ihm Kontakt gehalten nach der Trennung?«

»Während der ersten Jahre überhaupt nicht«, antwortete die Frau, »er hat sich ja noch nicht mal nach seiner Tochter erkundigt. Aber urplötzlich, aus heiterem Himmel, stand er eines Tages heulend vor meiner Tür und bettelte mich an, ihn seine Tochter hin und wieder sehen zu lassen.«

»Und was haben Sie dann gemacht?«, wollte Roncal wissen.

»Sie ist ja seine Tochter …«, antwortete sie.

Amparo verschwieg, wie erschrocken sie über Davids verwahrlostes Äußeres und über seine plumpe Sprechweise gewesen war. Im ersten Moment war es ihr vorgekommen, als ob er betrunken gewesen wäre. Auch erzählte sie nicht, dass sie kurz davor gewesen war, ihm die Tür vor der Nase zuzuknallen. Sie hatte es nicht getan, weil sie Mitleid mit ihm gehabt hatte, denn trotz allem war er ja der Vater ihrer Tochter.

»Wussten Sie, dass Ihr Exmann drogenabhängig war?«

Amparo Mengual lächelte traurig, verzog resigniert ihre Mundwinkel und betrachtete ihre Tochter wieder hingebungsvoll. »Ich weiß nicht, was Sie unter drogenabhängig verstehen«, sagte sie, und Roncal hatte das Gefühl, sie ginge in Abwehrhaltung. »Aber soweit ich weiß, hat David nur hin und wieder mal einen Joint geraucht.«

»Wissen Sie, von was er lebte?«, erkundigte er sich.

»Alles, was ich weiß, ist, dass er hin und wieder ein bisschen Haschisch und Marihuana verkaufte.«

»Und es hat Ihnen nichts ausgemacht, Ihre Tochter mit so jemandem allein zu lassen?«, fragte er irritiert und spielte den Moralapostel.

Die Frau verhärtete ihren Blick und wiederholte den Satz, den sie vorher schon gesagt hatte. »Er war ihr Vater«, sagte sie, »und so war er eben. Und wenn er mit ihr zusammen war, hat er nichts dergleichen gemacht.«

»Seit einigen Monaten überwies ihm jemand immer pünktlich zum Monatsanfang tausend Euro. Wissen Sie, woher das Geld stammte?«

Diese Information überraschte die Frau. »Weißt du etwas über das Geld?«, wandte sie sich an ihre Tochter.

Das Mädchen schüttelte den Kopf, aber Roncal hätte schwören können, dass sie bei der Erwähnung dieser Einkünfte nicht überrascht wirkte.

»Für mich ist es jedenfalls das erste Mal, dass ich von diesem Geld höre. David machte immer den Eindruck, von der Hand in den Mund zu leben.«

Roncal richtete seinen Blick wieder auf das Mädchen. »Wo habt ihr eure gemeinsamen Tage verbracht?«

»Wenn schönes Wetter war, sind wir am Fluss spazieren gegangen und danach immer in irgendein Restaurant.«

»Und zu ihm nach Hause?«, beharrte Roncal.

»Da gingen wir so gut wie nie hin.«

»Wie es scheint, ist David Rocafort vor einigen Jahren mal einen Teil des Jakobswegs gewandert…«, fing Roncal an.

Aber Amparo unterbrach ihn: »Ich habe das den Polizisten vor ein paar Tagen erzählt.«

»Könnten Sie mir sagen, wann genau das war?«, fragte Roncal, da ein exaktes Datum extrem wichtig für ihn war: Wenn er beweisen könnte, dass die beiden Todesopfer in der gleichen Zeit und in der gleichen Gegend auf dem Camino de Santiago unterwegs gewesen waren, dann hätte er einen Anhaltspunkt, um nach dem Motiv der Morde zu suchen.

»David und ich hatten uns zu dieser Zeit schon getrennt. Ich weiß davon nur, weil er es mir erzählt hat, einige Jahre später allerdings. Aber er hat mir keinerlei Details genannt, noch habe ich danach gefragt, jedoch müsste es vor ungefähr zehn, elf Jahren gewesen sein.«

Roncal zog aus der Jackentasche das Notizheft hervor und überflog ein paar Seiten. Dann hob er die Augenbrauen, als ob er etwas Interessantes entdeckt hätte. »Wissen Sie zufällig, ob David Rocafort etwas von dieser Reise aufbewahrte? Vielleicht einen Reiseführer, ein Tagebuch… irgendwas?«

Amparo schüttelte den Kopf und sah ihre Tochter an, die ebenfalls verneinte. »Ich weiß nicht«, sagte sie mit leisem Stimmchen. »Ich wusste ja nicht einmal, dass er auf dem Camino de Santiago war.«

In Erwartung einer negativen Antwort preschte Kommissar Roncal nun vor. »Ich nehme an, Sie waren schon in der Wohnung Ihres...«, er zögerte einen Augenblick, da er nicht sicher war, ob er sich bei dem Toten auf den Exmann der Frau oder auf den Vater des Mädchens beziehen sollte, »... Ihres Exmannes, um seine Sachen zu holen«, sagte er schließlich.

»Wir wollten noch ein paar Tage warten«, antwortete die Mutter. »Außerdem, um ehrlich zu sein, wissen wir nicht, was wir mit seiner Kleidung und seinen Sachen machen sollen.«

»Würde es Ihnen etwas ausmachen, wenn wir jetzt hinfahren, damit ich einen Blick darauf werfen kann?«

»Jetzt gleich?«

»Ja, bitte. Ich muss so schnell wie möglich wieder zurück nach Zaragoza.«

»Okay, natürlich«, erwiderte die Frau. »Kein Problem. Wir müssen nur zuvor rasch bei mir zu Hause vorbeischauen. Wenn ich mich recht erinnere, sollte ich noch einen Ersatzschlüssel haben.«

Kommissar Furelas, der vor der Tür wartete, überließ ihnen ein Auto, das sie erst bei den Frauen vorbeibrachte und anschließend zum Haus von David Rocafort. In weniger als einer halben Stunde standen sie im etwas düsteren Teil des Viertels Barrio del Carmen vor dem Gebäude mit der kleinen Dachwohnung im vierten Stock ohne Aufzug.

»Diese Wohnung wird meine Tochter erben«, sagte Amparo, während sie den Schlüssel im Schloss umdrehte.

»Das Apartment bestand aus einem Wohnraum von vielleicht fünfundzwanzig Quadratmetern, in den eine kleine Küche gequetscht war – in der Spüle lagen noch ein paar dreckige Teller –, davor ein kleiner eckiger Tisch mit vier Stühlen, der als Esstisch diente. Ein ungemachtes Bett nahm den Rest des Zimmers ein. Davor, in einem der Regale, befand sich ein Fernseher, auf dem ein Bilderrahmen mit einem Foto von

David und seiner Tochter stand, aufgenommen vor einigen Jahren im Stadtpark Turia von Valencia. Am anderen Ende des Betts führte eine Tür in ein weiteres Zimmer, wie Roncal vermutete, zum Badezimmer.

»Das ist die ganze Wohnung«, sagte Amparo Mengual nach dem ersten Rundblick. »Gibt wenig Platz, um Sachen aufzubewahren«, fügte sie hinzu.

»Scheint so …«, erwiderte Roncal, während er die Plätze durchsuchte, von denen er nach langjähriger Erfahrung als Polizist wusste, dass alleinstehende Männer ihre Andenken dort aufbewahren.

»Was suchen Sie denn genau?«, fragte die Frau.

»Keine Ahnung«, gab Roncal zurück. »Einen Taschenkalender … Fotos, irgendetwas, das mit seiner Zeit auf dem Jakobsweg in Verbindung gebracht werden kann.«

»Irgendetwas …«, wiederholte Amparo Mengual gedankenverloren, während sie die wenigen Küchenschränke öffnete und schloss.

Es war das Mädchen, das sich als Erste bis zu der Ecke vorgearbeitet hatte, wo der Fernseher stand, und sie holte aus dem Regal eine alte Zigarrenschachtel hervor. Roncal wusste sofort, dass es die Schachtel war, in der Rocafort all die Fotos aufbewahrte, die sich im Laufe seines Lebens angesammelt hatten. Und instinktiv spürte er, dass in dieser Schachtel der Schlüssel verborgen war, der ihm helfen würde, den Fall zu lösen.

»Hier bewahrte er seine Fotos auf«, sagte das Mädchen und übergab die Schachtel an Roncal.

Kommissar Roncal öffnete die Zigarrenkiste und leerte die vielen Aufnahmen auf den Tisch. Er ging sie nacheinander durch, bis ihm ein bestimmtes Foto ins Auge stach, und er betrachtete es eine Weile. Dort waren sechs lächelnde junge Menschen zu sehen, fünf Männer und eine Frau. Aufgrund ihrer Kleidung waren sie zweifellos auf einem Ausflug auf dem Land.

Dann fiel ihm auf, dass man im Hintergrund die Silhouette eines Dorfes erkennen konnte, und er machte die einzigartige Form der Kirchtürme des Palacio Arzobispal von Astorga aus. Somit war die Aufnahme also auf dem Jakobsweg entstanden! Roncal erkannte David Rocafort sofort, obwohl er hier ein paar Jahre jünger war als auf den letzten Fotos, die er gesehen hatte. Gerade wollte er Amparo Mengual fragen, ob sie noch eine weitere Person darauf erkennen würde, als ihm plötzlich das tadellose Gesicht von Tomás Sánchez, ebenfalls einige Jahre jünger als auf den ihm bekannten Fotos, ins Auge sprang. Sein Herz machte einen Sprung, und er hatte große Lust, einen Jubelschrei von sich zu geben. Tomás Sánchez und David Rocafort, gemeinsam auf einem Foto, das bei einem Dorf auf dem Jakobsweg aufgenommen wurde. Endlich hatte er etwas Greifbares, auf das er seine Ermittlungen stützen konnte, den Verbindungspunkt im Leben der Todesopfer: Sie kannten sich und sind vor vielen Jahren gemeinsam auf dem Camino de Santiago gewesen.

Genau in diesem Moment klingelte sein Handy. Es war Mendizábal, der nach dem üblichen Gruß mit belegter und monotoner Stimme direkt zur Sache kam: »Es ist ein weiterer Mord auf dem Jakobsweg geschehen«, sagte er.

Diese Nachricht schockierte Kommissar Roncal. Man konnte ja nichts dagegen unternehmen, dass ein Mörder eine Person umbringt, aber jetzt war es nicht mehr nur irgendein Mörder, sondern die Person, die er suchte. Die Person, in dessen Gedankenwelt er hätte eindringen müssen, um herauszufinden, was sie fühlte und was ihr nächster Schritt wäre, es war *sein* Mörder. Daher vernahm er diese Nachricht eines weiteren Mordes mit der Bitterkeit einer Niederlage.

»Wann?«, beschränkte er sich darauf zu fragen.

»Es muss irgendwann heute Morgen gewesen sein. Wie uns die Polizeidienststelle in Pamplona mitteilte, haben ihn ein paar Pilger so gegen acht Uhr morgens gefunden.«

»Wo war das?«

»Am Stadtrand von Viana, in Navarra.«

»Wurde ihm auch eine Nadel durchs Herz gerammt?«, fragte Roncal.

»Dieser ist verblutet. Mir wurde gesagt, er habe einen tiefen Schnitt an der Halsschlagader.«

Es entstand ein Schweigen, und dann fragte Mendizábal: »Glauben Sie, dieses Verbrechen hat nichts mit den vorherigen zu tun?«

Die Antwort auf die Frage von Mendizábal lag darin, ob neben der Leiche wieder die Unterschrift des Mörders aufgetaucht war oder nicht. »Wurde neben dem Leichnam etwas gefunden?«

»Meinen Sie die Karte mit dem gezeichneten Y?«

»So ist es.«

»Ja«, antwortete Mendizábal. »Sie war unter seinem Rucksack. Sie wurde entdeckt, als sie die Leiche abtransportieren wollten. Deshalb haben sie uns auch Bescheid gesagt.«

»Ich nehme an, der Stern ist ebenfalls drauf?«, fragte Roncal.

»Ja. In der unteren rechten Ecke, wie mir gesagt wurde. Genau gleich wie bei den anderen.«

Es war der dritte Stern, den der Mörder hinterlassen hatte, und Roncal erinnerte sich an Víctor Suárez. Und wie er in Puente la Reina diesen Mann beschrieben hatte, der so fasziniert am frühen Morgen die Milchstraße am Sternenhimmel betrachtet hatte. Roncal räusperte sich. »Das könnte der Mörder sein, den wir suchen.«

»Oder es handelt sich hier um einen Trittbrettfahrer, der von der Sache in der Zeitung gelesen hatte«, meinte Mendizábal.

»Ich glaube nicht, dass es sich um einen Nachahmer handelt«, entgegnete Roncal. »Ich bin mir ziemlich sicher, dass es derselbe Mörder ist, aber... ich frage mich, warum er sein Tötungsverfahren geändert hat.«

Noch immer hatte Roncal das Foto in der Hand und betrachtete es von Neuem. Er war sich sicher, das dritte Opfer in diesem Mordfall, wer auch immer es sein mochte, wäre auf diesem Foto zu sehen. »Wie hieß er?«

»Martín Calero, achtunddreißig Jahre alt, gebürtig aus Sevilla, und die ersten Informationen, die wir haben, deuten darauf, dass auch er allein auf dem Camino de Santiago war.«

»Bringen Sie bitte das genaue Datum in Erfahrung, wann Martín Calero vor zehn, elf Jahren schon mal auf dem Jakobsweg war.«

»Woher wissen Sie... ist das Intuition?«, fragte ihn Mendizábal.

»Das ist mehr als nur eine Ahnung«, antwortete Roncal. »Fragen Sie bitte seine Familie, ob sie noch etwas von damals auf dem Jakobsweg zu Hause haben«, ordnete er an. »Wenn nichts dazwischenkommt, werde ich heute Nachmittag zurück in Zaragoza sein, und dann können wir in Ruhe sprechen.«

Er legte auf und blickte erneut auf das Foto. Drei der Personen darauf – er war sich sicher, dass Martín Calero einer der jungen Männer war, die so sorglos auf dem Foto lächelten – wurden ermordet. Woraus Roncal schloss, dass die anderen drei, zwei Männer und eine Frau, in Gefahr waren. Wenn diese den Mörder kannten, wovon er überzeugt war, müsste er sie schnellstmöglich ausfindig machen und vernehmen.

Er drehte sich wieder zu Amparo Mengual und zeigte ihr das Foto. »Kennen Sie oder Ihre Tochter jemanden auf dem Foto?«

Amparo nahm es und musterte es genau. »Das ist David«, flüsterte sie, »aber die anderen kenne ich nicht. Schau du mal, ob du hier einen von Papas Freunden erkennst«, sagte sie und gab ihrer Tochter das Bild.

Die Tochter betrachtete es ebenfalls und schüttelte nach einer Weile den Kopf. »Nein«, sagte sie und gab es Roncal zurück.

»Kann ich das Foto behalten?«, wollte er wissen. »Ich verspreche, es Ihnen zurückzugeben, sobald wir den Mörder gefasst haben.«

»Ist der Mörder auf dem Foto?«, fragte die Frau besorgt.

Roncal blickte auf die verschwommenen Gesichter der Gruppe. Zwei der Männer waren ermordet worden, und es gab einen dritten Toten, von dem er sicher war, dass auch er auf dem Foto zu finden war, und er fragte sich, ob die übrigen zwei Männer und die Frau der Gruppe noch lebten.

»Hoffentlich«, entgegnete er, ohne sein Blick vom Foto zu nehmen.

Kapitel VII

Der dichte und zähe Nebel, so undurchsichtig wie die Milchstraße, ließ einen kaum die Hand vor den Augen erkennen. Es war genau drei Minuten nach acht Uhr morgens, als eine Gruppe Pilger, die kurz zuvor von der Herberge in Viana gestartet war, im Straßengraben unter Gestrüpp einen leblosen Körper entdeckte. Noch immer hing auf dessen Rücken ein Rucksack, der ihn als Pilger des Jakobswegs auswies. Wie die Person angab, die unter der Polizeinotrufnummer angerufen hatte, um die grausige Entdeckung zu melden, konnte man am Hals des Mannes einen langen Schnitt ausmachen. Es war der dritte Mord in nur sieben Tagen, der auf dem Camino de Santiago verübt worden war.

Man fand ihn halb auf der Seite liegend, mit dem linken Arm in einem Winkel, als ob er noch versucht hätte, sich nach dem Angriff, der seinen Sturz verursacht haben musste, wieder aufzurichten. Er hatte einen Schnitt an der Halsschlagader, der wohl aufgrund massiven Blutverlustes in nur wenigen Sekunden zum Tod geführt hatte.

Die Personen, die den leblosen Körper entdeckt hatten – fünf insgesamt und ein weißhaariger Mann, der kurz darauf zu ihnen gestoßen war –, blieben in der Nähe der Leiche, bis die ersten Polizisten der Guardia Civil eintrafen. Die übrigen Pilger, die nach und nach auf dem Weg erschienen, zogen ein-

104

fach weiter, ohne Notiz von der Gruppe zu nehmen, die dort dicht und schweigend beieinanderstand und Totenwache hielt, obwohl sich in Wirklichkeit hinter dieser Geste nicht unbedingt Gemeinschaftsgeist und christliche Nächstenliebe verbargen. Was wirklich dahintersteckte, war bei den einen Neugier; fast schon krankhafte Neugier, wissen zu wollen, was geschehen war, wer und wie und warum der Mord passierte. Und bei den anderen war es blanke Panik, da der Mörder wohl nur etwa fünf Meter von ihnen entfernt zugeschlagen hatte und sie ihn aufgrund der dicken Nebelsuppe, die noch immer alles einhüllte, nicht hatten sehen können.

Als die Polizisten eintrafen, stellten sie fest, dass nichts mehr für den Mann getan werden konnte. Einer von ihnen bestätigte dessen Tod, nachdem er mit dem Finger am Hals vergebens den Puls gesucht hatte, und erklärte, dass dieser Mann, nach seiner Temperatur zu urteilen, wohl schon seit circa zwei Stunden tot sein müsse. Der Polizist holte eine Decke, um den Leichnam abzudecken, und rief dann per Funk in der Zentrale an, um die Lage zu erläutern. Der andere Polizist vernahm unterdessen die Pilger, die den Toten gefunden hatten. Er bekam leider kaum wertvolle Informationen, da, als sie den Mann fanden, er wohl bereits schon eine Stunde tot gewesen und der Täter über alle Berge sein musste. Der Polizist nahm ihre Namen auf und notierte sich die Pläne der weiteren Tage von jedem Einzelnen und ließ sie anschließend weiterziehen.

Gemeinsam mit dem Richter kam eine weitere Delegation von Polizisten der Guardia Civil, begleitet diesmal von Kommissar Torres vom Kommissariat in Viana.

Während der Richter das Protokoll führte, beugte sich Torres über den toten Körper des Pilgers. Nachdem er sich davon überzeugt hatte, dass er es hier mit einem Mord zu tun hatte – der Schnitt am Hals war offensichtlich – und es aufgrund der großen Blutlache auch der Tatort gewesen sein musste, befragte er die Polizisten, die als Erste am Tatort gewesen waren. »Um wen handelt es sich hier?«

»Als wir ankamen, sahen wir schon, dass er tot war. Wir dachten, es sei besser, nichts anzufassen, Herr Kommissar«, antwortete einer der Männer.

Kommissar Torres winkte ab, genervt von der fehlenden Eigeninitiative der beiden Polizisten, und zeigte auf den Leichnam. »Sucht bitte seinen Ausweis. In seinen Jacken- oder Hosentaschen, und wenn er da nicht ist, dann irgendwo in seinem Rucksack.«

Nach kurzem Suchen hielten sie die Brieftasche hoch.

»Martín Calero«, sagte der Kommissar, der den Personalausweis aus der Brieftasche zog. »Aus Sevilla.« Er steckte den Ausweis wieder zurück in die Geldbörse und übergab sie einem der Polizisten. »Stellen Sie das bitte sicher«, ordnete er an und wandte sich an den Richter, der gerade mit einem der Polizisten sprach, der von Beginn an neben der Leiche stand: »Entschuldigen Sie, können wir ihn nun abtransportieren?«

»Ja, ja, wann immer Sie möchten«, antwortete dieser, ohne ihm große Beachtung zu schenken.

Als sie den Leichnam anhoben, um ihn zum Leichenwagen zu transportieren, fiel einem der Polizisten eine auf dem Boden liegende Karte auf, auf der ein Dreizack und ein kleiner Stern gezeichnet waren. »Was ist das?«, stieß er verwundert aus und hob sie auf.

Kommissar Torres erkannte die Zeichnung sofort aus einer Beschreibung, die er auf einer dringenden Meldung des Kommissariats Zaragoza vor ein paar Tagen gesehen hatte. »Einen Moment!«, rief er und riss sie ihm aus der Hand. Er betrachtete sie eingehend. »Wo haben Sie die gefunden?«

»Dort«, antwortete er und zeigte auf den Boden, »unter dem Körper.«

Kommissar Torres, dessen gesamte Muskeln bis zum

Anschlag angespannt waren, schaute sich instinktiv nach allen Seiten um. Ihm wurde bewusst, dass er es hier nicht mit einem gewöhnlichen Mord zu tun hatte, sondern, soviel er wusste, mit dem dritten Mord eines Serienmörders.

»Lass uns zur Wache zurückfahren«, sagte er zu einem seiner Männer. »Ich muss dringend in Zaragoza anrufen.«

* * *

Kriminalkommissar Roncal traf kurz vor neunzehn Uhr in seiner Wache in Zaragoza ein. Seine Kollegen Fernández und Mendizábal waren schon nicht mehr zugegen. Ihr Arbeitstag war bereits beendet, aber auf seinem Schreibtisch fand er einen knappen Bericht von Mendizábal über das Auffinden des Leichnams außerhalb von Viana und über die persönlichen Daten des Toten: *Martín Calero Rodríguez, gebürtig aus Sevilla, 38 Jahre, verheiratet, zwei Kinder. Von Beruf Industrieingenieur. Sein Leichnam wurde heute Morgen gegen acht Uhr von einer Gruppe Pilger aus Viana (Navarra) in der Nähe der Wallfahrtskapelle Virgen de las Cuevas, bei der einheimischen Bevölkerung auch bekannt als »Tempel der bösen Mönche«, gefunden. Unter dem Leichnam fand man eine weiße Karte mit einem gezeichneten Kreuz in Form eines Y und einem kleinen Stern, identisch mit denen, die im Zusammenhang der Morde in Saint-Jean und Roncesvalles gefunden wurden. Fotos des Tatorts anbei.* Einige Fotos der Leiche, auf denen man kaum die Gesichtszüge ausmachen konnte, und welche von der Umgebung. Felder mit ein paar Sträuchern – davon einige mit Blattwerk – und neben einem solchen der Leichnam. In einem zweiten Bericht gab der Polizist Auskunft über die ersten Ermittlungen. *Zusammenfassung des Telefongesprächs mit der Ehefrau des Ermordeten, getätigt heute, 13.09 Uhr, kurz vor ihrer Abfahrt ins Leichenschauhaus in Viana: Er war unbegleitet auf dem Jakobs-*

weg, ein Umstand, der die Ehefrau überraschte, denn laut ihrer Aussage war er ein geselliger Mann, der noch nicht einmal allein ins Kino ging. Er hatte diesen Entschluss vor circa einer Woche gefasst, zumindest war das der Zeitpunkt, als er es seiner Ehefrau mitteilte. Die ganze Woche über erlebte sie ihn sehr unruhig, doch sie schrieb es Problemen am Arbeitsplatz zu und war der Überzeugung, er nehme sich diese Zeit allein, um ein paar Tage ungestört nachdenken zu können. Laut der Dame waren seine Geschäfte alle sauber, und er hatte keine Feinde. Auf die Frage, ob ihr Mann bereits zuvor den Jakobsweg gegangen war, antwortete sie, dass er bis vor zehn Jahren sozusagen ein Liebhaber des Caminos war und jedes Jahr dort war. Doch plötzlich hörte er damit auf und sagte ihr, es würde ihn langweilen, immer nur das Gleiche zu sehen. Das hielt an bis zu diesem Jahr, als er entschied, für ein paar Tage dorthin zurückzukehren. Ein Foto des Opfers, freundlicherweise von den Kollegen aus Sevilla überlassen, liegt anbei.

Roncal nahm die Aufnahme in die Hand und betrachtete sie aufmerksam. Darauf waren das Gesicht und der Oberkörper eines Mannes zu sehen. Ein Mann von korpulenter Statur und mittleren Alters lächelte in die Kamera. Er griff daraufhin das Foto, das ihm Amparo Mengual in Valencia gegeben hatte, und legte sie nebeneinander. Auf dem Gruppenfoto suchte er nun das lächelnde Gesicht Martín Caleros und erkannte es sofort in dem jungen Mann, dem Zweiten von links, der einen Rucksack zu seinen Füßen hatte. Erst jetzt fiel ihm auf, dass dieser junge Mann nicht, wie der Rest der Gruppe, in die Kamera blickte, sondern aus den Augenwinkeln das Mädchen beobachtete, das mit ihrem strahlenden Lächeln und ihren goldenen Haaren neben ihm stand. Er schob die Aufnahme des Mannes aus Sevilla beiseite und konzentrierte sich auf das Gruppenbild. Es gab da etwas Beunruhigendes an dem Foto, das er nicht einfangen konnte, doch in der Realität waren von diesen sechs Personen auf dem zehn Jahre alten Foto drei allein in der vergangenen Woche ermordet worden. Roncal war sich sicher, dass die anderen dem gleichen Schicksal geweiht waren, aber wie sollte er ihre Namen herausfinden? Wie sie finden, bevor es der Mörder tat?

* * *

»Der Mörder muss seine Opfer nicht suchen: Er weiß im Voraus, wo sie sich befinden. Es scheint, als ob der Mörder selbst«, erklärte Polizist Fernández, als Kommissar Roncal ihm am darauffolgenden Morgen seine Überlegungen mitteilte, »seine Opfer zu einer bestimmten Zeit an einen bestimmten Ort zitiert hatte. Das einzig Seltsame ist nur, wenn doch alle vom Foto befreundet waren, warum sind sie dann nicht auch alle gemeinsam dorthin, wie vor zehn Jahren?«

»Da er sie wahrscheinlich nicht alle gleichzeitig umbringen kann«, sagte Roncal nach einer Gedankenpause. »Er kann sie sich nur einzeln vornehmen, so sind sie angreifbarer.«

Die letzte Hypothese Roncals, der Mörder bräuchte seine Opfer in einer möglichst angreifbaren Position, ließ Fernández über die Möglichkeit nachdenken, dass es eine Frau sein könnte, die sie suchten. »Sie haben gesagt, auf dem Gruppenfoto sei auch eine Frau dabei, nicht?«, fragte er und strich sich über den Bart.

»Ja. Und sie ist auch sehr hübsch, das ist wahr. Aber wenn Sie denken, eine Frau hätte diese Verbrechen verübt, dann sind Sie auf dem Holzweg.«

»Warum?«, beharrte Fernández. »Sie wissen doch genauso gut wie ich, dass es ebenso viele Frauen wie Männer gibt, die aus den unterschiedlichsten Motiven morden.«

»Das ist wahr«, musste Roncal zugeben. »Aber ebenso ist es wahr, dass Frauen anders ticken als Männer, auf andere Art morden und nicht immer aus dem gleichen Motiv heraus.

Außerdem, wenn Sie sich mal das Foto anschauen, werden Sie sehen, dass diese Frau keiner Fliege etwas zuleide tun könnte.«

Er nahm die Aufnahme von seinem Tisch und gab sie seinem Kollegen, der sie interessiert musterte. Nachdem er sie minutenlang eingehend betrachtet hatte, sagte er eher erstaunt als unglaubwürdig: »Dieses Mädchen ... ihr Gesicht kommt mir so bekannt vor. Ich könnte schwören, ich habe sie schon mal irgendwo gesehen, aber ich komme nicht darauf, wo. Aber auf jeden Fall kenne ich den da.« Er richtete seinen Zeigefinger auf den jungen Burschen rechts außen.

Roncal dachte, er würde auf eines der Opfer zeigen, die Fernández ja bereits alle von den Fotos der Spurensicherung kannte, aber als er genau hinsah, fiel ihm auf, dass das nicht der Fall war, und er fragte schließlich: »Wer ist das?«

»Gerardo Alonso. Auf dem Foto ist er noch um einiges jünger, doch ich bin mir sicher, er ist es. Er ist einer der Kandidaten aus Burgos bei den Wahlen.« Fernández bezog sich auf die Parlamentswahlen, die in eineinhalb Monaten stattfänden.

»Sind Sie sich sicher?«, fragte Roncal skeptisch. Noch vor ein paar Minuten dachte er darüber nach, wie schwierig es sein würde, eine dieser noch lebenden Personen vom Gruppenfoto auszumachen, und traute dem Braten jetzt nicht.

Fernández betrachtete erneut das Foto. »Mensch, Herr Kommissar«, rief er aus, »ich schwöre Ihnen, dass er es ist! Und wenn nicht, dann schaut er ihm aber verdammt und extrem ähnlich.«

»Aber kennen Sie ihn persönlich?«

»Na ja, vom Sehen. In letzter Zeit ist er viel in Burgos unterwegs. Am vergangenen Samstag zum Beispiel habe ich ihn im Großmarkt gesehen, und er hat mich gegrüßt; und natürlich kenne ich sein Gesicht aus den Zeitungen. Und«, fügte er nur für den Fall hinzu, dass Roncal nicht die Namen der Tageszeitungen aus Burgos kannte, »in der *El Correo* und im *El Diario*.«

»Und die Frau? Haben Sie die auch in Burgos gesehen? Könnte es die Freundin oder Frau von Gerardo Alonso sein?«

»Nein«, sagte Fernández kopfschüttelnd. »Wenn es so wäre, würde ich mich daran erinnern. Das war irgendwann früher, viel früher. Mein Gedächtnis ist nicht mehr so gut, wie es mal war. Ich werde alt.«

»Das werden wir alle, Fernández«, entgegnete Roncal, und in seiner Stimme und seinem Blick schwang etwas mehr mit als die bloße Antwort auf den banalen Kommentar seines Kollegen.

Daraufhin zog sich Fernández in sein Büro zurück, und Roncal rief den Polizisten Mendizábal an und bestellte ihn in sein Büro. Nachdem dieser eingetroffen war, erzählte er ihm von seinen Ermittlungen in Valencia und Madrid und zeigte ihm die Aufnahme, die er aus der Wohnung David Rocaforts hatte.

»Die drei Todesopfer sind alle darauf zu sehen«, sagte Roncal. »Was uns annehmen lässt, und das ist das wirklich Besorgniserregende, dass die verbleibenden drei ebenfalls potenzielle Opfer sind.«

»Oh … Mist«, gab Mendizábal von sich, während er seinen Blick nicht vom Foto abwandte.

»Aber da ist noch mehr«, fügte Kommissar Roncal hinzu und ignorierte den Ausspruch seines Kollegen. »Es scheint, eine der Personen auf dem Foto ist ein Politiker.«

Mendizábal zog die Augenbrauen hoch und verzog die Mundwinkel zu einer Grimasse, die bedeuten sollte: Und was zum Teufel interessiert uns das?

»Es fehlt uns gerade noch«, sagte Roncal, »dass eineinhalb Monate vor den Parlamentswahlen ein Kandidat der Abgeordneten ermordet wird. Wer will schon, wenn die Presse sich wie ein Schwarm Fliegen über uns hermacht?« Er streckte Mendizábal die Aufnahme entgegen, und mit einem Tonfall, der kei-

111

nerlei Widerrede erlaubte, ordnete er an: »Machen Sie mir ein paar Kopien davon, und finden Sie heraus, ob es wirklich der Kandidat Gerardo Alonso auf dem Foto ist. Und wenn ja… dann muss ich schnellstmöglich mit Hauptkommissar Quiñones sprechen.«

Der Umstand, dass ein Politiker direkt oder indirekt in diesen Fall verwickelt sein könnte, ärgerte Roncal sehr. Wenn die Presse dahinterkäme, so dachte er, dann mischten die Politiker auch noch mit, und wenn die Politiker mitmischten, dann würde ihm Hauptkommissar Quiñones minütlich die Hölle heiß machen und jeden Millimeter der Ermittlungen überwachen. Er machte drei Kreuze, dass dieser Fall nicht eintreten möge.

»Zu Befehl, Herr Kommissar«, entgegnete Mendizábal und verließ das Büro.

Als Roncal wieder allein war, ging er noch mal die Unterlagen der drei Fälle durch, die auf seinem Tisch lagen, und betrachtete die Fotos der Todesopfer. Welchem Vergehen habt ihr euch schuldig gemacht?, fragte er sich. Was auch immer dieses Vergehen gewesen sein mag, das vor zehn Jahren geschehen war: dass es eines gab, davon war er überzeugt. Und warum jetzt diese Morde und nicht schon viel früher? Viel zu viele Fragen türmten sich in seinem Kopf und viel zu wenige Antworten. Aber wenigstens wusste er, dass er sich jetzt endlich auf dem richtigen Weg befand, um Antworten zu erhalten.

Kapitel VIII

27. März
Zaragoza

Glücklicherweise hatte Fernández mit seiner Vermutung genau ins Schwarze getroffen. In der Tat handelte es sich bei dem Mann auf dem Foto um Gerardo Alonso, Abgeordneter für Burgos bei den Parlamentswahlen und Kandidat auf der Liste der Konservativen Partei.

Hauptkommissar Quiñones' Reaktion war so, wie zu erwarten war: »Das ändert natürlich alles«, sagte er nervös, als ihm Roncal davon berichtete, und nachdem er sich vom ersten Schock erholt hatte, fügte er hinzu: »Das Erste, worum wir uns nun kümmern müssen, ist, seine Sicherheit zu gewährleisten. Leiten Sie bitte unverzüglich alles Notwendige in die Wege, Roncal.« Daraufhin rief er beim Minister an, um ihn über die unvorhergesehene Wende in diesem Fall zu unterrichten. »Ich habe einen sofortigen Polizeischutz angeordnet«, erläuterte er ihm.

Sie wechselten noch ein paar Worte, und der Minister schloss die Unterredung mit einer Gratulation über die gute Arbeit in dem Fall und die Sicherheitsmaßnahmen zum Schutz des baldigen Abgeordneten.

»Wo genau befindet sich gerade Gerardo Alonso?«, fragte Hauptkommissar Quiñones, nachdem er aufgelegt hatte.

»Er lebt eigentlich in Madrid«, antwortete Roncal. »Aber zurzeit hält er sich in Burgos auf. Momentan verbringt er dort fast mehr Zeit als in Madrid. Sie wissen ja, wie das so im Wahlkampf läuft.«

»Ja, vor den Wahlen kann man kaum einen Schritt tun, ohne über sie zu stolpern, und nach den Wahlen keine Spur mehr von ihnen.«

»Wenn Sie gestatten, würde ich jetzt in Burgos Bescheid geben, damit sie einen diskreten Vierundzwanzig-Stunden-Polizeischutz aufstellen.«

»Machen Sie, machen Sie«, befehligte Hauptkommissar Quiñones mit einer Handbewegung. »Aber halten Sie mich bitte immer pünktlich über jede Neuigkeit auf dem Laufenden.«

Als Roncal das Büro verlassen hatte, gab er Anweisungen für die sofortige Aufnahme des Polizeischutzes für Gerardo Alonso, und danach rief er genau jenen an, um ihn über die Maßnahme zu informieren.

Gerardo Alonso erschrak im ersten Moment über diese Nachricht und zeigte sich dann sehr besorgt darüber, weil es sich bei der Bedrohung seines Lebens um die ETA oder eine andere gewalttätige Gruppierung handeln könnte. Aber nachdem ihm Kommissar Roncal erklärt hatte, es habe etwas mit einem Foto zu tun, das vor zehn Jahren in der Nähe von Astorga aufgenommen worden sei und auf dem er mit vier weiteren jungen Männern und einer jungen Frau zu sehen sei, schien er überhaupt nichts mehr zu verstehen. »Entschuldigen Sie, aber was hat dieses Foto, an das ich mich noch nicht einmal erinnern kann, mit einer Morddrohung gegen mich zu tun?«, fragte er skeptisch.

Roncal atmete tief durch und gab zurück: »Drei der jungen Menschen, die neben Ihnen auf der Aufnahme zu sehen sind, wurden in den letzten Tagen ermordet.«

Etwas länger als eine Minute vernahm Roncal nichts weiter als das Atmen des Wahlkampfkandidaten Gerardo Alonso am anderen Ende der Leitung. Die Stille war so gespenstisch, dass Roncal schließlich fragte: »Sind Sie noch da, Herr Alonso?«

»Ja«, antwortete er. »Aber ich versichere Ihnen, ich verstehe absolut gar nichts gerade. Ich kann mich nicht an ein Foto von mir in Astorga erinnern, noch weiß ich, von wem Sie sprechen.« Doch das war nicht die ganze Wahrheit, denn die Erinnerung an eine Aufnahme, die ihm der Vater des Mädchens, ein Herr Wissermann, in Hannover gezeigt hatte, kam ihm plötzlich in den Kopf geschossen. Könnte es sich um dasselbe Foto handeln, von dem der Kommissar der Guardia Civil sprach?, dachte er, und nach einer kurzen Pause fragte er: »Sind Sie sich ganz sicher, dass ich es bin, der auf dem Foto zu sehen ist?«

»Absolut«, entgegnete Roncal. Am Telefon entstand wieder eine zum Bersten gespannte Stille, bis Roncal sagte: »Ich müsste dringend mit Ihnen sprechen.«

Gerardo Alonso schien von weit weg zurückzukehren und rief aus: »Ah ja, natürlich! Selbstverständlich! Ich bin in Burgos, ich kandidiere …«

»Ja, weiß ich …«, unterbrach ihn Roncal trocken.

»Im Hotel *Palacio de la Merced*, im Zentrum.«

»Ja, weiß ich …«, wiederholte Roncal. »Wann passt es Ihnen?«

»Wann Sie möchten. Ich stehe zu Ihrer vollsten Verfügung.«

»Was halten Sie dann von Mittag?«, fragte Roncal.

»Heute?«

»Ja, selbstverständlich heute.«

»Natürlich, so wie es Ihnen passt. Wir könnten uns zum Mittagessen treffen, wenn es Ihnen recht ist.«

Roncal blickte auf seine Uhr und rechnete im Kopf, wie lange er bis nach Burgos brauchen würde – etwas weniger als zwei Stunden –, und er antwortete: »Okay, dann sehen wir uns gegen vierzehn Uhr im Hotel *Palacio de la Merced*.«

27. März
Burgos

Roncal benötigte ein bisschen länger als geplant, und Gerardo Alonso erwartete ihn bereits mit einem Bier in der Hand, an die Theke der Hotelbar gelehnt. Ein Mann mittleren Alters begleitete ihn, und sie unterhielten sich angeregt. Roncal erkannte ihn sofort und ging direkt auf sie zu. »Gerardo Alonso?«, fragte er und streckte ihm die Hand hin. »Wir hatten heute Morgen telefoniert. Ich bin Kommissar Roncal.«

»Ah!«, rief dieser aus und drückte fest seine Hand mit einer Gewandtheit, die Politikern zu eigen ist, die sich gerade mitten im Wahlkampf befinden. »Wie geht es Ihnen? Erlauben Sie mir, dass ich Ihnen den Bürgermeister vorstelle«, sagte er und deutete auf seinen Begleiter.

Sie reichten sich die Hände, aber der Bürgermeister, der zweifelsohne bereits über den Grund des Besuchs von Roncal informiert war, entschuldigte sich augenblicklich, gab vor, zu spät zum Essen zu kommen, und verließ die Bar des Hotels.

Alonso und Roncal begaben sich daraufhin in den Speiseraum und nahmen an dem für sie reservierten Tisch Platz. Während sie die Speisekarte studierten, ließ sich der Wahlkampfabgeordnete einige Minuten über die Vortrefflichkeit der katalanischen Spezialitäten aus, und ganz plötzlich, als der Kellner wieder verschwunden war, sagte er sehr ernst: »Nachdem wir heute Morgen aufgelegt haben, erinnerte ich mich, dass ich vor ein paar Tagen einen Artikel in der *El País* gelesen hatte, der von einigen Mordfällen auf dem Jakobsweg berichtete. Handelt es sich hierbei etwa um den gleichen Fall?«

»Ja, das befürchte ich wohl. Aber geben Sie nicht allzu viel auf das Geschmiere der Zeitungsfritzen, Sie wissen ja, Journalisten übertreiben gern.«

»Oh weh!«, stieß der Politiker in leicht spaßigem Ton aus.

»Ich werde vom *Jakobswegmörder* verfolgt.« Doch auf seinem Gesicht konnte man einen Anflug von Nervosität entdecken.

»Sie sollten das nicht so auf die leichte Schulter nehmen«, entgegnete Roncal ruhig.

Alonso gab sich augenblicklich wieder ernst und meinte: »Die Nachricht hat mich ehrlich beunruhigt heute Morgen. Denken Sie wirklich, dass ich in Gefahr schwebe?«

Kommissar Roncal räusperte sich leicht und antwortete: »Seit genau eineinhalb Stunden haben Sie bereits Polizeischutz, da wir glauben, Ihr Leben könnte in Gefahr sein. Haben Sie eine Erklärung dafür, wer und warum jemand sie lieber tot als lebendig sehen möchte?«

Alonso schnaubte nachdenklich. »Ich bin Politiker«, sagte er schließlich, »und wir Politiker haben immer Feinde, Leute, die uns nicht mögen. Aber da auch Personen umgebracht wurden, die nichts mit Politik am Hut haben, nehme ich mal an, dass wohl jegliches politische Motiv ausgeschlossen werden kann.«

»Fürs Erste ja«, entgegnete Roncal.

»Dann habe ich leider keine Ahnung, warum jemand hinter mir her ist und vor allem wer.«

»Gäbe es denn einen Verrückten, der ein Motiv hätte, all diejenigen umzubringen, die auf dem Foto zu sehen sind, von dem ich Ihnen heute Morgen erzählt habe?«, fragte Roncal, zog aus der Innentasche seiner Jacke jenes Gruppenfoto, das zum Dreh- und Wendepunkt der ganzen Ermittlung geworden war, und legte es vor den Politiker auf den Tisch. »Das ist es. Kommt es Ihnen bekannt vor?«

Alonso nahm es in die Hand und schaute es einige Sekunden lang nachdenklich an. Schließlich nickte er fast unmerklich, und ohne seinen Blick davon zu wenden, sagte er: »Ich hatte es schon beinahe vergessen, aber vor ein paar Monaten habe ich dieses Foto zum ersten Mal gesehen. Das Mädchen«, erläuterte er und zeigte auf die blonde junge Frau, »war Kristin.«

»War?«, hakte Roncal nach.

»Ja. Wie es scheint, hat sie sich wohl einige Tage, nachdem das Foto gemacht wurde, das Leben genommen.«

Das überraschte den Kommissar, und ihm blieb die Sprache weg. Denn das würde ja bedeuten, dass von den sechs Personen des Fotos bereits vier nicht mehr am Leben waren.

»Aber das mit dem Mädchen, das war schon vor zehn Jahren. Ich denke nicht, dass es irgendwie mit den aktuellen Geschehnissen zusammenhängt. Außerdem«, sagte er und zeigte unmerklich auf das Bild, »sind das keine Freunde von mir.«

»Auch nicht das Mädchen?«, beharrte Roncal und sah ihn durchdringend an.

»Auch nicht das Mädchen!«, bestätigte Alonso.

»Woher wissen Sie dann ihren Namen?«

Gerardo Alonso atmete tief durch, als ob er müde wäre, nahm das Gruppenfoto erneut zur Hand und schaute es sich wieder an. »Noch nie zuvor habe ich dieses Foto gesehen, bis ich vor ein paar Wochen, um genau zu sein, vor zwei Monaten, ein paar spanische Unternehmer auf die Messe in Hannover begleitete.« Er machte eine kurze Pause, um Roncal anzusehen, der ihm aufmerksam zuhörte. »Und eines Nachmittags kam jemand in mein Hotel und fragte nach mir.« Er seufzte, als ob ihm die Luft wegbleiben würde. »Es war der Vater von Kristin. Ich konnte mich nicht einmal mehr an ihren Namen erinnern…«, fügte er hinzu und lächelte. »Er hatte dieses Foto, genau dieses hier, bei sich und sagte, er hätte mich in der Zeitung wiedererkannt.«

Sie hatten bereits die Vorspeise, eine köstliche geräucherte Forelle, gegessen, und der Kellner hatte ihnen gerade zwei Teller mit Lamm hingestellt, das nach Feuerholz und Rosinen roch. Sie warteten, bis er wieder verschwunden war, um ihre

Unterhaltung fortzusetzen. Roncal aß ein Stück Fleisch und schluckte, bevor er fragte: »Was wollte dieser Mann von Ihnen?«

»Über seine Tochter sprechen, und er fragte, wie es ihr in ihren letzten Tagen ging. Es schien, er wollte herausfinden, warum sich seine Tochter das Leben genommen hat.«

»Und Sie? Was haben Sie ihm gesagt?«

»Die Wahrheit: dass ich seine Tochter kaum kannte und wir uns während einiger Tage immer wieder mal begegneten und grüßten, jedoch keine Freunde waren. Wir hatten ein paarmal miteinander gesprochen, das schon. Aber ich bin mir sicher, dass es Belanglosigkeiten gewesen sein mussten, denn ich kann mich beim besten Willen nicht mehr an die Unterhaltungen erinnern.«

Roncal nahm automatisch das Foto zur Hand und blickte auf das strahlende Gesicht der jungen Frau mit ihrem sorglosen und glücklichen Ausdruck in den Augen.

»Auf dem Bild sieht sie recht zufrieden aus«, bemerkte er.

»Scheint wohl so«, entgegnete Alonso, »oder besser gesagt, so schien es mir auch, aber bei solchen Dingen … ich nehme an, so etwas sieht man nicht.«

»Wahrscheinlich nicht«, sagte Roncal. »Und was haben Sie sonst noch mit dem Vater des Mädchens gesprochen?«

»Nichts, was das Mädchen betraf«, antwortete Alonso. »Allerdings erzählte er mir, dass, wenn er in Rente ginge, gerne den Camino de Santiago bewandern würde. In Gedenken an seine Tochter.«

»Und hat er Ihnen auch gesagt, wann das sein wird?«

»Ja. Gerade jetzt ist er auf dem Jakobsweg.«

Diese Nachricht warf den Kommissar fast um. »Woher wissen Sie das?«

»Ich hatte ihn gebeten, mir eine E-Mail zu senden, sobald er mit dem Camino beginnt. Und habe ihm versprochen, wenn es mir möglich ist, ihn ab León ein paar Tage zu begleiten auf den Etappen, auf denen ich Kristin hin und wieder getroffen hatte. Vor zehn oder elf Tagen erhielt ich eine Nachricht von ihm, dass er auf dem Weg zur spanischen Grenze sei, um den Jakobsweg zu beginnen.«

»Wissen Sie, wo sich dieser Herr gerade aufhält?«

»Ich habe nicht die leiseste Ahnung.«

»Wissen Sie wenigstens, wann und wo er den Camino begonnen hat?«

»Ich nehme an, vor neun, zehn Tagen. Er musste ja auch erst einmal bis zu den Pyrenäen kommen. Und ich hatte ihm vorgeschlagen, in Saint-Jean-Pied-de-Port anzufangen. Ich erwähnte, die Etappe sei zwar schwer, vor allem für einen Mann in seinem Alter, aber dass es die Schönheit der Landschaft wert sei.«

»Haben Sie noch vor, ihn zu treffen?«

»Ja«, antwortete Alonso. »Am 8. April in León. Ich hoffe, das schaffe ich zeitlich.«

»Könnten Sie uns eine Beschreibung des Mannes geben?«

»Wie ich schon sagte, er ist gerade in Rente gegangen, das heißt, er müsste also circa fünfundsechzig Jahre alt sein. Er ist groß, extrem groß in meinen Augen. Ich schätze, er ist fast eins neunzig und wiegt mehr als hundert Kilo. Er hat weiße Haare und trägt eine Brille.«

»Erinnern Sie sich an seinen Namen?«

»Wissermann«, antwortete Alonso. »Aber warten Sie, ich glaube, ich habe immer noch seine Visitenkarte, die er mir in Hannover gegeben hatte.« Er holte sein Portemonnaie aus seiner Jackentasche und durchsuchte die vielen Fächer, bis er schließlich fand, was er suchte. »Hier haben wir sie«, sagte er und legte eine weiße Visitenkarte auf den Tisch.

Kommissar Roncal nahm sie und las laut: »Klaus Wissermann.« Nachdem er Adresse und Telefonnummer gesehen hatte, fragte er: »Kann ich die behalten?«

»Ja, natürlich.«

»Zwei letzte Fragen hätte ich noch, Herr Alonso. Die erste wäre«, er schob das Foto wieder in Richtung des Politikers und deutete auf die Person, die zwischen ihm und dem Mädchen stand, »wissen Sie, wer *das* ist und wie wir diesen Mann finden könnten?«

Gerardo Alonso betrachtete die Aufnahme einige Augenblicke angestrengt und schüttelte den Kopf. »Nein. Ist er ...?«

»Ja«, unterbrach ihn Roncal. »Das ist der Einzige, abgesehen von Ihnen, der noch am Leben ist. Wir müssen ihn ausfindig machen und ihn warnen, dass sein Leben, genau wie Ihres, in Gefahr ist.«

»Es tut mir sehr leid, dass ich Ihnen in diesem Fall nicht weiterhelfen kann«, entschuldigte sich Alonso.

Roncal ließ die Schultern hängen. »Und die zweite Frage, besser gesagt eine eindringliche Bitte, wäre: Fahren Sie unter gar keinen Umständen zu dem Treffen mit diesem Mann am 8. April nach León!«

»Warum nicht?«, fragte Alonso, überrascht von der heftigen Reaktion des Kommissars.

»Weil er ... weil er wahrscheinlich der Mörder ist.«

Diese Aussage irritierte Alonso dann noch mehr. »Das ist unmöglich. Sie kennen ihn nicht, aber dieser Mann ist ... absolut unfähig, jemandem Leid zuzufügen. Er möchte doch nur wissen, was mit seiner Tochter geschehen war.«

»Das weiß er doch. So etwas steht alles in den Akten der Guardia Civil: Seine Tochter hatte sich das Leben genommen«, entgegnete Roncal.

»Ja schon, jedoch streitet er diese Tatsache ab. Ich nehme an, für einen Vater ist es nicht gerade leicht, einen Selbstmord des eigenen Kindes einfach so hinzunehmen. Deshalb wollte er auch mit uns sprechen.«

»Mit *uns*?«, wiederholte Roncal erstaunt.

»Ja, mit uns, die wir auf dem Foto zu sehen sind. Daher hatte er sich ja mit mir in Hannover damals getroffen.«

»Und die anderen? Was ist mit denen?«

»Als er mir das Startdatum für seine Jakobswegwanderung mitteilte, hatte er mir auch geschrieben, dass er mithilfe eines Privatdetektivs die anderen vom Foto ausfindig machen konnte. Glauben Sie wirklich, dieser arme alte Mann …?«

»Ja, ich befürchte es«, antwortete Roncal. Er dachte an den fünften Mann, an den, der neben Gerardo Alonso auf dem Foto stand, und überlegte, dass, wenn der Mörder nun schon dessen Namen und Adresse kannte, er wohl einen enormen Vorsprung hatte. Damit erhob er sich von seinem Stuhl. »Entschuldigen Sie mich bitte, ich muss schnellstmöglich nach Zaragoza zurück.«

»Trinken Sie denn keinen Espresso mehr?«

»Nein, dafür ist keine Zeit mehr. Ein anderes Mal gern.« Er streckte ihm die Hand hin, die sein Gegenüber mit starkem Händedruck erwiderte. »Auf Wiedersehen Herr Alonso. Und viel Glück bei den Wahlen.«

»Danke«, sagte der Politiker, der auf seinem Stuhl sitzen blieb und ihm nachschaute, bis er durch die Eingangstür verschwunden war.

27. März
Zaragoza

Am späten Nachmittag kehrte Roncal in das Präsidium in Zaragoza zurück. Er ging in sein Büro, um nachzusehen, ob es etwas Neues über die Verbrechen gab, und war überrascht, weil trotz der fortgeschrittenen Uhrzeit Fernández vor seiner Tür auf einem Stuhl saß und eine Mappe in der Hand hielt.

Als Fernández ihn sah, schnellte er sofort wie eine Sprungfeder nach oben. »Herr Kommissar«, sagte er nervös, »mir ist wieder eingefallen, wo ich diese junge Frau gesehen habe. Ich weiß jetzt wieder, wer sie ist.«

Kommissar Roncal beglückwünschte sich in Gedanken, einen so fähigen Mitarbeiter zu haben, schaute ihn ernst, aber sanft an und entgegnete: »Dieses Mädchen heißt Kristin Wissermann, und ich freue mich, dass Sie hier sind, da wir einen Verdächtigen haben, den wir auf der Stelle finden müssen.«

Während der Heimfahrt hatte er folgende Berechnungen aufgestellt: Der erste Mord ereignete sich am 19. in Saint-Jean-Pied-de-Port, der zweite in Roncesvalles, am darauffolgenden Tag in fünfundzwanzig Kilometer Entfernung vom ersten Tatort, und der dritte in Viana, einhundertfünfundfünfzig Kilometer weiter, genau sechs Tage später. Wenn, wie anzunehmen war, der Mörder auf dem Jakobsweg zu Fuß unterwegs war und durchschnittlich zwanzig Kilometer pro Tag zurücklegte, dann müsste er sich jetzt gerade zwischen Nájera und Santo Domingo de la Calzada befinden.

Er dachte an Klaus Wissermann. Vom ersten Moment an, an dem Alonso von dem Treffen in Hannover erzählt hatte, konnte er sich in dessen Kopf versetzen, wie er die letzten zehn Jahre damit zugebracht hatte, sich darüber Gedanken zu machen, warum sich seine Tochter das Leben genommen hatte. Es musste sehr schwer für einen Vater sein, zu akzeptieren, dass seine Tochter beschlossen hatte, allem ein Ende zu bereiten. Die Schuldgefühle, ihr nicht geholfen haben zu können, mussten fürchterlich sein. In diesen Fällen schlägt einem das menschliche Hirn gern ein Schnippchen und sucht sich ein Alibi, eine Rechtfertigung, die einen von der Verantwortung befreit. Roncal war überzeugt davon, dass Wissermann, nachdem er sich jahrelang gequält hatte, die Theorie eines Unfalls, beziehungsweise aufgrund der Ereignisse die Theorie einer Ermordung seiner Tochter, als einzige logische Erklärung sah, um ihren plötzlichen Verlust zu rechtfertigen. Von diesem Standpunkt aus war Rache, um Gerechtigkeit zu erlangen, nur noch einen kleinen Schritt entfernt. Auf jeden Fall spürte Roncal, dass er kurz davor war, den Mordfall ad acta legen zu können. Er hatte eine Beschreibung des Mannes, einen Namen, ein Motiv und einen möglichen Aufenthaltsort, wo er ihn wahrscheinlich finden würde. Er atmete tief durch, und zum ersten Mal seit Beginn der Ermittlungen fühlte er sich zufrieden.

Und nachdem er allen Polizeieinheiten zwischen Logroño und Burgos befohlen hatte, Klaus Wissermann aufzuspüren, widmete sich Roncal endlich wieder Fernández, der die ganze Zeit neben ihm stand. »Möchten Sie ein Gläschen, Fernández?«

»Ich denke nicht, Herr Kommissar«, antwortete dieser.

Roncal goss sich eine großzügig bemessene Menge Whiskey ein, und nachdem er sich in seinen Sessel gesetzt und genüsslich einen ersten Schluck genommen hatte, sagte er: »Ich bin sehr zufrieden. Ich glaube, wir sind kurz davor, den Täter dingfest zu machen.«

»Meinen Sie wirklich, dass der Vater des Mädchens der Mörder ist?«, erwiderte Fernández.

Diese Frage überraschte Roncal. »Ich bin mir sicher!«

»Warum?«

Er war verärgert über die Hartnäckigkeit von Fernández. Aber dann fiel ihm wieder ein, dass dies ja einer der Gründe war, warum er ihn als Hilfskommissar genommen hatte: wegen dessen Schnüfflernase und des Talents, nicht alles für bare Münze zu nehmen, was offensichtlich schien.

»Momentan ist er die einzige Person, die ein Motiv für die Morde hat, und außerdem hatte er die Gelegenheit dazu, denken Sie nicht?«

»Glauben Sie, der Umstand, wissen zu wollen, was mit seiner Tochter geschah, ist ein Motiv, zu töten?«

Roncal streckte sich in seinem Stuhl und verschränkte die

Arme vor der Brust. »Das ist eine psychologische Frage«, erläuterte er bestimmt. »Er ist ein Mann, der zweifelsohne niemals akzeptieren konnte, dass seine Tochter Selbstmord begangen hatte. Wahrscheinlich ist es nicht leicht, hinzunehmen, wenn die Person, die du am meisten liebst, dich für immer aus freiem Willen verlässt. Das führt dazu, dass dein Hirn dich Stück für Stück davon überzeugt, dass sie sich nicht selbst das Leben genommen hat, sondern jemand anderes dafür verantwortlich war. Und dann ist es ja das Einfachste, bei den Personen zu suchen, die in diesem Moment bei ihr waren. Daraufhin erinnert er sich, dass bei ihren persönlichen Dingen auch ein Foto war, das kurz vor ihrem Tod entstanden war, auf dem ein paar junge Männer zu sehen waren ... Dieser Mann und Vater hat eindeutig jeglichen Bezug zur Realität verloren.«

Fernández zeigte sich resigniert, und nicht gerade überzeugt von Roncals Argumenten erwiderte er: »Kann sein.«

Plötzlich fiel Roncal wieder ein, warum ihn der Polizist erwartet hatte. »Sie haben wirklich ein bemerkenswertes Gedächtnis. Wie haben Sie sich denn nach so vielen Jahren an diese junge Frau erinnern können?«, fragte er voller Hochachtung.

»Ich habe ein Foto in der Zeitung gesehen«, antwortete Fernández. »Um genau zu sein, eine vergrößerte Version des Fotos, das Sie mir gezeigt hatten.«

»Sie hat sich das Leben genommen, als sie gerade auf dem Jakobsweg war, nicht wahr?«

»Ja, so stand es jedenfalls in der Zeitung.«

»Können Sie sich noch daran erinnern, was genau mit ihr passiert war?«

Fernández suchte die Papiere, die er extra mitgebracht, aber auf dem Stuhl vor dem Büro vergessen hatte, und legte sie dann vor Roncal auf den Tisch. Es war ebenfalls eine blaue Mappe, in der ein Polizeibericht steckte.

»Was ist das?«, wunderte sich Roncal.

»Der Bericht über den Tod Kristin Wissermanns, den die Guardia Civil aus Ponferrada damals verfasst hatte. Ich hab ihn uns per Fax zukommen lassen.«

Roncal öffnete ihn, sah die einzelnen Seiten durch und hielt hin und wieder inne, um ein paar Absätze zu lesen. »Ach was!«, stieß er erstaunt hervor. »Derjenige, der die junge Frau als vermisst gemeldet und ihren Leichnam gefunden hatte, war kein Geringerer als unser Freund Tomás Sánchez. Kommt Ihnen das nicht auch seltsam vor?«

»Scheint, dass sie sich kannten«, folgerte Fernández. »Denken Sie an das Foto.«

»Ja schon, aber darauf ist ebenfalls Gerardo Alonso zu sehen, und laut ihm haben sie nicht mehr als hin und wieder mal ein paar Sätze gewechselt.«

Er las weiter und gab dann und wann einen Kommentar von sich.

»Die junge Wissermann wurde am Fuße eines großen Felsvorsprungs im Iragogebirge gefunden, etwa hundert Meter vom Jakobsweg entfernt.«

Wenn Sie vorhatte, sich das Leben zu nehmen, warum ausgerechnet an so einer abgeschiedenen Stelle, wo es Wochen oder Monate dauern könnte, sie zu finden, wenn man sie nicht gerade suchte? Diese Fragen stellte Roncal sich nicht, weil er Antworten suchte, sondern weil irgendetwas an ihrem Verhalten unlogisch war. Andererseits war der Leichnam in solch einem Zustand, dass sie offensichtlich aus hoher Höhe gefallen war.

»Was denken Sie?«, fragte Fernández, als Roncal bei der letzten Seite des Berichts angelangt war.

Roncal atmete tief durch. »Ich bin nach wie vor davon überzeugt, dass Klaus Wissermann genügend Motive hat, weiterhin der Hauptverdächtige zu sein.« Er blickte auf seine Uhr.

»Es ist spät, und ich fürchte, morgen wird ein harter Tag für alle werden. Ruhen Sie sich aus, Fernández!«

* * *

In dieser Nacht brauchte Kommissar Roncal lange, bis ihn endlich der Schlaf übermannte. Die Freude darüber, bald die Suche nach dem Mörder abgeschlossen zu haben, vermischte sich mit dem Kummer über die Beziehung oder eben auch Nichtbeziehung zu Amaya. Er könnte nicht ewig vor alldem, das ihm Angst oder Unsicherheit bereitete, davonlaufen. In zwei Tagen wäre Samstag, und er beschloss, sich doch bei ihr zu melden, wie er es ihr versprochen hatte. Genervt davon, sich rastlos in seinem Bett hin und her zu wälzen, stand er auf und lief einige Zeit in seinem Apartment auf und ab, ohne recht zu wissen, was er tun sollte. Als er in die Küche kam, schenkte er sich fast automatisch oder, besser gesagt, wie ein Blinder, der sich in der Dunkelheit bestens zurechtfand, einen großen Gin Tonic ein. Die Hälfte des Glases trank er noch an Ort und Stelle, und mit dem Rest ging er hinüber ins Wohnzimmer, wo das bläuliche Licht der Straße durch die Fenster sickerte. Er stellte sich vor eines und schaute eine Weile den wenigen Autos zu, die auf der Avenida César Augusto in Richtung Puerta del Carmen fuhren. Kurz schloss er die Augen, um sie sogleich wieder aufzureißen. Genauso schwierig, wie es sich immer mehr gestaltete, an Amaya zu denken – ohne dass sich das heitere Gesicht Elenas dazwischenschob –, ebenso schwer war es, sich Elenas Gesicht ins Gedächtnis zu rufen – ohne dass sich das fröhliche Lächeln Amayas darüberlegte wie bei einer Überblendung in einem alten Film.

Ihm schien, als hörte er das Echo des Läutens einer Uhr, und im ersten Moment dachte er an die Kirchtürme der Basílica del Pilar, jedoch wäre es unmöglich, diese von hier aus zu hören. Es musste Undués de Lerda sein, überlegte er, denn deren Glockenklang reichte bis hierher. Morgen wäre Freitag, und ihm wurde schmerzlich bewusst, dass er sich an diesem Wochenende nicht zurückziehen konnte, um allein zu sein, durch die Berge zu wandern und sich bis zur Besinnungslosigkeit zu betrinken, und er wusste, es würde ihm fehlen.

Er nahm den letzten Schluck aus dem Glas und ließ es auf dem Boden neben dem Fenster stehen. Daraufhin ging er zurück ins Schlafzimmer, wo er sich widerwillig unter die Bettdecke legte, bereit, endlich in einen traumlosen Schlaf hinüberzugleiten.

Kapitel IX

28. März
Santo Domingo de la Calzada

Klaus Wissermann stand sehr früh morgens auf, und als er sich auf den Weg machte, war es noch stockfinster. Bald darauf jedoch, als die ersten Sonnenstrahlen hinter dem Horizont auf die Wolken trafen, begann sich der Himmel in wunderschönen verschiedensten Rot-, Blau- und Grautönen zu färben. Und als die Sonne sich dann endgültig zeigte und sich die Landschaft um ihn herum zu einem Gesamtbild fügte, setzte er sich auf einen Stein am Wegrand, um den Blick in die Ferne schweifen zu lassen.

Der Anblick der Äcker, die mit ihrem Grün die sanften welligen Hügel bis zum Horizont in satte Farben tauchten, löste in Wissermann Heimweh aus, und er fühlte sich zurück in sein Niedersachsen versetzt. Er sog die Luft tief ein und hatte das Gefühl, genau wie die Gräser, der Wind und die Vögel nur ein weiterer Teil der Natur zu sein – gleichzeitig unbedeutend und doch elementar –, der mit allem, was ihn umgab, in Frieden lebte.

Er hatte jegliches Raum- und Zeitgefühl verloren, und zum ersten Mal in den vergangenen zehn Jahren dachte er nicht mit einem schmerzvollen Gefühl des Verlustes an Kristin. Vielmehr überkam ihn Freude, wie die eines Wiedersehens, da sie genau wie er Teil der Natur war und in den Gräsern, dem Wind und den Vögeln weiterlebte, und er begann zu weinen.

Ich werde verrückt, sagte er sich, als die Tränen aufgehört hatten, seine Wangen herunterzulaufen. Seit zwei Tagen schon hatte er mit keiner Menschenseele mehr gesprochen und ließ sich von seinen Gefühlen leiten. Dabei verlor er mehr und mehr das Ziel aus den Augen, *sein* Ziel. Er dachte an die Keksfabrik und an die vierzig Jahre, die er dort als Chemiker gearbeitet hatte. Nein, er bereute diese Zeit nicht, denn schließlich hatte er damit sowohl Kristin als auch ihrer Mutter Sabine ein angenehmes Leben finanziert.

Für Klaus Wissermann war es eine Tragödie, als seine Frau plötzlich starb, als die gemeinsame Tochter gerade einmal sechs Jahre alt war. Die Zeit vom Bekanntwerden ihrer Krankheit bis zu ihrem Tod war so schnell vergangen, dass er nicht einmal Zeit gehabt hatte, sich darauf richtig vorzubereiten. »Such dir eine nette Frau und heirate wieder, Klaus. Kristin braucht eine Mutter«, hatte ihm Sabine noch an ihrem Sterbebett gesagt, aber er tat es nicht. Er arbeitete zu viel in der Keksfabrik, und danach widmete er seine ganze Freizeit seiner Tochter. Als ihm dies bewusst wurde, hatte sich seine Welt schon darauf reduziert, und Kristin war mittlerweile zu alt, um eine andere Frau als ihre neue Mutter zu akzeptieren.

Freiwillig war sein Leben darauf beschränkt, und die immer gleichen Tagesabläufe seines Alltags gaben ihm Sicherheit. Ruhelosigkeit und Sehnsucht verschloss er im hintersten Winkel seiner Gefühle, und so erwartete er von nichts und niemandem besonders viel und wurde dadurch nur sehr selten enttäuscht. So war Klaus Wissermann.

Was Kristin anbelangte, so war sie ein ruhiges, liebes und sehr intelligentes Kind. Nicht wirklich schüchtern, aber doch hin und wieder sehr reserviert, sodass ihr Vater sie in ihrer Jugend immer wieder dazu ermuntern musste, mal etwas mit ihren Freunden zu unternehmen und auf eigenen Beinen zu stehen. Ihre Schulzeit im Gymnasium meisterte sie mit Bravour, und als sie ihr Abitur in der Tasche hatte, leistete sie sogar noch ein paar Monate Freiwilligendienst im Altersheim, bevor sie zu studieren anfangen wollte. Und plötzlich, eines Abends, als sie nach Hause kam, erzählte sie ihrem Vater von der Entscheidung, die sie getroffen hatte. »Papa, ich werde nach Spanien reisen und den Jakobsweg gehen.«

Wissermann hatte noch nie zuvor von diesem Jakobsweg gehört, und noch weniger wusste er um dessen Bedeutung im mittelalterlichen Europa.

»Jakobsweg? Was soll das sein?«, fragte er, besorgt über den Enthusiasmus Kristins.

Anscheinend hatte ihr ein alter Geschichtslehrer mit solcher Leidenschaft davon erzählt, dass sie, obwohl nicht katholisch, die unerschütterliche Entscheidung getroffen hatte, dorthin zu müssen.

Außerdem hatte ihr dieser Geschichtslehrer auch noch erläutert, der Jakobsweg sei voller Hinweise auf die esoterische Auslegung der Gänse, erinnerte er sich, während er daran dachte, wie sie viele Abende gemeinsam mit Brettspielen und dem *Gänsespiel* zugebracht hatten. Diese Symbole konnte man auf vielen Monumenten und in den Namen von Dörfern und Bergen wiederfinden. Und laut dem Professor wurde dieses *Gänsespiel* in Deutschland erfunden, als ein geheimer Plan des Jakobswegs.

Als Kristin ihm erzählte, was der Jakobsweg sei, schlug Klaus Wissermann die Hände über dem Kopf zusammen.

»Fast achthundert Kilometer zu Fuß? Du allein in einem fremden Land? Bist du verrückt?«

Daraufhin lachte Kristin aus vollem Hals – noch heute konnte er dieses Lachen hören. Ja, sie war verrückt, und er wusste, dass sie, wenn sie einmal eine Entscheidung getroffen hatte, kein Stück mehr davon abweichen würde.

Einen Monat später begleitete er sie zum Bahnhof, von

dem sie in Richtung Süden aufbrach. Voller Besorgnis vor dem Unbekannten und voller Hoffnung, diesen magischen und spirituellen Weg zu finden, von dem ihr alter Lehrer erzählt hatte. Das war das letzte Mal, dass er sie lebend gesehen hatte.

Und sechsundzwanzig Tage später erhielt er Besuch von der Polizei. Zwei Unglücksboten. Ihr Blick reichte ihm, um zu wissen, dass etwas Schreckliches in Spanien passiert sein musste.

Die Nachricht, dass seine Tochter sich umgebracht haben sollte, erschütterte ihn und machte ihn fassungslos. Unfähig, zu reagieren, fuhr er nach Spanien, um ihren Leichnam zu holen, ordnete an, dass er verbrannt werden sollte, und kehrte mit der Asche wieder zurück nach Deutschland.

Zuvor hatte er noch zwei Postkarten von ihr erhalten. Eine aus Puente la Reina, in der sie ihm erzählte, wie sie freudig die alte Pilgerbrücke überquert hatte, und eine weitere aus Burgos, wo sie die dortige Kirche mit dem Kölner Dom verglich. Die dritte Karte hatte vergebens in ihrem Rucksack darauf gewartet, abgeschickt zu werden.

Ein eingeschlafenes Bein holte ihn aus seiner Erinnerung, und bei dem Versuch, aufzustehen, um es auszuschütteln, wäre er beinahe hingefallen. Er schaute hinter sich und sah in der Ferne eine Gruppe Pilger näher kommen. Daraufhin schulterte er erneut seinen Rucksack und ging weiter auf dem Camino de Santiago.

* * *

Die Guardia Civil hatte bereits wertvolle Zeit bei ihrer Suche nach dem *Jakobswegmörder*, wie ihn die Presse so schön nannte, verloren, weil sie, den Anweisungen Kommissar Roncals folgend, ihre Suche kurz nach Mitternacht in Nájera begonnen hatte. Da sie ihn dort nicht gefunden hatten, setzten sie ihre

Suche in Azofra und in Cirueña fort, bis sie sich schließlich bis nach Santo Domingo im Morgengrauen vorgearbeitet hatten. Aber auch hier war der Gesuchte nicht aufzufinden gewesen, weshalb sie nun den Jakobsweg selbst zwischen Santo Domingo de la Calzada und Belorado absuchen mussten.

Obwohl sie annahmen, dass Wissermann zu Fuß unterwegs war, wussten sie nicht, wie viel Vorsprung er bereits hatte. Aber der befehlshabende Polizist, der für die Festnahme des *Jakobswegmörders* zuständig war, berechnete, dass ein Mann in Wissermanns Alter, mit einem schweren Rucksack beladen, vom Zeitpunkt der Öffnung der Türen der Herberge bis jetzt nicht weiter als nach Grañón, einem kleinen Dorf etwa sechs Kilometer von Santo Domingo entfernt, gekommen sein konnte.

Und glücklicherweise waren alle Wege auf diesem Abschnitt des Jakobswegs mit Allradantrieb befahrbar. Nachdem er sich mit seinen Vorgesetzten kurz abgesprochen hatte, schickte er einen Geländewagen mit seinen Leuten los, damit sie die Personalien all der Pilger auf dem Weg kontrollierten, die auf die Beschreibung passten, die er vom Kommissariat in Zaragoza erhalten hatte. Er selbst fuhr währenddessen mit zwei Polizisten nach Grañón und positionierte sich dort am Ortseingang.

Zu dieser frühen Morgenstunde waren noch nicht viele Pilger unterwegs. Hin und wieder sah man kleine Gruppen von zwei oder drei Personen, aber die Mehrheit derer, die am Kontrollpunkt vorbeikamen, liefen allein. Die jungen Männer und Frauen ließen sie unbehelligt weiterziehen, während Männer über fünfzig Jahren systematisch nach dem Ausweis gefragt wurden.

Nach einer Stunde trafen die zwei Autos der Guardia Civil wieder zusammen, ohne dass sie den Verdächtigen ausgemacht hatten.

Der befehlshabende Polizist spuckte nachdenklich auf den Boden und murmelte verärgert ein paar unverständliche Worte. Siegessicher hatte er sich bereits gedanklich ausgemalt, wie ihn seine Vorgesetzten zur Ergreifung des *Jakobswegmörders* beglückwünschten, wie sein Name in der Zeitung erscheinen würde, und nun war er frustriert und in seinem Stolz gekränkt. Er war davon ausgegangen, dass der Verdächtige ein alter Mann – ein Rentner – war, der einfach auszumachen und festzunehmen wäre. Er hatte nicht damit gerechnet, dass Wissermann trotz seines Alters ein starker Mann von ausgesprochen athletischer Fitness war, der über viele Kilometer seine großen und kräftigen Schritte halten konnte und zu diesem Zeitpunkt bereits einige Kilometer Vorsprung hatte.

»Vielleicht hat er ja doch ein Auto?«, murmelte der Polizist geschlagen und im Bewusstsein, dass er die Möglichkeit auf einen glorreichen Moment verpasst hatte, denn sobald er sein Scheitern mitteilte, würde ein höhergestellter Beamter für diese Operation eingesetzt.

»Wenn der Verdächtige letzte Nacht in Santo Domingo de la Calzada geschlafen hat, wo, denken Sie, wird er heute nächtigen?«, fragte ihn sein Vorgesetzter, als er ihm Meldung erstattete.

Der Polizist überlegte einen Augenblick. Logischerweise müsste er in einer Herberge in Belorado einkehren, das schon in der Provinz Burgos lag, und dort gab es ebenfalls eine Dienststelle der Guardia Civil, weshalb diese wohl auch die Operation weiterführen würde.

»Belorado liegt dreiundzwanzig Kilometer entfernt, und danach kommen die Berge Montes de Oca«, entgegnete er. »Ich denke, wir können davon ausgehen, dass er in Belorado schlafen wird.«

»Und wo sind Sie gerade?«

»In Grañón«, antwortete der Polizist.

Sein Gesprächspartner brauchte eine Weile, um zu antworten, woraus der Polizist schloss, dass er wohl eine Karte der Umgebung konsultierte.

»Ich sage dem Präsidium in Belorado Bescheid, dass sie einen Kontrollpunkt am Beginn des Dorfes einrichten sollen«, sagte er schließlich. »Und Sie setzen Ihren Weg auf dem Camino de Santiago fort und überprüfen die Ausweise aller Pilger, die infrage kommen könnten. Wenn wir Glück haben, erwischen wir ihn noch, bevor er das Dorf erreicht.«

Der Polizist beeilte sich, die Anweisungen auszuführen. Begleitet von zwei Kollegen, setzte er seinen Weg in einem der Geländewagen fort in Richtung des kleinen Dorfs Redecilla del Camino, das bereits zur Provinz Burgos gehörte.

Zaragoza

Kommissar Roncal wartete in seinem Büro auf Neuigkeiten der Festnahme Wissermanns. Nervös blickte er auf seine Uhr. Es war bereits halb zehn, und noch immer klingelte das Telefon nicht.

Er war davon ausgegangen, dass Klaus Wissermann bereits in den frühen Morgenstunden gefasst wäre, denn Roncal war überzeugt, Wissermann würde weder nach einem Versteck suchen noch unbemerkt von Dorf zu Dorf ziehen. Im Gegenteil: Wissermann war auf dem Jakobsweg unterwegs, um sein Vorhaben durchzusetzen: den Tod seiner Tochter zu rächen.

Aus einem für Roncal unerklärlichen Grund hatte Wissermann den fünf jungen Männern, die neben seiner Tochter auf dem Foto zu sehen waren, die Schuld an deren Tod gegeben. Vielleicht hatte Wissermann anfangs ja wirklich vorgehabt, wie er Gerardo Alonso in Hannover erzählt hatte, sie nur ausfindig zu machen, um mit ihnen über die letzten Tage seiner Tochter zu sprechen und um herauszufinden, was genau mit ihr geschehen war. Aber an irgendeinem Punkt musste sein krankes Hirn zu der Überzeugung gelangt sein, dass diese Männer schuldig wären und er sie deshalb zur Strecke bringen müsste. Bis dahin passte alles ins Bild, aber wenn er doch ihre Namen und Adressen hatte, dann wäre es doch viel einfacher gewesen, sie in Madrid, Sevilla oder Valencia umzubringen. Warum auf dem Jakobsweg? Und wie hatte er es geschafft, sie dorthinzulocken?

Er hörte ein Klopfen an seiner Bürotür. Der Beamte Fernández trat ein und legte ihm ein paar gedruckte Seiten auf den Tisch. »Der Polizeibericht aus Deutschland, den Sie angefordert hatten«, sagte er.

Roncal hatte schon fast wieder vergessen, dass er gestern um diesen gebeten hatte, um mehr über den Menschen zu erfahren, dem er bald gegenübersitzen würde, derjenige, der Klaus Wissermann hieß.

»Er kam heute Morgen ganz früh, aber ich musste ihn erst noch zum Übersetzen nach Madrid schicken.«

»Sehr gut. Danke, Fernández«, sagte Roncal. »Dann schauen wir doch mal, was die Deutschen so sagen.«

Es war nicht gerade viel, wie er beim ersten Überfliegen feststellen konnte. Nicht mehr als eine maschinengeschriebene Seite und ein Foto von Klaus Wissermann. Aber wenn man berücksichtigte, in welch kurzer Zeit es zusammengestellt worden war, verfügte es doch, neben dem aktuellen Passfoto, über genug Informationen, um ein Verhör einzuleiten. Er blickte erneut auf die Uhr. Zum ersten Mal kam ihm in den Sinn, dass er vielleicht zu zuversichtlich gewesen war und es doch nicht ganz so einfach wäre, Klaus Wissermann zu stellen. Mit diesen Gedanken fing er an, zu lesen:

Von der spanischen Polizei bei INTERPOL angeforderter Bericht. Klaus Wissermann, 65 Jahre alt, wohnhaft in Hannover, Fund-

straße 6. Vor Kurzem in Ruhestand getreten, davor 37 Jahre lang angestellter Chemiker einer Keksfabrik, Standort Hannover. In den vergangenen Jahren (ein paar Nachbarn geben an, exakt seit dem mysteriösen Tod der Tochter im Ausland) lebte er immer zurückgezogener und pflegte so gut wie keine sozialen Kontakte. Nicht mehr an seinem Wohnort angetroffen seit dem 17. März, Datum, an dem er zuletzt am Hauptbahnhof Hannover gesehen wurde, wie er in einen Zug in Richtung Paris/Frankreich stieg.

Hat keine Vorstrafen oder Eintragungen ins polizeiliche Führungszeugnis und keine Punkte in Flensburg. Laut seiner ehemaligen Chefetage und seinen ehemaligen Kollegen ist er ein fleißiger Arbeiter und sehr methodisch in seinen Gewohnheiten…

Der Bericht ging so weiter, mit ähnlichen Kommentaren über das tadellose Leben des Herrn Wissermann und sein geordnetes Alltagsleben. Es war eindeutig, dass die deutsche Polizei nicht verstanden hatte, was die spanischen Kollegen für ein Interesse an solch einem langweiligen und organisierten Menschen wie Klaus Wissermann hatte.

Roncal betrachtete das Foto, das wohl von der letzten Beantragung seines Passes stammte. Es zeigte einen stattlichen, ja schon fast gut aussehenden Mann, aber da war etwas in seinem Blick – er starrte in die Kameralinse, als ob er einer Person in die Augen sehen würde –, was Roncal beeindruckte. Er studierte einige Augenblicke das Foto, um herauszufinden, was es war, das ihn an dessen Blick so faszinierte. Es war das erste Mal, dass er ein Gesicht zu dem Mann sah, der als Hauptverdächtiger, als *Jakobswegmörder*, galt, und er fragte sich, wie lange es dauern würde, bis die Zeitungen dieses Foto druckten.

Auf einmal fiel ihm in der Ecke seines Schreibtisches die blaue Mappe auf, die ihm Fernández vergangenen Abend vorbeigebracht hatte. Irgendwie hatte dieser Bericht über den Tod von Kristin Wissermann bei den jetzigen Ermittlungen der drei

Todesfälle erst den Stein ins Rollen gebracht. Er griff nach der Polizeiakte und holte den Bericht heraus, den er nun zum ersten Mal von Anfang an Wort für Wort las. Aber ihm reichte bereits der erste Absatz, um festzustellen, dass es der wohl schlechteste Polizeibericht war, der ihm je untergekommen war. Oder jedenfalls einer der wohl am schlechtesten ermittelten. Die Akte bestand aus der anfänglichen Vermisstenanzeige, aufgegeben ausgerechnet von Tomás Sánchez, dem Bericht der Polizisten, die an der Suche beteiligt waren, und einer Beschreibung über die Auffindung ihres Leichnams, in dem zum ersten Mal die Hypothese eines Selbstmords erwähnt wurde. Der Autopsiebericht gab nicht viel mehr her als die Angabe, dass ein Sturz von einem Felsvorsprung und die davon ausgehenden Verletzungen zum Tod geführt hatten. Und zuletzt noch aus einem Abschlussbericht, in dem die Hypothese des Selbstmords bestätigt wurde. Das war alles; mehr gab es nicht in der Akte Kristin Wissermann. Es hatten anscheinend absolut keine Ermittlungen stattgefunden, und die Dokumente, die er vor sich hatte, ließen darauf schließen, dass die Beamten wohl keine Lust gehabt hatten, mehr Enthusiasmus in diesen Ermittlungsfall zu bringen.

Kommissar Roncal schüttelte ungläubig den Kopf und ging erneut die Akte durch, falls ihm etwas entgangen wäre. Aber dem war nicht so. Er seufzte tief, denn er wusste genau, dass in den meisten Dörfern die Polizei nicht gerade über die nötigen Mittel verfügte, eine umfangreiche Ermittlung zu führen, und vor zehn Jahren noch weniger. Das war die einzige Erklärung, die er hatte, um diesen Totalausfall einer Ermittlung zu rechtfertigen. Es befanden sich noch zwei Fotos in der Mappe, die er gestern übersehen hatte. Eines zeigte eine felsige Landschaft mit einer Erhebung von vielleicht fünfzehn Metern – er nahm an, dass es sich um den Fundort handelte – und eines den von Hämatomen und Verletzungen übersäten

Leichnam von Kristin Wissermann. Es fiel ihm schwer, diesem verschandelten Körper das lachende Gesicht der jungen Frau vom Foto zuzuordnen.

Er dachte über diesen seltsamen Zufall nach, dass das erste Opfer ausgerechnet der Mann war, der die Vermisstenanzeige von Kristin aufgegeben hatte. Wieso hatte Tomás Sánchez sie am gleichen Tag vermisst gemeldet, an dem sie auch gefunden wurde? Wusste er vielleicht, dass es unnötig wäre, in der Herberge auf sie zu warten, da sie nicht mehr auftauchen würde? Diese Frage brachte Roncal direkt zu einer anderen bedeutenden Frage in seinem Ermittlungsfall: Hatte Klaus Wissermann möglicherweise Zugang zu dieser Akte?

Er erschrak, als plötzlich das Telefon klingelte. Es war Polizist Mendizábal, der ihm in feierlichem und ernstem Tonfall mitteilte: »Klaus Wissermann wurde soeben gefasst.«

Roncal blickte auf seine Uhr. Es war bereits fast Mittag, und eigentlich hatte er diesen Anruf schon in den frühen Morgenstunden erwartet.

»Hat er Widerstand geleistet?«, fragte Roncal, obwohl er sich die Antwort bereits denken konnte.

»Nein.«

»Wo wurde er festgenommen?«

»In Belorado.«

»Ist er jetzt immer noch dort?«

»Nein, ich habe die sofortige Anweisung gegeben, ihn schnellstmöglich hier nach Zaragoza für eine Vernehmung zu überführen.«

»Gut«, entgegnete Roncal. Seine Angespanntheit ließ nach, und er fühlte sich befreiter.

»Da wäre noch was«, sagte Mendizábal, als Roncal gerade auflegen wollte. »Bei der Taschenkontrolle fand man ein identisches Foto zu dem, was wir haben, und eine Liste der Namen und Adressen aller Personen, die darauf zu sehen sind.«

Diese Information, dass Wissermann wusste, wo sich die fünf Männer aufgehalten haben, war das fehlende Teil, das ihn zum Hauptverdächtigen machte. Neben einem Motiv und der Gelegenheit hatte er nun auch noch gewusst, wo er diese erreichen konnte, um die Unglücklichen zu Opfern zu machen. Kein Zweifel. Klaus Wissermann musste der *Jakobswegmörder* sein. Drei der fünf Männer kümmerte das nun reichlich wenig, blieben jedoch immer noch zwei, denen es gesagt werden müsste. Für Gerardo Alonso wäre es eine Erleichterung, davon zu erfahren, und Roncal überlegte, wer der fünfte Mann war.

»Meinen Sie, wir sollten es Gerardo Alonso mitteilen?«, fragte Mendizábal.

»Ja. Aber machen Sie sich keine Gedanken darüber, ich erledige das. Mendizábal, haben die Kollegen Ihnen zufällig den Namen und die Adresse des fünften Mannes gegeben?«

»Nein, Herr Kommissar. Möchten Sie, dass ich in Belorado anrufe und nachfrage?«

Nach einer kurzen Pause, die Mendizábal ewig vorkam, antwortete Roncal: »Nein, nein. In ein paar Stunden werden wir die Liste eh hier haben. Und außerdem hat der fünfte Mann jetzt ja nichts mehr zu befürchten.« Und fügte hinzu: »Gute Arbeit, Mendizábal. Geben Sie mir bitte Bescheid, sobald der Verdächtige eintrifft. Ich würde gerne so schnell wie möglich mit dem Verhör anfangen.«

Die Unterhaltung, die Roncal nun mit Gerardo Alonso führte, war recht kurz. Er erklärte ihm lediglich, dass heute Morgen Klaus Wissermann festgenommen wurde.

»Werden Sie den Polizeischutz nun wieder aufheben?«, war das Erste, was der Politiker wissen wollte.

Roncal hatte darüber noch gar nicht nachgedacht, denn er wollte mit seinem Anruf eigentlich nur Alonso beruhigen. »Wir lassen die Dinge erst mal, wie sie sind. Sobald Wissermann gestanden hat, werden wir natürlich den Schutz wieder zurückziehen.«

Gerardo Alonso war überrascht und fragte: »Heißt das, Sie halten es für möglich, dass er nicht derjenige ist, der die drei Morde begangen hat?«

»Nein, nein«, ereiferte sich Kommissar Roncal. »Ich bin mir sicher, dass Klaus Wissermann der Mörder ist.«

Es entstand ein Schweigen.

»Ich danke Ihnen für Ihren Anruf, Kommissar. Ich versichere Ihnen, nun fühle mich um einiges beruhigter.«

Sein Tonfall war nicht mehr ganz so herzlich, und Roncal schien etwas Verbitterung herauszuhören. Was habe ich denn gesagt, das den Politiker verärgert haben könnte?, überlegte Roncal einen Augenblick und kam dann zu dem Schluss, dass es ihm egal sein könnte.

Nachdem er aufgelegt hatte, wollte er Hauptkommissar Quiñones anrufen, um ihm die gute Nachricht zu verkünden, zögerte jedoch. Ihm fiel ein, dass, sobald er Quiñones davon Meldung machte und der Minister Wind davon bekäme, es sofort in allen Nachrichten wäre, und beschloss, nichts zu sagen, bis Wissermann seine Taten gestanden hätte. Außerdem wäre es ja nur noch eine Sache von ein paar Stunden, denn sein Instinkt verriet ihm, dass dieser Mann, auch weil er sich so leicht hatte schnappen lassen, geradezu darauf brannte, seine Morde gestehen zu dürfen.

Vorher
Belorado

Vor einer Stunde war die Sonne hinter einigen Wolken verschwunden, die plötzlich am Horizont aufgetaucht waren und sich Stück für Stück über den ganzen Himmel ausgebreitet hatten. Feine Regentropfen fielen, und Klaus Wissermann stieg der herbe Geruch nasser Erde in die Nase. Er schloss die Augen und sog diesen Duft ein, um sich ihm ganz hingeben zu können, und fühlte sich auf einmal wieder in den Mutterleib zurückversetzt. Er war dankbar und zufrieden mit Mutter Erde. Diese Gefühle waren so stark, dass er anhielt und die Arme zu beiden Seiten ausstreckte und sein Gesicht in den Regen streckte.

Er ging weiter und durchquerte winzige Dörfer wie Castildelgado und Viloria, und plötzlich kam in ihm das Gefühl wieder hoch, das er auch schon vor ein paar Tagen in der Nähe von Viana verspürt hatte. Ein Gefühl der Angst beschlich ihn. Als er einen Blick zurückwarf, sah er in der Ferne, klein wie Ameisen, zwei Pilger in quietschbunten Regenmänteln, die ihm folgten. Er versuchte, die dunklen Gedanken beiseitezuschieben und sich an die schönsten Momente seiner Reise auf dem Jakobsweg zu erinnern. An einem kalten Morgen im März die Rue d'Espagne in Saint-Jean-Pied-de-Port in Richtung Süden zu laufen und dabei auf die imposanten Pyrenäen zu blicken war die erste Erinnerung. Jedes Bild brachte ihn seiner Tochter näher, und er dachte sich: Kristin hat auch schon ihren Fußabdruck auf diesem Straßenpflaster hinterlassen. Oder als er die grünen Wiesen der Pyrenäen betrachtete: Diese Landschaft muss Kristin sehr gefallen haben. Sein zweiter schöner Moment war in Puente la Reina vor der Pilgerbrücke, als er sich an die Postkarte erinnerte, die ihm Kristin vor zehn Jahren geschickt hatte. Auf der Karte beschrieb sie, wie emotionsgeladen sie diese überquerte und dass sie am nächsten Tag die Montes de Oca vor sich hatte. Eine der abgeschiedensten Regionen und zu anderen Zeiten auch die gefährlichste des ganzen Jakobswegs. Erinnerst du dich Kristin? Erinnerst du dich an den Jesus in Puente la Reina, der an einem Holzkreuz in Form eines Gänsefußes genagelt war? Man sagt, dieser Christus sei aus Deutschland, welch Zufall! Wissermann musste an das *Gänsespiel* denken. War der Rio Oca, der zu Deutsch Gänsefluss hieß und der in den Montes de Oca, also den Gänsebergen, entsprang, vielleicht sogar der Fluss, den man auf dem Spielbrett des *Gänsespiels* erkennen konnte? Am darauffolgenden Tag würde er die Brücke über den Gänsefluss gehen. Er rief sich die schicksalshaften Spielregeln ins Gedächtnis und konnte sich ein Lächeln nicht verkneifen.

Er hatte den Eindruck, alles wäre nun möglich, und sein Herz und sein Verstand öffneten sich für Pilgergedanken – manche würden auch sagen: abgedrehte Gedanken. Obwohl er erst seit zehn Tagen unterwegs war, hatte er bereits das Gefühl, in eine andere Dimension übergetreten zu sein. Eine Dimension, in der alles möglich schien, ein einfaches und simples Universum, das nur von der Anstrengung, den nächsten Berg oder den nächsten Fluss zu überqueren, angetrieben wurde.

Doch plötzlich, kurz vor Belorado, erblickte er hinter einer Kurve ein Auto am Wegesrand und drei uniformierte Männer, die in seine Richtung schauten. Er ahnte, dass sie nur auf ihn warteten. Solche Männer hatten auch den geschundenen Körper Kristins gefunden, und überrascht stellte er fest, wie ihn dieser Gedanke nicht mehr wütend machte. Er blickte sich nach allen Seiten um, und ihm wurde klar, dass alles vorherbestimmt ist im Leben und man nichts dagegen tun kann.

Als er auf Höhe der Beamten war, sagte einer von ihnen mit freundlichem, doch trockenem Tonfall: »Ihren Ausweis, bitte!«

Wissermann nahm den Rucksack von seinem Rücken und stellte ihn vor sich. Er öffnete den Reißverschluss einer der Seitentaschen und zog einen Plastikbeutel hervor, in dem er all seine wichtigen Papiere aufbewahrte. Anschließend überreichte er dem Polizisten seinen Ausweis, und jener blätterte auf die erste Seite. Nachdem er den Namen gelesen hatte, blickte er auf das Foto und danach auf den Pilger, den er vor sich hatte, und erstarrte kurz vor Überraschung und Angst.

Seine Kollegen bemerkten, dass etwas nicht in Ordnung war, und kamen näher.

»Sind Sie Klaus Wissermann?«, fragte dann der Polizist, dessen Muskeln am ganzen Körper gespannt waren vor Aufregung.

»Ja.«

Die Antwort des Deutschen klang in den Ohren der Beamten wie ein Alarm, und sie stürzten sich auf ihn, um ihn handlungsunfähig zu machen.

»Sie sind festgenommen«, sagte der Polizist, der ihn von hinten festhielt.

»Warum?«, fragte Wissermann, der keinerlei Widerstand leistete.

Die Polizisten antworteten nicht und stießen ihn in das Auto.

»Mein Rucksack …!«, rief Wissermann und zeigte auf den Rucksack, der noch immer auf dem Boden stand.

Einer der Männer nahm ihn, warf ihn auf den Rücksitz des Fahrzeugs, und sie fuhren mit Höchstgeschwindigkeit zum Präsidium in Belorado.

* * *

Der Verdächtige wurde ein paar Minuten nach drei Uhr nachmittags an das Kommissariat der Guardia Civil in Zaragoza übergeben. Roncal gab Anweisung, ihm zu essen zu geben, und erlaubte ihm, sich danach kurz auszuruhen, bevor das Verhör stattfinden würde.

Währenddessen widmete sich Roncal mit der Hilfe von Fernández dem Rucksack Wissermanns. Sie waren auf der Suche nach irgendetwas, was mit den Taten in Verbindung

144

gebracht werden könnte. Er ging davon aus, dass Wissermann wohl kaum so dumm wäre, mit Stricknadeln, wie er sie beim Mord an Tomás Sánchez und David Rocafort benutzt hatte, im Rucksack durch die Gegend zu laufen. Aber er hoffte, ein Taschenmesser zu finden, denn für gewöhnlich hatten Pilger immer eins dabei. Roncal fand nicht mehr als ein Schweizer Taschenmesser, dessen Klinge nicht unbedingt groß genug war, jemandem damit die Halsschlagader aufzuschlitzen. Dennoch schickte es Roncal ins Labor, um es auf mögliche Blutspuren untersuchen zu lassen.

Zusammen mit Wissermanns Ausweis erhielt Roncal in einem separaten Umschlag die Liste mit den Personen, die Kristin auf dem Jakobsweg begleitet hatten. Beim Durchlesen stellte er fest, dass der fünfte Mann mit Namen José Luís Jiménez in Zaragoza lebte. Er konnte es nicht glauben, dieser Mann wohnte nur knapp fünfhundert Meter vom Kommissariat entfernt!

Obwohl es eigentlich nicht mehr wirklich wichtig war, hatte Roncal dennoch das Gefühl, er müsste den Mann über all die Geschehnisse aufklären. Noch war genug Zeit bis zum Verhör von Wissermann, und obendrein war es eine günstige Uhrzeit, um jemanden zu Hause vorzufinden, was auch immer er von Beruf wäre, da die spanische Siesta allen Bürgern heilig war. Roncal beschloss, keine Zeit zu verlieren, und machte sich auf den Weg zu dem Haus des fünften Mannes vom Foto.

Schnellen Schrittes ging er zur Hausnummer 2 in der Calle de Bilbao und drückte auf die Klingel. Nach einem Augenblick ertönte über die Sprechanlage die Stimme einer Frau: »Ja, bitte?«

»Entschuldigen Sie, ich würde gerne mit Herrn José Luís Jiménez sprechen«, sagte Roncal.

Die Sprechanlage verstummte, und Roncal glaubte, die Frau hätte den Hörer wieder aufgelegt, ohne ihm zu antworten.

Aber dann, nach einer gefühlten Ewigkeit, hörte er sie wieder. »Wer sind Sie? Und warum möchten Sie mit José Luís Jiménez reden?«

»Ich bin Kommissar Roncal von der Guardia Civil…«

»Und was wollen Sie von meinem Mann?«, beharrte die Frau auf ihrer Frage.

»Bitte, es ist sehr wichtig. Ich möchte zuerst mit Ihrem Mann darüber sprechen. Ist er zu Hause?«

Nach einigen zögerlichen Minuten bat die Frau: »Bitte halten Sie Ihren Ausweis an die Kamera der Klingelanlage.«

Roncal wunderte sich über diese Vorsichtsmaßnahmen, aber tat, wie ihm geheißen, und hielt seinen Dienstausweis an die Kamera.

»In Ordnung, kommen Sie hoch«, hörte er sie nach ein paar Sekunden sagen, und der Türsummer brummte.

Er betrat das Haus und nahm den Aufzug in den fünften Stock. Die Frau wartete an der Tür auf ihn, und nachdem sie sich die Hand gegeben hatten, hieß sie ihn im Wohnzimmer Platz nehmen.

»Ich bin Pilar«, stellte sie sich vor. Ein Junge von ungefähr achtzehn Jahren kam ebenfalls in das Wohnzimmer und setzte sich neben die Frau. »Und das ist mein Sohn, José Luís.«

Kommissar Roncal war erstaunt über das Alter der Frau und vor allem über das des Jungen. Alle anderen Todesopfer waren um die fünfunddreißig Jahre alt, und obwohl er wusste, dass einer der Männer vom Foto um einiges älter war als die anderen, überraschte es ihn nun doch, dass dieser schon einen erwachsenen Sohn hatte.

»Weshalb möchten Sie mit meinem Mann sprechen?«, fragte Pilar erneut.

»Ist er denn nicht zu Hause?«

Die Frau seufzte tief und streckte ihre Hand nach dem Sohn aus. »Mein Mann wurde gestern beerdigt.«

Diese Nachricht verschlug Roncal die Sprache. Tot? Aber wie war das möglich? Ihm fiel ein, dass es ja auch ein natürlicher Tod gewesen sein könnte. »Wie und wann ist Ihr Mann denn gestorben?«

Die Frau seufzte erneut. »Vorgestern Mittag, als er von der Arbeit nach Hause ging, wurde er auf der Plaza de los Sitios überfallen, wehrte sich und wurde niedergestochen.«

»Wurde der Mörder gefasst?«

»Nein, alles muss wohl sehr schnell geschehen sein, denn niemand hatte etwas gesehen. Mein Mann wurde sterbend auf dem Boden gefunden. Seine Brieftasche wurde geklaut.«

»Und die Polizei ist sich sicher, dass er Opfer eines Überfalls wurde?«

Sie blickte ihn überrascht an. »Ja, natürlich. Sie haben ihm doch die Brieftasche gestohlen.«

»Und wer hat Ihren Mann gefunden?«

Dieses Mal antwortete der Sohn. »Ein Bankangestellter, der nur wenige Minuten später diesen Weg ging, fand ihn. Aber wie uns die Polizei sagte, hatte er den Angreifer nicht mehr gesehen.«

»Mmhm, gibt es noch etwas, was Ihnen zum Tod Ihres Mannes einfällt? Irgendein Detail, auch wenn es Ihnen unbedeutend erscheinen mag?«

Pilar und ihr Sohn schauten sich kurz fragend an. Woher sollten Sie auch wissen, worauf Roncal hinauswollte.

Doch auf einmal fiel der Frau etwas ein. »Die Polizei sagte uns, dass er dem Mann, der ihn fand, noch etwas zuflüsterte, bevor er starb.«

»Was war es denn?«

Mutter und Sohn blickten sich wieder an.

»Ich kann mich nicht mehr genau an das Wort erinnern, und es scheint absolut bedeutungslos.«

»Mandarin«, sagte der Sohn.

»Ja, genau, Mandarin«, bestätigte die Frau. »Er wiederholte es zweimal, und dann starb er. Aber der Mann, der ihn gefunden hatte, hat es bestimmt falsch verstanden.«

»Mandarin?«, fragte Roncal erstaunt. »Wie die Sprache Mandarin der Chinesen?«

Pilar zuckte mit den Schultern.

»Und dieses Wort, oder ein ähnliches, kommt Ihnen überhaupt nicht bekannt vor?«, bohrte Roncal nach.

»Wir haben Ihnen doch schon gesagt, dass nicht«, antwortete die Frau, nun sichtlich verärgert.

»Sehr, sehr seltsam«, murmelte Roncal.

Die Frau richtete sich auf ihrem Sofaplatz auf. »Sie haben mir immer noch nicht erzählt, was Sie eigentlich von meinem Mann wollten«, sagte sie streng.

»Ihr Mann war vor zehn Jahren mal auf dem Jakobsweg, nicht wahr?«

Nun sah sie ihn überrascht an. »Ja, woher wissen Sie das?«

Kommissar Roncal holte aus der Innentasche seiner Jacke das Foto hervor, blickte kurz darauf und dachte: Nun ist nur noch einer von denen am Leben, bevor er das Foto an sie weiterreichte. »Haben Sie dieses Foto schon einmal gesehen?«

Die Frau schüttelte den Kopf. »Nein...«, sagte sie und fragte: »Wer sind die anderen, neben meinem Mann?«

»Leute, die er auf dem Jakobsweg kennengelernt hatte«, antworte Roncal. »Alle, bis auf einen, der unter Polizeischutz steht, sind tot«, fügte er ernst hinzu.

Die Frau fiel fast vom Sofa, so erschrocken war sie. »Was wollen Sie damit sagen?«

»Dass alle, bis auf das Mädchen, das, kurz nachdem dieses Foto vor zehn Jahren aufgenommen wurde, Selbstmord begangen hatte, in den vergangenen zehn Tagen ermordet wurden.«

Sie schien die Welt nicht mehr zu verstehen. »Aber... aber mein Mann war in einen Raub verwickelt...«

»Ihr Mann wurde vorsätzlich umgebracht!«, unterbrach Roncal. »Ich nehme an, seine Tasche wurde nur gestohlen, um einen Raub vorzutäuschen.«

»Das kann nicht sein …«, entgegnete die Frau ungläubig. »Mein Mann war ein guter Mensch, und in seinem ganzen Leben hat er niemandem Schaden zugefügt.«

»Das glaube ich gern, aber manchmal ist das auch kein Garant dafür, keine Feinde zu haben.«

Ein Gedanke drängte sich ihm schon die ganze Zeit in den Kopf, seit die Frau den Tod ihres Mannes erwähnt hatte. Es war absolut ungewöhnlich für einen Serienmörder, seine Taktik zu ändern. Wissermann, und es musste Wissermann gewesen sein, hatte drei Männer auf dem Jakobsweg ermordet; er selbst war auch auf diesem unterwegs. Dies war der vom Mörder gewählte Schauplatz. Warum dann eine Änderung seiner Vorgehensweise? Er dachte wieder an Wissermann und an dessen Zeitplan.

»Sie haben gesagt, Ihr Mann wurde vorgestern ermordet, also am Donnerstag, dem 27. Richtig?«

»Ja.«

Roncal rechnete nach. Er wusste, dass Wissermann am 25. die Nacht in Navarrete, am 26. in Nájera und am 27. in Santo Domingo de la Calzada verbracht hatte. Aber es gab keine Zeugen, die ihn zwischen den Dörfern auf dem Jakobsweg gesehen hatten. Daher könnte er genau wie am 26., als er, um Martín Calero zu ermorden, von Navarrete nach Viana zurückging, auch am 27. von Nájera nach Zaragoza gefahren sein, da den Mann ermordet haben und wieder nach Santo Domingo de la Calzada zurückgekehrt sein, um dann dort zu schlafen. Trotz allem wollte der Umstand, dass er seinen Mordschauplatz verlegt hatte, nicht so recht ins Bild passen.

»Sagen Sie mir, kann es sein, dass Ihr Mann vorhatte, die Tage wieder auf den Jakobsweg zu gehen?«

»Woher wissen Sie das?« Die Frau war langsam vollkommen perplex, weil Roncal über so intime Details aus dem Leben ihres Mannes Bescheid wusste.

Aber dieser ging nicht auf ihre Frage ein und machte weiter. »Wann wollte er gehen?«

»Ich glaube, am 24. oder auch am 25. diesen Monats, ich bin mir nicht mehr sicher. Er wollte für zwei, drei Tage hin, wie er sagte, mit ein paar Freunden. Wenn er doch nur gegangen wäre ...«

Roncal wollte der Frau nicht noch mehr Kummer bereiten und ihr erzählen, dass ihr Mann zum Tode verurteilt gewesen war und, wenn er auf den Jakobsweg gegangen wäre, erst recht diesem Schicksal in die Arme gelaufen wäre. »Aber warum ist er letzten Endes doch nicht gegangen?«

»Keine Ahnung. Eines Tages sagte er einfach nur, dass er nicht gehen würde. Ich habe auch nicht nach dem Warum gefragt. Wahrscheinlich haben ihm seine Freunde abgesagt, was weiß ich ...«

»Und wann war das?«

»Lassen Sie mich nachdenken ...«, sagte die Frau. »Es muss der Samstag vor seinem geplanten Abreisetag gewesen sein.«

»Am 22. also?«

»Ja, der müsste es gewesen sein«, bestätigte Pilar.

»Wirkte Ihr Mann an diesen Tagen etwas unruhig oder besorgt?«

»Nein, ich glaube nicht ...«, antwortete die Frau zurückhaltend. »Aber als er mir an diesem Samstag erzählte, er würde nicht gehen, war er sauer, extrem wütend sogar. Ich nahm an, dass seine Freunde ihn wohl hängen gelassen hatten.«

Die Unterhaltung war zu ihrem Ende gelangt, und Roncal wollte gerade aufstehen, als ihn die Frau am Arm zurückhielt. »Kommissar ... entschuldigen Sie, wie war gleich noch mal Ihr Name?«

»Roncal.«

»Kommissar Roncal«, wiederholte die Frau. »Warum wurde mein Mann ermordet?« Sie schaute ihm fest in die Augen wie jemand, der es unbedingt wissen wollte.

»Das wissen wir noch nicht so genau«, antwortete der Kommissar.

»Aber wer hat ihn umgebracht?«

»Es gibt einen bereits festgenommenen Verdächtigen, einen Deutschen, der aller Wahrscheinlichkeit nach der Mörder ist. Doch noch ist er nicht geständig.«

»Und warum, glauben *Sie*, hat er meinen Mann umgebracht?« Seine persönliche Meinung wäre ihr schon Antwort genug.

Roncal wägte ab, ob er ihr auch seine persönliche Ansicht des Falles erzählen sollte oder besser nicht. Er wusste nur zu gut, dass die Hinterbliebenen die Wahrheit wissen wollten und nicht mehr oder weniger wahre Vermutungen. Einmal hatte er Probleme mit einer Familie, der er seine Mutmaßungen erzählt hatte und diese es für bare Münze genommen hatten, was für ihn nichts weiter als pure Spekulation war. Aber da gab es etwas, was Roncal nicht vermeiden konnte, und das war ein Schuldgefühl gegenüber den Hinterbliebenen, als ob er verantwortlich dafür wäre, was passiert war.

»Das Mädchen auf dem Foto hat sich vor zehn Jahren das Leben genommen. Und sie alle«, sagte er und zeigte auf das Bild, »hatten sich ein paar Tage zuvor kennengelernt. Doch der Vater des Mädchens gibt irgendwie denen die Schuld an dem Tod seiner Tochter. Beziehungsweise glaube ich, dass er sich selbst eigentlich die Schuld gibt und dieses Schuldgefühl dadurch kompensiert, indem er diejenigen beschuldigt, die in ihren letzten Lebenstagen bei ihr gewesen waren und ihr nicht geholfen hatten.«

»Sie haben vorhin gesagt, einer der Männer stehe unter

Polizeischutz. Warum wurde mein Mann nicht auch beschützt?«, fragte die Frau nun wütend.

»Bis heute Morgen wussten wir noch nicht einmal den Namen Ihres Mannes. Gerade deswegen bin ich ja zu Ihnen gekommen, um ihn zu warnen.«

»Aber Sie haben mir doch gerade gesagt, dass Sie den Verdächtigen schon festgenommen haben!«

»Ja, er wurde aber erst heute Morgen festgenommen, und jetzt ist er hier in Zaragoza, im Kommissariat, und wartet darauf, vernommen zu werden.«

»Wie heißt er?«

»Wissermann. Klaus Wissermann.«

Als Roncal das Haus verließ, rief er sofort Fernández an, der im Büro geblieben war, und bat ihn, schnellstmöglich herauszufinden, ob neben der Leiche des Raubüberfalls auf der Plaza de los Sitios eine Karte mit der Zeichnung gefunden worden war.

Fernández biss sich auf die Zunge, denn auch ihm war nicht entgangen, dass dieser Mord nicht auf dem Jakobsweg stattgefunden hatte.

Aber Roncal stoppte ihn: »Fernández, bitte rufen Sie unverzüglich die Kollegen an. Fragen Sie einfach nach der Karte, und melden Sie sich dann umgehend bei mir. Ich warte.«

Kaum fünf Minuten später klingelte sein Mobiltelefon.

»Herr Kommissar, die Kollegen sagen, sie hätten nichts dergleichen gefunden.«

Roncal schwieg, und Fernández bemerkte die Enttäuschung, die sich bei seinem Vorgesetzten breitmachte. »Herr Kommissar, sind Sie noch dran?«, fragte er.

»Ja, ich bin noch da. Ich komme jetzt zurück ins Kommissariat.«

»Ich sage, da die Kollegen nichts von unserem Fall wissen, haben sie auch keine Ahnung, dass unser Mörder eine Visitenkarte hinterlässt.«

»Worauf wollen Sie hinaus, Fernández«, fragte Roncal nervös.

»Ich meine, wenn es eine Karte gegeben hat, dann liegt sie wohl noch immer dort.«

»Haben Sie zufälligerweise auch in Erfahrung gebracht, wo genau José Luís Jiménez umgebracht wurde?«

»In der Mitte des Platzes, neben dem Monument.«

»Danke, Fernández«, sagte Roncal eilig und legte auf.

Die Plaza de los Sitios war nicht weit entfernt. Nur ein kleiner Umweg auf seinem Rückweg ins Kommissariat, und er könnte einen kurzen Blick wagen, bevor er mit dem Verhör Wissermanns beginnen würde. Schnellen Schrittes lief er in Richtung Plaza, wohin er nur ein paar Minuten benötigte. Der Platz hatte eine rechteckige Form, großteils angelegt wie ein begrünter kleiner Park, in dessen Mitte ein Monument in Gedenken an die Belagerung der Stadt stand. Diese Mitte des Parks war nicht mit Bäumen bestanden, sodass es nicht unbedingt ein geeigneter Ort war, um einen Mord zu begehen, da er von den umliegenden Häusern gut einzusehen war. Roncal ging mehrmals rings um das Monument und suchte alle Ecken und Enden nach der Karte ab. Aber ohne Erfolg. Gerade als er sich wieder auf den Weg zurück ins Präsidium machen wollte, fiel ihm als letzte Möglichkeit ein, in der Hecke zu suchen, die den inneren Kreis des Platzes umgab. Kaum hatte er ein paar Schritte getan, fiel ihm auch gleich eine weiße Karte zwischen den grünen Zweigen auf. Sein Herz tat einen Sprung, als er sich bückte, um sie aufzuheben, und er wusste, dass es sich aufgrund von Form und Größe nur um die Karte handeln könnte, die er suchte. Als er sie umdrehte, sprangen ihm der Dreizack und der Stern förmlich ins Auge.

Aufgeregt kehrte Roncal ins Kommissariat zurück und rief den Polizeichef von Zaragoza an. Nachdem er sich und seinen Fall, an dem er arbeitete, kurz vorgestellt hatte, rief der Polizeichef sehr zum Bedauern Roncals aus: »Ah, der *Jakobsweg-mörder*!«, und bat ihn um Details über den Mord vorgestern auf der Plaza de los Sitios. »Denken Sie, der Mord an José Luís Jiménez könnte in irgendeiner Weise mit den anderen Morden zusammenhängen?«, fragte er.

»Das wäre möglich«, antwortete Roncal knapp. Für den Moment schwieg er lieber über die Karte, die er gefunden hatte.

»Was möchten Sie denn wissen?«

»Ich habe mit der Familie des Verstorbenen gesprochen, und die Ehefrau hat mir erzählt, dass er, kurz bevor er seinen letzten Atemzug tat, noch etwas gesagt hatte…«

»Möchten Sie wissen, was der Mann gesagt hat, als er gefunden wurde?«

»Das wäre nett«, entgegnete Roncal.

»Warten Sie einen Moment.«

Der Polizeipräsident verschwand für ein paar Minuten vom Hörer, und Roncal zeichnete währenddessen auf einem Papier einen Dreizack mit Stern nach dem anderen, bis er die Stimme am anderen Ende der Leitung wieder hörte.

»Ich lese es Ihnen vor«, sagte er und fing an, etwas vorzulesen, was die Aussage des Mannes sein musste, der den Verblutenden gefunden hatte: *… dann hatte ich das Gefühl, dass der Mann, der in einer großen Blutlache lag, mir etwas sagen wollte. Ich ging neben ihm in die Hocke, und dann packte er mich am Kragen meiner Jacke und zog fest daran. Um ehrlich zu sein, habe ich mich ziemlich erschrocken. Er flüsterte etwas wie* Mandarin, *wiederholte das Wort noch einmal und sackte tot zusammen.«

Nach einer kurzen Pause fuhr der Polizeipräsident fort: »Er wurde gefragt, ob er sich sicher sei, das Wort exakt verstanden zu haben. Er antwortete, dass er nicht mit Sicherheit sagen könne, ob es sich um dieses Wort handele oder um eines, das ähnlich klang. Die Ehefrau des Opfers gab an, dass…«

»Ich weiß bereits, was die Frau sagt«, fiel ihm Roncal ins Wort.

»Was bedeutet *Mandarin*?«, fragte der Präsident nach einer Pause.

»Ich weiß es nicht«, antwortete Roncal. »Wenn ich es doch nur wüsste«, fügte er nachdenklich hinzu.

* * *

Das Verhör von Klaus Wissermann begann exakt um siebzehn Uhr und drei Minuten am Freitag, dem 28. März. So jedenfalls wurde es aufgezeichnet vom Diktiergerät, das dabei lag.

Wissermann saß allein im Verhörzimmer, als Kommissar Roncal eintrat. Er setzte sich vor ihn, und sie schauten sich in die Augen. Roncal versuchte, den Mörder einzuschätzen. Sein Blick war fest, aber nicht herausfordernd. Er war überraschenderweise vollkommen ruhig, mit einem klaren und kalten Blick, wie jemand, der nichts mehr zu verlieren oder der bereits alles verloren hat.

Das ist also der Mann, dem ich die letzten sieben Tage auf den Fersen war, dachte Roncal. Der unerbittliche Mörder dreier Männer, deren einziger Fehler war, auf einem Foto abgelichtet zu sein.

Da fing der Deutsche plötzlich an zu lächeln, was Roncal aus dem Konzept brachte. War das etwa Sarkasmus?

Wissermann hingegen war neugierig darauf, was dieser Mann von ihm wollte, der ihn befragen würde. Sein Blick war tief gehend. Er taxiert mich, dachte Wissermann. Wenn er wüsste, dass ich schon längst tot bin, würde er seine Zeit nicht mit mir vergeuden. Bei dem Gedanken daran konnte er sich ein Lächeln nicht verkneifen.

»Wenn Sie möchten, stellen wir Ihnen einen Dolmetscher zur Verfügung«, begann Roncal.

Klaus Wissermann schüttelte den Kopf. »Nicht nötig«, antwortete er in seinem mittelmäßigen Spanisch.

»In Ordnung.« Roncal zog aus seiner Jackentasche sein kleines Notizbüchlein mit schwarzem Einband und überflog ein paar Notizen. »Dann fangen wir mal an. Sie sind Klaus Wissermann, deutscher Staatsbürger?«

»Ja.«

»Wohnhaft in Hannover, Fundstraße 6?«

»Ja«, wiederholte Wissermann.

»Sie waren am 19. März in Saint-Jean-Pied-de-Port?«

Klaus Wissermann dachte einen Moment lang nach und antwortete dann: »Nein. Dort war ich schon am 18. März.«

Roncal schaute ihn ungläubig an, und Wissermann ergänzte: »Die Herberge war voll, deshalb habe ich im *Hotel des Remparts* geschlafen. Ich nehme an, Sie können das nachprüfen.«

Der Kommissar machte sich ein paar Notizen in sein Büchlein. »Wo waren Sie am 19. März?«

»In Roncesvalles.«

»Haben Sie in der Herberge übernachtet?«

»Ja.«

Roncal verfügte über eine Liste mit allen Namen derer, die am 20. März, der Tatnacht, in der David Rocafort ermordet worden war, in der Herberge von Roncesvalles die Nacht verbracht hatten. Heute Morgen erst war ihm aufgefallen, dass Klaus Wissermanns Name nicht dabei war. Aber es wäre ja ein Leichtes herauszufinden, ob er log.

Roncal räusperte sich leicht. »Ihre Tochter, Kristin Wissermann, ist auch den Camino de Santiago gegangen. Vor zehn Jahren, nicht wahr?«

Die Erwähnung Kristins schien Wissermann zu überraschen. »Ich möchte nicht über meine Tochter reden.«

»Tut mir leid, aber ich befürchte, wir müssen über sie sprechen, Herr Wissermann.«

Der Deutsche antwortete nicht, und ein paar Sekunden saßen sie sich schweigend gegenüber.

»Ihre Tochter hatte sich das Leben genommen, dort auf dem Jakobsweg. In den Bergen in der Nähe von Ponferrada, León.«

Und wieder schwieg er, nickte aber leicht mit dem Kopf.

»Warum bewandern Sie den Jakobsweg, Herr Wissermann?«

Er brauchte einen Augenblick zum Antworten. »Ich dachte, ich mache es für sie«, sagte er schließlich. »In Gedenken ihrer, um das abzuschließen, was meine Tochter begonnen hatte. Aber ich habe mich geirrt.«

»Warum glauben Sie, Sie hätten sich geirrt?«

»Da ich es, ohne es zu wissen, für mich gebraucht habe. Wissen Sie was? Ich habe in den letzten Tagen mehr mit mir selbst gesprochen als in meinem ganzen Leben zuvor. Mit mir selbst und mit… Gott«, sagte er, als ob es Mühe bereitete, diesen Namen auszusprechen.

»Glauben Sie an Gott, Herr Wissermann?«

Über diese Frage sinnierte er eine Weile, bevor er antwortete: »Nein, eigentlich nicht.«

»Warum erwähnen Sie es dann?«

»Ich habe herausgefunden, dass es Sachen gibt, die größer sind als wir, obwohl die Vernunft, ja, die Vernunft«, fügte er beim Anblick des skeptischen Blickes Roncals hinzu, »die hält uns davon ab, das zu verstehen.«

Die nächsten Minuten fragte ihn Kommissar Roncal über Daten und Orte. Nein, er sei nicht am Mittwoch in Viana gewesen. Er sei bereits einen Tag zuvor dort gewesen, und am Mittwoch habe er in der Herberge in Navarrete genächtigt. Nein, er kenne keinen Tomás Sánchez, David Rocafort oder Martín Calero. Auch keinen José Luís Jiménez, und sei auch noch nie zuvor in Zaragoza gewesen. Ja, er kenne Gerardo

Alonso. Er habe ihn vor ein paar Monaten in Hannover kennengelernt. Er scheine ein guter Mann, obwohl …

»Obwohl was?«, fragte Roncal.

»Ach, nichts, nichts«, kam die Antwort.

Er war ruhig und antwortete auf alle Fragen seines Gegenübers, aber jedes Mal, wenn dieser über Kristin reden wollte und über seine Gefühle zu ihr, blockte er ab. Er werde nicht über seine Tochter sprechen, wiederholte er immer wieder, und dann saßen sie sich wieder schweigend gegenüber.

Kommissar Roncal war fasziniert von der schizoiden Persönlichkeit Wissermanns. Es schien erst, als wäre er bereit, alles zu erzählen, und anschließend stürzte er sich wieder in hartnäckiges Schweigen. Auf und ab wie eine Achterbahn. Von seiner Schuldhaftigkeit war Roncal überzeugt, aber er wollte wissen, warum er das getan hatte.

Es waren bereits zwei Stunden des Verhörs vergangen, als ihm der Kommissar die entscheidende Frage stellte. »Herr Wissermann, sind Sie ein Mörder?«

Klaus Wissermann schloss die Augen und presste die erhoffte Antwort hervor. »Ja.«

Nun konnte Roncal endlich ins Detail gehen. »Geben Sie zu, Tomás Sánchez, David Rocafort, Martín Calero und José Luís Jiménez umgebracht zu haben?«

Zum ersten Mal schaute Wissermann ihn mit Verachtung in den Augen an und schwieg.

Roncal wiederholte seine Frage, und Wissermann schwieg immer noch. Er war müde. Roncal könnte seinen Kollegen Mendizábal bitten, das Verhör weiterzuführen und so lange zu bohren, bis Klaus Wissermann endlich einknickte, aber das war es nicht, was er bezweckte. Kommissar Roncal wollte ein klares und einwandfreies Geständnis: ein Wie und ein Warum. Und er war sich sicher, dass Wissermann ihm dieses auch unbedingt geben wollte, auch wenn er es selbst noch nicht wusste.

Roncal blickte auf die Kamera, die alles aufgezeichnet hatte, und dachte: Na, wenigstens haben wir die Aussage, dass er der Mörder ist, und beschloss, das Verhör für heute zu beenden. »Ist gut für heute. Morgen fahren wir fort mit unserer Vernehmung. Ruhen Sie sich aus.«

Und er wiederholte: »Ruhen Sie sich aus, und morgen erzählen Sie mir dann alles, was Sie bedrückt.«

Wissermann entgegnete nichts, aber nickte mit dem Kopf.

Zwei Wachmänner brachten ihn wieder zurück in seine Zelle. Die anderen Polizisten, die sie auf dem Weg trafen, betrachteten Klaus Wissermann mit einer Mischung aus Neugier und Abscheu. Sie fragten sich, ob dieser Schurke überhaupt menschlich war, wie er in den letzten Tagen vier Männer um die Ecke bringen konnte und dabei so normal aussah. Sie fragten sich, was ihm in solchen Momenten durch den Kopf ging, und traten ein paar Schritte zurück.

Kommissar Roncal marschierte direkt in sein Büro, um Hauptkommissar Quiñones anzurufen und ihn über die Neuigkeiten zu informieren. Eine angenehme Müdigkeit überfiel ihn, die man verspürte, wenn die Muskeln nach stundenlanger Angespanntheit sich nun endlich lockern konnten. Er ließ sich in seinen Sessel fallen und blickte zum Telefon. Da fiel ihm siedend heiß ein, dass er Amaya vor ein paar Tagen versprochen hatte, sie am Wochenende anzurufen. Und heute war Freitag, und es war – er schaute auf seine Uhr – genau halb acht abends. Er wollte sie sehen und war eigentlich nicht bereit, bis morgen zu warten. Daraufhin wählte er eine Nummer und wartete, ihre Stimme am anderen Ende der Leitung zu vernehmen.

»Ja, hallo?«

»Hallo«, antwortete er mit rauer Stimme.

»Wo bist du?«

»Im Kommissariat, ich bin gerade mit einer Vernehmung durch.« Und in einem Ausbruch der Gefühle fügte er hinzu: »Es tut mir leid, dass ich mich nicht eher gemeldet habe.«

»Mach dir keinen Kopf. Deine Arbeit geht vor«, entgegnete sie.

Aber Roncal bemerkte eine leichte Enttäuschung in ihrer Stimme. Sie hatte ja recht, er hatte sie in den letzten Wochen absichtlich gemieden und seine Geschäftigkeit und andere Ausreden vorgeschützt und sagte: »Ich entschädige dich für die lange Zeit, das verspreche ich.«

»Du bist bestimmt sehr müde«, sagte Amaya.

In diesem Fall war es die Wahrheit, es war ein harter Tag, und er müsste sich ausruhen. Aber er dachte an Amaya, an ihr zauberhaftes Lächeln, an ihre honigzarte Stimme, und fühlte sich plötzlich schlecht, weil er es einfach nicht auf die Reihe brachte, zu begreifen, wie viel Glück er eigentlich hatte. »Ja, ich bin total müde. Trotzdem muss ich dich heute noch sehen. Ich will dich unbedingt sehen, dich in meine Arme nehmen, und außerdem müssen wir reden.«

»Möchtest du, dass ich etwas zu essen mache?«, fragte Amaya.

Natalio Roncal überlegte, dass er zwar Intimität bräuchte, um über das zu sprechen, was er mit ihr bereden wollte, aber auch neutralen Boden. »Nein. Besser, wir gehen aus zum Essen. Ich muss noch ein paar Telefonate führen und außerdem duschen und mich rasieren. Was hältst du davon, wenn ich dich gegen neun abhole?«

»Wie du möchtest«, sagte sie. »Ich warte um neun auf dich. Bis später.«

»Bis später«, verabschiedete er sich und legte auf.

Als Erstes rief er im *Cachirulo* an, einem Restaurant in einem Vorort der Stadt, das sie beide sehr gerne mochten und des Öfteren besuchten. Er reservierte einen Tisch für halb zehn.

Das zweite Telefongespräch führte er mit Quiñones, um ihn über die Neuigkeiten zu unterrichten. Während er die Nummer wählte, fiel ihm auf, wie er unbewusst dieses Gespräch so lange wie möglich hinausgezögert hatte, da er wusste, dass die Informationen, die er ihm geben würde, anschließend so oder so schnell ihren Weg zur Presse fänden.

Nachdem das Freizeichen sechs- oder siebenmal unbeantwortet ertönt war, wollte er schon auflegen, aber dann meldete sich Quiñones doch noch. Er schien sich über den Anruf Roncals zu freuen. Nach ein paar kurzen und unbedeutenden Kommentaren darüber, wie wenig Lust er hätte, mit seiner Familie morgen nach Jaca zu fahren, fragte er darauf: »Aber sagen Sie mir, Roncal. Wie geht's mit unserem Fall voran?«

»Ich kann Ihnen mitteilen, dass wir dank der Festnahme Klaus Wissermanns nun auch den fünften Namen der Personen auf dem Foto rausgefunden haben.«

Er machte eine Pause, und Hauptkommissar Quiñones fragte: »Wunderbar. Und wie heißt er?«

»Er hieß José Luís Jiménez.«

»Er hieß?«, wiederholte Quiñones, der wieder die ganzen Ermittlungen gefährdet sah.

»Ja, und stellen Sie sich vor, ausgerechnet er wohnte in Zaragoza, nicht weit vom Präsidium. Gleich nachdem ich seine Adresse bekommen hatte, bin ich zu seinem Haus, um mit ihm zu sprechen, und musste erfahren, dass er am Tag zuvor beerdigt worden war. Laut seiner Frau wurde er vorgestern auf offener Straße Opfer eines Raubüberfalls.«

»Und jetzt glauben Sie, dass er durch dieselbe Hand umkam wie die anderen auch? Haben Sie nicht gerade gesagt, er sei Opfer eines Raubüberfalls gewesen?«

»Fernandez hat mit der Policía Nacional über den Fall gesprochen. Sie sind noch auf der Suche nach dem Räuber, haben jedoch bisher keinerlei Anhaltspunkte, wer es gewesen sein könnte. Aber wir *wissen*, dass es der vierte Mord unseres Mannes ist.«

»Wieso wissen wir das? Roncal, spielen Sie keine Spielchen mit mir, und sagen Sie mir endlich, was Sache ist«, motzte Hauptkommissar Quiñones.

»Wir wissen es, weil ich auf der Plaza, wo er ermordet wurde, eine Karte mit einem Y und einem Stern gefunden habe, genau wie bei den anderen.«

Es entstand ein langes Schweigen, und Roncal ahnte, dass Quiñones zufrieden war.

»Hat der Deutsche gestanden?«

»Sozusagen, ja.«

»Sozusagen? Was soll denn das heißen?«, fragte der Hauptkommissar ungeduldig.

»Heute Nachmittag in der Vernehmung hat er zwar gestanden, ein Mörder zu sein, aber noch kein vollständiges Geständnis abgelegt, Tomás Sánchez und die anderen umgebracht zu haben.«

»Wann machen Sie weiter mit der Vernehmung?«

»Morgen früh. Diesen Mann plagen Schuldgefühle; ich bin mir sicher, dass er morgen einknicken wird.«

»Das hoffe ich«, entgegnete Quiñones. »Sobald Sie ein Geständnis haben, rufen Sie mich bitte umgehend an.« Und mit einem sarkastischen Raunen fügte er hinzu: »Das wäre eine ideale Ausrede, früher aus Jaca abzuhauen.«

* * *

Obwohl es ein milder Tag gewesen war, fiel die Temperatur gegen Abend beträchtlich.

Pünktlich holte Roncal Amaya in ihrem Haus ab, das gegenüber der römischen Mauer lag, und sie fuhren gemeinsam in Richtung des Restaurants.

Auf der Fahrt wechselten sie kaum zwei Sätze, und auch während des Essens besserte sich das Gesprächsklima nicht. Amaya war angespannt und reserviert. Natalio Roncal hatte ihr gesagt, dass er über etwas reden wolle, und sie war sich nicht sicher, ob sie es hören wollte. Warum sind Männer nur immer solche Feiglinge, wenn es um Gefühle geht?, fragte sie sich, während er weiter von irgendeinem Mädchen erzählte, das sich vor vielen Jahren von einem Berg in den Tod gestürzt hatte. Amaya tat so, als ob es sie wirklich interessierte.

»Armer Mann«, sagte sie, als Roncal seine Geschichte beendet hatte.

»Du meinst Wissermann?«, fragte Roncal verwundert.

»Ja.«

»Mir tut er nicht leid«, entgegnete Roncal. »Er ist ein Mörder.«

»Ja, aber es muss doch schrecklich sein, zu wissen, dass der Mörder oder die Mörder deiner Tochter irgendwo frei herumlaufen, als ob nichts gewesen wäre.«

»Du vergisst, dass sie nicht ermordet wurde, sondern sich selbst umgebracht hat. Das einzige Verbrechen, das diese Männer begangen haben, war, sich mit einem Mädchen fotografieren zu lassen, das sie fast nicht kannten.«

Amaya lächelte kaum merklich. »Ich bin zu dem Schluss gekommen, dass die Realität fast immer etwas Subjektives ist, weil das Einzige, was das Verhalten der Menschen beeinflusst, deren Realität ist. Also das, was sie glauben, was geschehen ist, und nicht die Wirklichkeit, da sie für diese Menschen logischerweise nicht exisitiert.«

»So läuft der Hase aber nicht, und sich darauf zu versteifen, alles nur noch komplizierter zu machen, führt doch zu nichts«, entgegnete Roncal verärgert.

»Was wolltest du mit mir besprechen?«, herrschte Amaya

ihn plötzlich an.

Die unerwartete Frage überraschte Roncal, und er rutschte auf seinem Stuhl hin und her. »Das ist nicht einfach«, murmelte er nach längerem Schweigen.

»Doch, das ist es, wenn du doch eh schon weißt, was du sagen möchtest«, gab sie zurück.

Nach einem erneuten langen und unbequemen Schweigen sagte Roncal: »Ich brauche Zeit. Im Grunde ist es das, was ich dir sagen wollte, dass ich Zeit brauche. Es geht mir sehr gut mit dir, ich vermisse dich, wenn ich nicht bei dir bin, aber ich muss immer noch an sie denken.«

Natalio Roncal hatte Amaya vor circa einem Jahr auf einer Feier einer Anwaltskammer kennengelernt, auf der auch der Polizeipräsident der Guardia Civil von Zaragoza gesprochen hatte. Roncal musste aus beruflichen Gründen dort sein und traf auf Amaya, die sich in einer ähnlichen Situation befand wie er: Sie war dort als Repräsentantin der Anwaltskanzlei, in der sie arbeitete.

Sie verstanden sich sofort, und als die Reden endlich zu Ende waren, schlichen sie sich heimlich hinaus und besuchten eine nahe gelegene Bar, um etwas zu trinken. Was mit einem harmlosen Gläschen begann, ging über in ein Abendessen, noch mehr Drinks bis zum Morgengrauen und eine Verabredung für den folgenden Tag. Nach und nach war diese Beziehung immer intensiver geworden, bis zu dem Tag, an dem Natalio Roncal aufgefallen war, wie sehr er Amaya brauchte, und zwar auf eine ganz andere Art und Weise, als er Elena gebraucht hatte.

Nun war es Amaya, die ihn ernst ansah. »Seit über einem Jahr treffen wir uns nun schon«, sagte sie endlich, »und noch nie habe ich dich um etwas gebeten oder etwas von dir verlangt. Es ist vollkommen normal, dass du an sie denkst, sie war deine Frau, und du hast sie geliebt. Das verstehe und respektiere ich. Auch kann ich verstehen, dass du noch mehr Zeit brauchst. Das Einzige, um das ich dich aber nun bitte, ist, dass du dir von mir helfen lässt. Dass ich an deiner Seite sein darf. Ich will gar nicht, dass du Elena und deinen Sohn vergisst, noch will ich Elena ersetzen. Ich bin ich, und du weißt gar nicht, wie weh es mir tut, wenn du dich in dein Refugium in Undués de Lerda zurückziehst und mich irgendwo in der Luft hängen lässt. Ist dir eigentlich schon mal aufgefallen, dass du mich noch nie dorthin mitgenommen hast? Du denkst nie darüber nach, ob ich vielleicht auch Gefühle habe, und manchmal denke ich, du behandelst mich wie eine Hure.«

Natalio Roncal wich ihrem stechenden Blick aus, der ihm wehtat. Aber wie sollte er ihr denn erklären, dass er einfach hin und wieder allein sein musste, um sich dem Gefühl des Verlustes seiner Frau und seines kleinen Sohnes hinzugeben und seinen Schmerz im Gin zu ertränken. Dennoch hatte Amaya recht. Seit Jahren bewegte er sich nun schon in diesem Teufelskreis, ohne zu wissen, wie er diesem entrinnen konnte.

»Du hast ja recht«, sagte er. »Wie immer.«

Amaya nahm seine Hand über dem Tisch, und mit einem breiten und traurigen Lächeln entgegnete sie: »Ich weiß.«

Die Antwort Amayas schien ihm Zuversicht einzuflößen, und er richtete sich wieder auf seinem Stuhl auf. »Der Fall Wissermann wird bald abgeschlossen sein. Dann wollte ich mir nächste Woche ein paar Tage freinehmen. Würdest du mich begleiten nach Undués de Lerda?«

Amaya lächelte zufrieden. »Ich weiß nicht«, kokettierte sie. »Was kannst du mir denn dort bieten?«

»Abgesehen von einem winzig kleinen Haus, einem harten Bett und Ruhe natürlich Sex, gutes Essen und Sex, lange Spaziergänge in den Bergen und Sex, und bestimmt habe ich jetzt noch etwas vergessen.«

»Hmmm… Das hört sich eigentlich ganz gut an. Ich

glaube, ich kann mir dafür etwas Zeit freischaufeln.«

Nachdem sie ihr Abendessen beendet hatten, schlug Amaya vor, noch irgendwo in der Stadt etwas trinken zu gehen.

»Ich muss morgen sehr früh aufstehen und so ausgeschlafen wie möglich sein«, mahnte Roncal.

»Na gut, dann gehen wir zu mir nach Hause.«

Amayas Haus war luxuriös und geräumig. Eigentlich viel zu groß für eine alleinstehende Person und auch viel zu luxuriös für jemanden, der nicht mit seinem Lebensstil angeben will. Dieses Haus war das Überbleibsel aus ihrer gescheiterten Ehe. Genau genommen war es gar nicht ihr Haus, sondern das ihres Exmannes, eines bekannten Immobilienmaklers aus Zaragoza, der darauf vertraute, dass sie bald wieder in ihre Heimat Bilbao zurückkehrte, da sie ja nichts mehr nach der Trennung in Zaragoza halten würde. Nur deshalb hatte er es ihr überlassen, damit sie ein Dach über dem Kopf hatte.

Beim Betreten des Hauses rümpfte Roncal die Nase, wie er es jedes Mal tat, wenn sie zu ihr gingen, um miteinander zu schlafen. »Ich mag's hier nicht.«

»Es ist immer noch besser als dein kleines Apartment im Kommissariat. Wann wirst du dir denn endlich eine Wohnung suchen, in der dein Chef es nicht mitbekommt, wenn du eine Frau mit nach Hause bringst?«

Roncal lachte und musste an Quiñones denken, wie er nämlich morgen den ganzen Tag sein Telefon im Auge behalten würde, um so schnell wie möglich nach Zaragoza fliehen zu können.

»Bald«, sagte er.

»Das sagst du schon, seit ich dich kenne«, warf Amaya ihm vor. »Aber nie hältst du dein Wort.«

Roncal antwortete nicht, und Amaya erwartete auch gar keine Antwort.

»Möchtest du etwas trinken?«, fragte sie, als sie im Wohnzimmer ankamen.

Einen Gin Tonic würde er in solchen Momenten am liebsten trinken, aber der Gedanke an die Vernehmung Wissermanns am nächsten Morgen ließ ihn widerstehen. Er wusste, es würde ein entscheidender Tag für die Ermittlungen werden, und dafür wollte er alle seine fünf Sinne beisammenhaben. Außerdem stand da Amaya vor ihm und bot ihren wunderbaren Körper und ihre heißen Lippen.

»Nein«, antwortete er, »ich will dich!«

Seit einigen Tagen schon hatten sie sich nicht mehr gesehen, aber als sie ihre anfängliche Unsicherheit und er seine Zurückhaltung aufgegeben hatte, konnten sie sich ganz der Lust hingeben. Sie fielen übereinander her und begannen den endlosen Kampf der Körper, der keine Verlierer kennt, sondern nur das Gesetz der Anziehung.

In wenigen Augenblicken lag die Kleidung über dem Boden verstreut wie die Reste einer explodierten Bombe, und Natalio Roncal streichelte und küsste jeden Zentimeter von Amayas Körper, während sie die Augen schloss, die Luft anhielt und jede Berührung genoss. Dann nahm er sie in seine Arme und führte sie ins Schlafzimmer, wo er sie behutsam wie ein zerbrechliches Wesen auf das Bett legte. Einige Stunden lang währte der Kampf der heißen Küsse, sanften Streicheleinheiten und tobenden Angriffe, bis sie vollkommen erschöpft Arm in Arm einschliefen.

29. März
Kommissariat der Guardia Civil

Am Abend zuvor hatte man ihm gegen zehn Uhr etwas zu essen gebracht, und Klaus Wissermann hatte die Gelegenheit genutzt, nach Papier und einem Stift zu fragen. Es war nicht gerade leicht gewesen, die Wache davon zu überzeugen, aber schließlich war diese wieder zurückgekommen mit ein paar Blatt Papier und einem Bleistift.

Er verbrachte die ganze Nacht still sitzend auf seiner Pritsche. Ihm kam es vor, als ob von dem Zeitpunkt an, an dem seine Haustür in Hannover hinter ihm ins Schloss gefallen war und er nach Saint-Jean-Pied-de-Port aufgebrochen war, er einen Marathon begonnen hatte. Und nun fühlte er sich unendlich müde. Seine Mission war, herauszufinden, was in den letzten Tagen vor Kristins Tod vorgefallen war. Daher hatte er keine Kosten gescheut, um die Namen und Adressen der Personen herauszubekommen, die neben ihr, auf dem wohl letzten Foto ihres Lebens, zu sehen waren. Er wollte sich mit ihnen unterhalten, wie es gewesen war, und wollte, dass sie ihm die Wahrheit erzählten. Aber zuvor wollte er, als eine ganz persönliche Hommage an sie, das zu Ende bringen, was sie begonnen hatte. Doch nun machte alles keinen Sinn mehr. Seit er an den Weinfeldern in La Rioja vorbeigewandert war, begleitete ihn das Gefühl, seine Tage wären nun gezählt. Und an diesem Nachmittag, als er dem anprangernden Blick dieses Mannes standhalten musste, wusste er, dass es vorbei war. In gewisser Weise war es eine Erleichterung. Wenn es wahr wäre, dass es ein Leben nach dem Tod gibt, und zum ersten Mal in seinem Leben hoffte er inständig, es wäre so, dann würde er seine Kristin wiedersehen. Wenn nicht, dann hätte er wenigstens endlich Frieden.

Als er schließlich allen Mut zusammennahm und seine Gedanken aufs Papier brachte, graute der Morgen bereits. Mehr als eine Stunde verbrachte er damit, unter dem schwachen Licht, das durch das Gitterfenster schien, einen Brief zu verfassen. Als er fertig war, faltete er das Papier und schrieb darauf: *Für Kommissar Roncal.*

Danach zerriss er mit seinen Zähnen das Bettlaken und rollte eine Hälfte zu einem Strick zusammen, band ein Ende an dem Gitterfenster fest, das in einen kleinen Innenhof ging, stieg auf die Pritsche, schlang das andere Ende um seinen Hals, schaute aus dem Fenster, dachte an Kristin und sprang.

* * *

Ein weit entferntes Brummen weckte Roncal, der intuitiv auf seine Uhr blickte: Es war halb acht Uhr morgens, und das seltsame Brummen war sein Mobiltelefon. Der erste Gedanke, der ihm an diesem Morgen in den Kopf schoss, war, was ihn heute alles erwarten würde. Bestürzt stellte er fest, dass er eigentlich schon längst im Kommissariat sein sollte. Dies ließ ihm das Adrenalin in die Venen schießen und die Müdigkeit schlagartig vertreiben. Mit einem Sprung stand er auf den Füßen und rannte nackt ins Wohnzimmer. In den verstreuten Klamottenbergen suchte er sein Telefon und ging ran. »Ja?«

»Guten Morgen, Herr Kommissar. Hier spricht Mendizábal.«

»Ja, habe Sie schon erkannt. Was gibt's?«, fragte er trocken.

»Seit einer halben Stunde versuche ich schon, Sie zu erreichen.«

»Stand unter der Dusche…«, entschuldigte sich Roncal wortkarg.

»Sie sollten schnellstmöglich hierherkommen. Es ist etwas passiert…«

»Mendizábal, hören Sie auf, um den heißen Brei zu reden, und kommen Sie zur Sache.«

»Heute Morgen, als die Wache den Gefangenen wecken wollte…«

»Meinen Sie Wissermann?«, unterbrach ihn Roncal.

»Ja. Als sie ihn wecken wollten, fanden sie ihn… tot!«

»Tot?«, wiederholte Roncal ungläubig.

Er wollte gerade fragen, ob er einen Herzinfarkt erlitten

hatte, als Mendizábal sagte: »Er hat sich erhängt.«

»Aber... wie denn?«

»Mit einem Fetzen des Betttuchs am Fenster. Aber da ist noch etwas... Er hat Ihnen einen Abschiedsbrief hinterlassen.«

»Weiß es Quiñones bereits?«

»Nein, Herr Kommissar. Ich dachte, das möchten Sie ihm bestimmt lieber selbst mitteilen.«

Sehr schlau!, dachte sich Roncal. »Ich mache mich sofort auf den Weg!«, sagte er knapp und legte auf.

Er sammelte seine Kleidung auf, um sich anzuziehen, und ging ins Schlafzimmer, wo sich Amaya im Bett rekelte.

»Gibt es ein Problem?«, fragte sie.

»Alles ist ein Riesenscheißproblem«, maulte er schlecht gelaunt.

»Gehst du nicht mehr duschen?«

»Keine Zeit. Wissermann, der Mann, von dem ich dir gestern erzählt habe, hat sich umgebracht.«

»Oh mein Gott!«, rief Amaya aus. »Das heißt ja, du hattest recht, und er war wirklich schuldig.«

»Das heißt lediglich, dass er, warum auch immer, nicht mehr weiterleben wollte.«

Roncal schaffte es, sich fertig anzuziehen, und bevor er aus dem Zimmer stürmte, hauchte er Amaya noch einen Kuss auf die Lippen.

»Ich ruf dich an, wenn ich Zeit habe«, sagte er.

»Ich liebe dich«, flüsterte sie in sein Ohr.

Zwanzig Minuten später parkte Roncal das Auto in der Tiefgarage des Kommissariats und fuhr mit dem Aufzug in den ersten Stock, wo sich sein Büro befand. Vor der Tür erwarteten ihn bereits Mendizábal und Fernández.

»Die Spurensicherung und der Richter sind vor ein paar Minuten eingetroffen und fangen gerade mit der Leichenbergung an«, informierte ihn Mendizábal.

»Fernández, gehen Sie bitte ans Telefon, wenn es klingelt, und sagen Sie bitte absolut niemandem irgendetwas, bis wir nicht einen Bericht darüber aufgesetzt haben«, befahl Roncal. »Und wenn Quiñones anruft, sagen Sie ihm, ich rufe ihn gleich zurück«, fügte er hinzu.

Dann rannte er mit Mendizábal die Treppen hinunter bis in den Keller, wo sich die Zellen befanden. Genau in diesem Moment wurde Wissermanns lebloser Körper, der mit einem weißen Leichentuch abgedeckt war, aus der Zelle getragen. Der Richter und die Spurensicherung waren gerade dabei, die Knoten zu analysieren, die Wissermann in das Bettlaken gemacht hatte.

Roncal ging direkt auf den Richter zu. »Guten Morgen. Ich bin Kommissar Roncal«, stellte er sich vor und streckte ihm seine Hand entgegen.

Distanziert entgegnete der Richter seinen Gruß und fragte: »Sind Sie der leitende Ermittler in diesem Fall und verantwortlich für die Festnahme von …«, er blickte auf seine Unterlagen, »Klaus Wissermann?«

»So ist es«, antwortete Roncal.

»Kommissar Roncal?«

»Ja, steht genau vor Ihnen.«

»Hatten Sie ihn schon vernommen?«, fragte er.

»Ja, gestern Nachmittag fand die erste Vernehmung statt. Wir wollten eigentlich heute weitermachen.«

»Ist Ihnen dabei eine Persönlichkeitsstörung, Depression oder Ähnliches bei dem Herrn aufgefallen, die zu dem Geschehen hätte führen können?«

»Nein.«

»Gewalteinwirkung?«

»Auf was wollen Sie hinaus?«, fragte Roncal sichtlich verärgert über die Frage des Richters.

»Ich will auf gar nichts hinaus«, sagte dieser, »ich frage nur. Na gut, aber lassen wir das, die Autopsie wird schon aufdecken, was gestern geschehen oder nicht geschehen ist.«

Es entstand ein unangenehmes Schweigen zwischen den beiden Männern, bis Roncal schließlich fragte: »Mir wurde gesagt, er hätte mir einen Brief hinterlassen?«

»Ja, aber den werde ich erst mal mitnehmen. Ich werde Ihnen den Brief geben, sobald alles geklärt ist.«

So funktionierte das eben. Selbst Roncal war das bewusst. Daher hätte auch kein Protest etwas genützt. Dennoch versuchte er es. »Ich würde ihn gern nur kurz lesen, um zu wissen, was drin steht.«

»Sind Sie der deutschen Sprache mächtig?«, fragte der Richter.

»Nein.«

»Na dann können Sie ihn auch nicht lesen, denn er ist natürlich auf Deutsch geschrieben«, sagte er. »Aber«, fügte der Richter hinzu, »wenn es Ihnen weiterhilft, kann ich Ihnen sagen, dass es sich um eine Art Testament handelt. Er bittet Sie darin, etwas für ihn zu tun. Soweit ich das verstanden habe.«

»Was denn genau?«

»Na, das werden Sie schon noch früh genug erfahren, wenn Sie den Brief bekommen«, entgegnete der Richter mürrisch, und ohne sich zu verabschieden, verließ er das Kommissariat.

Roncal zog sich schlecht gelaunt in sein Büro zurück. »Glaubt er denn, dass er, nur weil er Macht hat, über allen Sterblichen steht?«, schimpfte er leise über den Richter.

»Telefonanrufe, Fernández?«, wollte er wissen, als er an dessen Schreibtisch vorbeiging.

»Nein, kein einziger, Herr Kommissar.«

Hauptkommissar Quiñones musste informiert werden, und je früher, desto besser. Roncal schloss sich in seinem Büro

172

ein und wählte die Handynummer seines Vorgesetzten.

»Guten Morgen, Herr Hauptkommissar«, sagte Roncal, als dieser endlich abhob.

»Es ist acht Uhr morgens«, entgegnete Quiñones verwundert über den frühen Anruf. »Haben Sie etwa schon das Geständnis des Deutschen?«

»Ich habe schlechte Neuigkeiten, Herr Hauptkommissar.«

Es entstand ein langes Schweigen.

Quiñones hasste schlechte Nachrichten. In seinem Glauben überbrachten nur Versager und Unfähige schlechte Nachrichten. »Jetzt spucken Sie es schon aus!«, sagte er übellaunig.

»Der Verdächtige hat sich heute Morgen das Leben genommen.«

Die Worte Roncals klangen wie ein Knall in Quiñones Ohren. »Wie?«, wollte er wissen und versuchte, seine Wut im Zaum zu halten.

»Er hat sich mit dem Bettlaken erhängt.«

»Hat er wenigstens ein schriftliches Geständnis hinterlassen?«

»Nur einen Brief an mich, aber es scheint kein Geständnis zu sein.«

»Es scheint? Hab ich Sie recht verstanden, Roncal? Es scheint? Ist es ein Geständnis oder nicht? Und was soll der Scheiß mit: Er hat Ihnen einen Brief hinterlassen? Waren Sie jetzt vielleicht auch noch beste Freunde, oder was? Freundchen, da gibt's aber einigen Klärungsbedarf!«

»Der Brief ist auf Deutsch, und der Richter hat ihn mitgenommen. Aber es ist wohl kein Geständnis.«

»Ich komme auf der Stelle nach Zaragoza, und dass Sie mir ja nichts entscheiden, ohne mich vorher zu fragen!«

Roncal hörte darauf nur noch einen unverständlichen Wutanfall am anderen Ende der Leitung, und dann war die Verbindung unterbrochen. Er ließ sich in seinen Sessel fallen

173

und überlegte, wie es passieren konnte, dass er so versagt hatte. Warum hatte er nicht vorausgesehen, dass Wissermann, nachdem er bereits vier Menschen umgebracht hatte, irgendeine Dummheit begehen könnte?

Eine Stunde später erhielt er einen Anruf von Quiñones, der schon im Auto nach Zaragoza saß. Er klang zwar immer noch sauer, aber das größte Gewitter schien vorüber.

»Roncal, Sie hatten mir gesagt, Sie seien sich so gut wie hundertprozentig sicher, dass Wissermann der Mörder ist. Bleiben Sie dabei?«

»Ja, Herr Hauptkommissar«, antwortete er ohne den Anflug eines Zweifels.

»Gut. Ich habe mit dem Minister gesprochen, und er bat mich um einen Bericht, der stichhaltig und zweifelsfrei sein sollte. Da gibt es ja immer noch die Franzosen, denen man auch etwas sagen muss… Meinen Sie, dass mit dem Selbstmord Wissermanns dieser Fall nun abgeschlossen ist?«

»Ja, das nehme ich an«, erwiderte Roncal. »Es sei denn…«

»Roncal, hören Sie mir zu! Der Fall ist abgeschlossen!« Er wartete einen Augenblick, um seine Worte sacken zu lassen. »Ich möchte den Abschlussbericht Montag früh auf meinem Schreibtisch. Ist das klar?«

Selten war Quiñones so klar gewesen, dachte sich Roncal. »Ja, Herr Hauptkommissar.«

»Na dann, an die Arbeit!«

Es war Samstag früh, und das Bild einer nackten Amaya auf dem Bett schob sich in seine Gedanken. Er musste an das Versprechen denken, das er ihr gestern gegeben hatte, ein paar Tage gemeinsam in Undués de Lerda zu verbringen. Dann dachte er an Elena und erinnerte sich an ihr Lachen, dieses glockenhelle und ansteckende Lachen, das ihm so an ihr gefallen hatte.

Er rief Fernández, der augenblicklich darauf an seiner Tür

erschien.

»Rufen Sie bitte die Policía Nacional an. Sie sollen uns das Protokoll über den Tod von José Luís Jiménez auf der Plaza de los Sitios faxen. Es ist dringend. Und bringen Sie mir die Unterlagen über die anderen drei Mordfälle.«

Fernández ging, und Roncal widerstand der Versuchung, Amaya anzurufen, und schaltete stattdessen seinen Computer ein, um mit dem Abschlussprotokoll anzufangen.

* * *

Protokoll über die Ermittlungen im Falle der Mordfälle an den Personen Tomás Sánchez, David Rocafort, Martín Calero und José Luís Jimenez.

Tatbestand wie folgt:

Am 19. März wurde ein Mord in einer Pilgerherberge des französischen Dorfes Saint-Jean-Pied-de-Port verübt. Das Todesopfer war spanischer Staatsbürger, wohnhaft in Madrid, mit dem Namen Tomás Sánchez. Das Verbrechen wurde nachts mit einer Stricknadel durchs Herz verübt, woran die betreffende Person augenblicklich starb. Neben dem Leichnam wurde eine weiße Karte in Größe einer Spielkarte gefunden, auf der ein Dreizack oder Y und ein Stern am unteren Rand gezeichnet waren. Identische Karten wurden bei allen darauffolgenden drei Morden aufgefunden. Noch ist die Bedeutung der Karten, die der Mörder hinterließ, nicht geklärt.

In der darauffolgenden Nacht, am 20. März, ereignete sich der zweite Mord. Dieses Mal in der Pilgerherberge von Roncesvalles. Das Todesopfer hier war wieder spanischer Staatsbürger, wohnhaft in Valencia, eingetragen unter dem Namen David Rocafort. Die Tatwaffe war die gleiche, und auch sonst wurde der gleiche Modus Operandi wie zuvor in Saint-Jean-Pied-de-Port festgestellt.

Aufgrund dieser Ereignisse wandte sich die französische Gendarmerie an Interpol, um den Fall an die spanische Polizei zu

175

übergeben, da davon auszugehen war, dass der Mörder sich auf spanischem Boden aufhielt.

Am 22. März wurde der hier unterzeichnende Oberkommissar mit den Ermittlungen des Falles beauftragt. Es wurde davon ausgegangen, dass der Täter sich unter den Pilgermengen aufhielt, die tagtäglich auf dem Camino de Santiago unterwegs sind, und es wurde versucht, keine Panik unter diesen ausbrechen zu lassen.

Obwohl anfangs alles auf einen Serienmörder hinwies, stellte sich bei den Ermittlungen heraus, dass sich die Todesopfer kannten und schon vor einigen Jahren auf dem oben genannten Camino de Santiago gemeinsam gewandert waren. Ein Foto, das im Privateigentum des zweiten Opfers gefunden wurde, bestätigte dies. Auf diesem Foto sind sechs junge Menschen zu sehen; davon fünf Männer und eine Frau. Zwei dieser Männer auf der Fotografie sind die bereits oben genannten Todesopfer.

Der dritte Mord wurde einen Tag später, am 23. März, außerhalb des Ortes Viana (Navarra) verübt. Da auch dieser Mann, Martín Calero, spanischer Staatsbürger aus Sevilla, auf dem Gruppenfoto zu sehen ist, konnte nur davon ausgegangen werden, dass die verbliebenen Personen in Lebensgefahr schwebten. Einer der Männer wurde als Herr Gerardo Alonso, Wahlkampfkandidat der konservativen Partei, identifiziert. Daraufhin wurde sofortiger Polizeischutz angeordnet, der ihm wohl das Leben rettete. Durch diese Person wurden wir darüber informiert, dass die Frau, die ebenfalls auf dem Foto zu sehen ist, eine deutsche Staatsbürgerin mit dem Namen Kristin Wissermann, sich bereits vor einigen Jahren in der Provinz León auf dem Jakobsweg zu Tode gestürzt hatte. Leider konnte uns Herr Gerardo Alonso nicht helfen, den letzten verbliebenen Mann des Fotos zu identifizieren.

Dennoch erzählte uns Herr Alonso von einem Besuch der Messe in Hannover, bei der ein gewisser Herr Klaus Wissermann, Vater von Kristin Wissermann, ihn aufsuchte. Er schien den Tod seiner Tochter nicht verkraftet zu haben und zeigte ihm ein Foto, das identisch mit dem ist, das unsere Polizeieinheit in der persönlichen Habe des zweiten Todesopfers gefunden hatte. Bei diesem Zusammentreffen erwähnte Herr Wissermann die Absicht, den Jakobsweg zu bewandern, genau, wie es seine Tochter vor ihm getan hatte, und informierte Herrn Alonso ein paar Monate später darüber, dass er mithilfe eines Privatdetektivs die Adressen und Namen aller Personen auf dem Foto herausgefunden hatte.

Das vierte Todesopfer wurde auf der Plaza de los Sitios in Zaragoza gefunden: Herr José Luís Jimenez, spanischer Staatsbürger aus Zaragoza. Zu diesem Zeitpunkt befand sich der Verdächtige bereits in Bedrängnis.

Klaus Wissermann begann nach eigenen Angaben den Jakobsweg am 18. März in Saint-Jean-Pied-de-Port und befand sich bei den jeweiligen Morden in unmittelbarer Nähe. Daraufhin wurde eine sofortige Personenfahndung und Festnahme angeordnet.

Der Verdächtige wurde gestern Morgen, 28. März, in Belorado, Provinz Burgos, aufgegriffen und in das Kommissariat Zaragoza überstellt, um schnellstmöglich eine Vernehmung aufzunehmen. Im Verlauf dessen zeigte er sich wenig kommunikativ, schien geistesabwesend, gab aber zu einem Zeitpunkt an, ein Mörder zu sein.

Heute Morgen, 29. März, wurde der Verdächtige erhängt in seiner Zelle aufgefunden. Man kann davon ausgehen, dass es sich hierbei um einen klaren Akt der Reue handelte. Es gab nichts, was diesen Selbstmord hätte verhindern können.

Die persönliche Ansicht des hier unterzeichnenden Oberkommissars ist schwer zu beweisen, beruht aber auf langjähriger Erfahrung. Es scheint, dass Herr Klaus Wissermann, deutscher Staatsbürger, alleiniger Verantwortlicher der vier Morde war. Sein Motiv war der unerschütterliche Glaube daran, dass die männlichen Begleiter seiner Tochter etwas mit ihrem Selbstmord vor zehn Jahren zu tun gehabt haben können.

Gezeichnet: Kommissar Natalio Roncal
Kommissariat der Guardia Civil, Zaragoza

Roncal schrieb diesen Bericht in einem Rutsch durch, und nachdem er ihn ein paarmal durchgelesen hatte, legte er ihn in seine Schreibtischschublade und schloss sie ab. Er entschied, mit der Abgabe des Berichts bis exakt Montag früh sieben Uhr neunundfünfzig zu warten. Ein Stechen in der Magengegend erinnerte ihn daran, dass er noch nichts gegessen hatte, und inzwischen war der Mittag bereits weit fortgeschritten. Er musste wieder an Amaya denken, aber er hatte Kopfschmerzen und keine große Lust, sich mit irgendjemand zu unterhalten. Daher begab er sich zu seinem Apartment im fünften Stock des Kommissariats und durchsuchte sinnloserweise den Kühlschrank nach etwas Essbarem. Dieser war sozusagen leer, doch gab es noch zwei Zitronen und ein paar Dosen Tonicwater. Ja, genau das ist es, was ich jetzt brauche, ein großes und tröstendes Glas Gin Tonic, sagte er sich. Schließlich wurden daraus drei Gin Tonic, während er sich im Gefühl seiner Niederlage suhlte und irgendwann in einen tiefen Schlaf glitt.

Wie betäubt und mit einem unangenehmen Geschmack im Mund wachte er gegen dreiundzwanzig Uhr auf. Es war Samstagnacht, und der Lärm der Hauptstraße drang durch seine geschlossenen Fenster. Auf seinem Mobiltelefon waren drei verpasste Anrufe zu sehen, alle von Amaya. Er fühlte sich verschwitzt, hatte aber keine Lust, sich zu duschen. In der Dunkelheit legte er sich wieder auf das Sofa und wartete darauf, dass ihn der Schlaf erneut übermannte.

Früh am nächsten Morgen wachte er auf. Er duschte und rasierte sich und ging in ein nahe gelegenes Café zum Frühstücken. Während er einen Milchkaffee trank und ein paar Scheiben Toast aß, blätterte er in der Zeitung. Auf Seite 13 der *El País* fand er folgende Überschrift: *Jakobswegmörder tot aufgefunden,* und weiter hieß es da: … *er nahm sich das Leben in einer der Zellen im Kommissariat von Zaragoza.* Dann noch ein paar Aussagen von Hauptkommissar Quiñones, *dem Chef der Ermittlungen, der den Mörder stellen konnte,* in denen er bestätigte: *Mit diesem unglücklichen Vorfall ist damit der Fall um die Morde auf dem Jakobsweg endgültig geschlossen (sic).*

Kapitel X

In der Woche nach Wissermanns Selbstmord war Roncal mit dem Papierkram beschäftigt, der noch zu erledigen war, um den Fall endgültig abzuschließen. Danach nahm er sich, wie Amaya versprochen, ein paar Tage frei.

Er holte sie am Samstagmorgen ab, und sie fuhren nach Undués de Lerda, einem kleinen Dorf an der Landesgrenze zu Navarra und Roncals auserwähltes Rückzugsgebiet. Zwar erwähnte er es ihr gegenüber nicht, doch an diesem Tag schien ihm Amaya besonders hübsch. Während der gesamten Fahrt musste er immer wieder zu ihr hinübersehen. Ihre natürliche und reizvolle Schönheit betrachtend, fragte er sich, was heute so anders an ihr war.

Amaya hingegen war aufgeregt und neugierig. Und vor allem zufrieden. Endlich hatte sie die Mauer durchbrochen und durfte das Sperrgebiet betreten, das er ihr bislang vorenthalten hatte und über das sie sich den Kopf zerbrochen hatte, wie es dort wohl wäre und was es damit auf sich hatte.

Kurz vor Mittag erreichten sie hungrig ihr Ziel. Doch ein Blick in die Speisekammer, in der es nichts weiter gab als Bohneneintopf in Dosen, genügte, um sie geradewegs gegenüber in die Dorfkneipe zu treiben, die von Adriana geführt wurde.

Adriana kam ursprünglich, genau wie Amaya, aus dem Baskenland und hatte lange dunkelblonde Haare, grüne Augen und eine atemberaubende Figur. Sie musste Mitte dreißig sein und lebte bereits seit ihrem einundzwanzigsten Lebensjahr in Undués de Lerda.

Als Roncal vor vielen Jahren an einem Sonntagnachmittag zufällig an dem Dorf vorbeigekommen war, war sie die erste Person, die er dort kennengelernt hatte. Er parkte bei der Kirche, ging in das Lokal, das zu dieser Uhrzeit ausgestorben war, und bestellte einen Gin Tonic.

»Ein Gin Tonic um diese Uhrzeit?«, fragte sie ihn mit einer Selbstsicherheit, die Roncal ärgerte.

Sie bereitete ihm sein Getränk, stellte es vor ihn hin und stützte sich dann mit den Ellenbogen auf dem Tresen ab und legte ihre Hände unters Kinn.

Roncal nahm auf einem der Barhocker Platz und schaute lange Zeit auf die Straße hinaus und ignorierte sie geflissentlich.

Aber so schnell ließ sich Adriana nicht ins Bockshorn jagen und fragte: »Was führt dich hierher?«

»Nichts«, antwortete Roncal. »Ich hab nur die falsche Abzweigung genommen, als ich auf dem Rückweg vom Stausee war.«

»Aha! Na, wenn du schon mal da bist, kannst du dir ja mal das Dorf anschauen. Es ist wirklich schön und lohnt einen Besuch.«

»Ist es ruhig hier?«

»Ruhig?«, fragte sie und schien gleich in Gelächter auszubrechen. »Hier passiert nie was. Du könntest tagelang auf der Straße auf und ab gehen, ohne einer Menschenseele zu begegnen.«

»Wie viele Menschen wohnen denn hier?«

»Bei der letzten Zählung waren wir einundsiebzig, aber seither sind drei gestorben. Also kannst du dir ja ausrechnen, wie viele noch übrig sind.«

Roncal schaute sie nun zum ersten Mal direkt an und stellte fest, dass sie eine hübsche junge Frau war und ihrem Akzent nach zu urteilen nicht von hier. Er überlegte sich, dass sie wahrscheinlich, wie es meist in solchen Fällen ist, der Liebe wegen in das Dorf gezogen war.

»Warum wohnst du hier?«

Diese Frage brachte Adriana kurz aus dem Konzept, und nach einem Zögern antwortete sie: »Na, ich arbeite hier, und außerdem liebe ich die Abgeschiedenheit. »Hier läufst du niemandem über den Weg, wenn du nicht möchtest. Aber wenn du doch nette Gesellschaft willst, brauchst du nur an eine der Nachbarstüren zu klopfen.«

»Bist du nicht verheiratet? Entschuldigung, dass ich so offen frage, aber es verwundert mich, dass eine Frau wie du hier allein lebt.«

Die Frau fühlte sich sichtlich unwohl bei diesen Fragen, und Roncal war sich sicher, dass sie mit Ausflüchten oder gleich mit einem verständlichen: *Das geht dich nichts an*, antworten würde.

Aber ihre Haltung ihm gegenüber schien sich zu verbessern, und sie stemmte die Fäuste in die Hüften und entgegnete: »Denkst du etwa, dass alle Frauen einen Mann brauchen zum Leben? Leben wir etwa für oder wegen der Männer? Komm schon, das kann doch nicht dein Ernst sein!«

Roncal musste lachen und beschloss, dass sie beide gute Freunde werden könnten. »Entschuldigung, ich glaube, ich habe mich falsch ausgedrückt. Ich meinte nur, wer zum Teufel kommt außer mir freiwillig auf die Idee, an den Arsch der Welt zu ziehen.«

Jetzt war sie es, die aus vollem Halse lachte. »Na, wenn man die Abgeschiedenheit sucht, ist es ideal hier.«

Den ganzen Morgen über war Roncal durch die Umgebung des Stausees Yesa gestreift und war vollkommen begeistert von der Landschaft und der Einsamkeit der Wanderwege. In dem Moment kam ihm der Gedanke, dass sich dieses Dorf ideal als Rückzugsort eignen würde.

»Wäre es möglich, hier ein Haus zu kaufen?«, erkundigte er sich bei ihr.

Adriana musste wieder auflachen. »Mehr als die Hälfte aller Häuser stehen leer. Ich nehme an, die Besitzer würden sie dir sogar mit Handkuss verkaufen.«

»Ich glaube, ich drehe mal eine Runde durchs Dorf«, sagte er und bezahlte seinen Drink.

Innerhalb einer halben Stunde hatte er jeden Winkel des Dorfes erkundet und beschlossen, eines der vielen leer stehenden, halb verfallenen Häuser zu kaufen, die er bei seinem Rundgang entdeckt hatte.

Als nun Roncal mit Amaya die Bar betrat, kam Adriana hinter dem Tresen hervorgestürzt und umarmte ihn.

»Natalio!«, rief sie aus. »Schon so lange nicht mehr gesehen.«

Roncal befreite sich aus ihrer Umarmung, und auf Amaya blickend, sagte er: »Darf ich dir Amaya vorstellen?!«

»Hi, ich bin Adriana.«

Die zwei Frauen gaben sich lächelnd die Hand. Amaya, die aber noch nie etwas von der Existenz Adrianas gehört hatte, musterte sie aus den Augenwinkeln. Ohne ihr Lächeln zu verlieren, trafen sich ihre Blicke, und sie schätzten einander ab. Amaya wollte klarstellen, dass sie bereit wäre, für den Mann zu kämpfen, den sie liebte.

»Das ist mein Schutzengel«, erzählte Roncal fröhlich, während er Adriana erneut in den Arm nahm und nichts von der Spannung zwischen den Frauen bemerkte. »Ich wüsste nicht, was ich ohne sie wäre, wenn ich hier bin. Sie ist eine ausgezeichnete Köchin. Ach ja, wir sind übrigens für ein paar Tage hier, und bei mir zu Hause sind gerade keine Lebensmittel auffindbar«, sagte er mit einem Augenzwinkern.

Adriana sah ihn spöttisch an. »Bei dir zu Hause gibt es doch eh nie etwas Essbares.«

Roncal lachte herzlich über Adrianas Feststellung, denn es stimmte. Immer wenn er in Undués war, aß er, was sie ihm kochte. Amaya hingegen verstand das ganze Gelächter nicht.

»Auf geht's, setzt euch. Ich mach euch was zu essen.«

Sie nahmen an einem Tisch in der Nähe des Tresens Platz, und in wenigen Augenblicken hatten sie einen köstlichen Salat, ein großes Stück Grillfleisch und frisches Pfannengemüse vor sich stehen.

Amaya befürchtete, dass Adriana sich zu ihnen setzen könnte, aber diese zog sich diskret in die Küche zurück, um ihrer Arbeit nachzugehen.

Der Essbereich der Bar war nicht gerade ein romantischer Ort, sondern eher eine langweilige Dorfkneipe. Sechs nackte Aluminiumtische mit jeweils vier Stühlen standen auf der einen Seite neben dem Tresen und auf der anderen, der linken Seite eine kaputte Jukebox, die dem Lokal einen antiken Charakter verlieh und immerhin noch mit den Schallplatten bestückt war. Gegenüber stapelten sich leere Bierfässer und in einem Regal Spielkarten und Dominosteine.

Obwohl sie während des Essens nur zu zweit waren, unterhielten sie sich mit gedämpften Stimmen, als ob sie statt über triviale Alltagsdinge, die nur für sie von Belang waren, über geheime Machenschaften sprechen würden.

Amaya hörte Roncal zu, beantwortete seine Fragen und lachte bei seinen Witzen, dennoch öffnete sich hinter diesem gespielt normalen Verhalten ein Strudel aus Gefühlen und Gedanken. Adriana hatte sich ihr gegenüber tadellos verhalten, schien allerdings nicht überrascht über ihre Anwesenheit, woraus Amaya schloss, dass sie nicht die erste Frau sein musste, die Roncal mit nach Undués de Lerda gebracht hatte. Die anfängliche Freude und Zufriedenheit über das gemeinsame Wochenende löste sich langsam in den vielen Gläsern Rotwein auf. Mehr als einmal war sie versucht, ihn zu unterbrechen und direkt zu fragen, ob sie die erste Frau in seinem Haus in Undués sei. Aus Angst vor seiner Antwort, die ihr wahrscheinlich nicht gefallen würde, unterließ sie es jedoch.

Nach und nach neigte sich der Gesprächsfluss dem Ende zu, und dann war es Roncal, der endlich vorschlug, nach Hause zu gehen.

Dort legte er sich für eine Weile hin, sie aber setzte sich ans Fenster und blickte gedankenverloren auf die Straße hinaus. Es war das erste Mal, dass sie in der Beziehung zu Roncal ein solches Unbehagen verspürte, und ihr wurde bewusst, dass es Eifersucht war, die sie sich so schlecht fühlen ließ. Obendrein flammte fast ein Hassgefühl gegen ihn in ihr auf. Sie drehte ihren Kopf und sah zu ihm. Er lag auf der Seite, und obwohl sie sein Gesicht nicht sehen konnte, war sie aufgrund seines rhythmischen Atmens sicher, dass er schlief. Unvermeidlich musste sie an Emilio, ihren Exmann, denken, der sie mit seinen in rasender Eifersucht begründeten Wutausbrüchen drangsaliert hatte. Sie selbst hatte noch nie zuvor derart negative Gefühle gehabt und dachte auch, dass sie nach der Ehe mit Emilio dagegen immun sei. Erneut blickte sie zu Roncal. Nein!, dachte sie. Nein, sie würde nicht zulassen, dass diese Angst, einen geliebten Menschen zu verlieren, sich in ein hässliches Monster verwandelte, das ihr Leben zerstören könnte. Dann stand sie auf und ging langsam zum Bett hinüber. Vorsichtig, um ihn nicht zu wecken, legte sie sich neben Roncal, schlang ihre Arme um seinen Oberkörper und wisperte ihm fast unhörbar ins Ohr: »Ich liebe dich ...«

In dieser Nacht liebten sie sich mit neu gewonnener Begierde, als ob die Welt nur dafür erschaffen worden wäre, ihre Liebe zu entwickeln und jede Berührung in einen Kometenschauer zu verwandeln. In den folgenden Tagen hörte die

Welt auf, sich zu drehen, und es existierte weder Zeit noch Raum für die beiden Verliebten. Sie unternahmen lange Spaziergänge, und eines Nachmittags gingen sie, mit zwei von Servando geliehenen Ruten, zum Angeln an den nahe gelegenen Stausee.

Aber am 9. April, Mittwoch, erhielt Roncal zwei Telefonanrufe, die diesen idyllischen Ferien ein Ende bereiten sollten. Der erste Anruf erreichte Roncal kurz vor elf morgens, als er mit Amaya gerade eine mittelalterliche Burg in der Nähe besuchte, die ihnen Servando empfohlen hatte.

»Kommissar Roncal?«, hörte er eine unbekannte Stimme sagen.

Roncal hatte das Gefühl, dass dieser Anruf nichts Gutes verheißen würde, und war versucht, dem Störenfried zu erklären, er hätte sich verwählt, und dann das Telefon auszuschalten. Aber sein Instinkt war stärker als seine Gedanken, daher sagte er: »Ja, bitte. Wer ist da?«

»Hier ist Víctor Suárez. Erinnern Sie sich noch an mich?«

Roncal konnte sich vage an diesen Namen erinnern, brachte jedoch kein Gesicht oder Ort vor seine Augen. »Helfen Sie mir auf die Sprünge …«, sagte er.

»Sie hatten mich vor etwas mehr als zwei Wochen in Puente la Reina vernommen, wegen der Mordfälle …«

»Ah, ja!«, unterbrach Roncal. »Jetzt erinnere ich mich wieder.« Und um ihm zu zeigen, dass er es wirklich tat, fragte er: »Wie kommen Sie mit Ihrem Buch voran?«

»Gut, danke. Man tut, was man kann. Ich bin dabei, Informationen zu sammeln. Sie wissen ja, wie das so läuft.«

Nein, Roncal wusste nicht, wie das so läuft, und es interessierte ihn auch nicht wirklich, weshalb er rein aus Höflichkeit fragte: »Sind Sie noch auf dem Jakobsweg, oder sind Sie schon fertig?«

»Ich bin in der Nähe von Ponferrada«, sagte Suárez.

»Denke, ich werde in neun, zehn Tagen in Santiago sein«, fügte er stolz hinzu.

»Ah, gut, gut. Und was kann ich für Sie tun?«

»Sie hatten doch gesagt, ich solle anrufen, wenn mir doch noch etwas einfällt.«

Roncal erinnerte sich dann wieder an die Aussage dieses Mannes, der ihm erzählt hatte, den Mörder gesehen zu haben, wie dieser in den Sternenhimmel gestarrt habe und Minuten später im Auto in Richtung Pamplona abgerauscht sei.

»Und was ist Ihnen noch eingefallen?«

»Können Sie sich noch erinnern, wie ich sagte, die langen Haare und der Bart seien mir bei dem Mann besonders aufgefallen?«

»Ja«, antwortete Roncal.

»Nun, ich glaube, die waren nicht echt.«

»Wie? Der Bart und die Haare?«

»Ja.«

»Wie kommen Sie darauf?«

Danach entstand ein kurzes Schweigen, bevor Víctor Suárez fortfuhr. »Ich habe darüber nachgedacht. Vorgestern, in Astorga, habe ich eine Gruppe Straßenkünstler gesehen. Und einer der Männer hatte exakt den gleichen Bart wie dieser Mann. Wissen Sie, was das bedeutet? Ich weiß nicht, warum mir das nicht schon früher eingefallen war.«

Roncal wusste nicht, was er antworten sollte. Anscheinend hatte Víctor Suárez keine Zeitung gelesen und so auch nicht mitbekommen, dass der *Jakobswegmörder* seinem Dasein ein Ende gesetzt hatte und der Fall damit abgeschlossen war.

»Herr Suárez«, sagte Roncal sehr ernst, »ich danke Ihnen für Ihren Anruf, doch der Fall ist bereits abgeschlossen.«

»Haben Sie etwa den Mörder schon geschnappt?«

»Ja«, antwortete Roncal, und ohne zu wissen, warum, fügte er hinzu: »Sieht jedenfalls so aus.«

Er vernahm einen erleichternden Seufzer von der anderen Seite der Leitung und darauf die Stimme von Víctor Suárez. »Das freut mich aber. Ich wollte es nicht zugeben, aber seit ich mit Ihnen in Puente la Reina gesprochen hatte und mir klar war, dass ein Mörder auf dem Jakobsweg frei herumläuft, habe ich doch in jedem, den ich traf, einen Verbrecher gesehen.«

»Na, jetzt können Sie wieder ganz beruhigt sein. Vielen Dank trotzdem für Ihren Anruf.«

»Gern geschehen und danke für die Aufklärung.«

»Dann noch viel Erfolg und Glück auf!«, sagte Roncal und drückte den Anrufer weg.

Er drehte sich wieder zu Amaya, die gerade vor einer Anschlagtafel der Ruine des mittelalterlichen Eiskellers stand, und dankte Gott dafür, so eine tolle Frau gefunden zu haben.

»Wer war das?«, fragte sie.

»Nichts, nichts. Nur Arbeitszeug.«

Nur ein paar Minuten später erhielt er den zweiten Anruf. Roncal war überrascht, Fernández' Stimme zu hören, denn sie hatten vereinbart, nur in äußersten Notfällen anzurufen.

»Es tut mir leid, Sie stören zu müssen, Kommissar. Ich weiß, sie hatten gesagt...«, fing er an.

»Kein Problem«, unterbrach ihn Roncal. »Was gibt's?«

»Wir haben eine Kopie des Briefes von Klaus Wissermann bekommen. Nur die Kopie, denn das Original muss wohl in der Asservatenkammer bleiben.«

»Legen Sie ihn doch einfach auf meinen Schreibtisch«, entgegnete Roncal trocken.

»Mhmm, es ist nur so... Da ist schon eine Übersetzung dabei.«

Es entstand ein jähes Schweigen, da sich Roncal des guten Instinkts Fernández' gewahr wurde und verstand, dass dies der Grund seines Anrufs war. »Dann lesen Sie schon vor«, forderte er ihn auf.

»Ja, Herr Kommissar«, sagte Fernández, räusperte sich und fing mit unsicherer Stimme an, den Abschiedsbrief Wissermanns vorzulesen:

Wenn Sie diesen Brief in Ihren Händen halten, heißt das, ich habe mein Ziel erreicht und bin tot. Eigentlich bin ich das schon lange, aber bis jetzt war mir das noch nicht wirklich aufgefallen.

Als Erstes möchte ich klarstellen, dass die Entscheidung zu meinem Tod aus freiem Willen geschehen ist und sich niemand, absolut niemand, schuldig fühlen sollte.

Sie fragen sich sicherlich, Herr Roncal, warum ich gerade Sie als Adressaten meines Letzten Willens ausgewählt habe. Die Antwort ist einfach: Nachdem ich Sie heute kennengelernt habe, bin ich mir sicher, dass Sie ein aufrichtiger Mann sind, und, machen wir uns nicht vor, viel Auswahlmöglichkeit hatte ich ja auch nicht.

Nach dem Tod meiner Tochter vor zehn Jahren zogen die Tage in meinem Leben vorüber, immer gleichbleibend, der gestrige Tag genauso wie der morgige. Leere Tage, denn es gab nichts mehr, was mir Spaß gemacht hätte. Lange Zeit habe ich mir schwere Vorwürfe gemacht, weil ich meiner Tochter nicht helfen konnte, weil ich nicht bemerkt hatte, was in ihr vorging, bis ich schließlich begriff, dass ich das alles nicht kommen sehen konnte, denn da war gar nichts. Meine Tochter war lebenslustig und glücklich. Irgendwann ging mir ein Licht auf, und ich bemerkte, dass die Wahrheit vielleicht gar nicht die war, die man mir weismachen wollte.

Ich schwor mir zwei Sachen: erstens, in Gedenken an sie und somit auch mit ihr nach Compostela zu pilgern, und zweitens, herauszufinden, wer mir meine Kristin geraubt hatte. Leider konnte ich keines der beiden Versprechen halten.

Warum ich Sie ausgewählt habe? In erster Linie wegen Ihres Berufs. Sie ermitteln gegen Personen und finden Sachen heraus über Menschen. Gut, ich bitte Sie hiermit, herauszufinden, ob es wahr ist, dass sich meine Tochter das Leben genommen hat und dass, wenn nicht – wie ich befürchte –, Sie herausfinden, wer meine Tochter auf dem Gewissen hat und warum, damit dieser seine gerechte Strafe erhält.

Sie haben mich gefragt, ob ich schuldig sei; ob ich ein Mörder sei; und ich habe dies bejaht. Natürlich! Sind wir Menschen denn nicht durch unsere Taten oder Versäumnisse immer irgendwie schuldig? Sie haben mir außerdem erzählt, dass vier der fünf Männer, die auf dem Foto neben meiner Tochter zu sehen sind, tot sind, und fragten mich, warum. Ich nehme an, auch sie waren schuldig.

*Ich war noch nie ein frommer Mensch. Meine Vorstellung von Gott war nichts weiter als ein philosophisches Konzept, eine Abstraktion, die Null in der Geometrie des Universums, aber jetzt…
Jetzt, wo der Zeitpunkt gekommen ist, mich dem Jüngsten Gericht zu stellen, allem oder nichts, fühle ich mich gezwungen, zu glauben, dass ein Teil von mir unsterblich sein wird.*

Ich musste all dies jemandem sagen, jemandem anvertrauen, und es tut mir leid, dass ich Sie dafür auserwählt habe. Vielleicht interessiert Sie dieses Schreiben auch überhaupt nicht…

Es ist Nacht, und der Moment ist gekommen, Kristin wiederzusehen.

Auf Wiedersehen, Herr Kommissar. Ich stehe auf ewig in Ihrer Schuld.

30. März
Unterzeichnet: Klaus Wissermann.

Fernández schwieg, nachdem er zu Ende gelesen hatte. Nach ein paar Sekunden, in denen die Worte Wissermanns in Roncals Ohren nachklangen, fragte er: »Was halten Sie davon, Fernández?«

»Mit Verlaub, Herr Kommissar, ich glaube, der Vater dieses Mädchens, dieser Klaus Wissermann, fühlte sich für vieles schuldig. Aber er ist nicht der Mörder.«

190

»Wenn er nicht der Mörder ist, wer ist es dann?«, dachte Roncal laut.

»Ich weiß es nicht, Herr Kommissar. Ich weiß es noch nicht.«

Roncal überlegte, und da gab es in der Tat etwas, das nicht so recht ins Bild passte. Was für eine Bedeutung hatten für Klaus Wissermann der Dreizack oder das Y und der Stern auf der Visitenkarte des Mörders, die bei jedem Mord aufgetaucht waren? Anscheinend hatten sie eine Bedeutung für den Mörder, es war eine Nachricht für Eingeweihte, die nicht zur Persönlichkeit Wissermanns passten.

Auch dachte er an den Anruf von Víctor Suárez vor ein paar Minuten und versuchte, sich Wissermann mit Perücke und Bart vorzustellen. Er seufzte tief. »Die werden mir den Kopf abreißen.«

»Ich weiß, Herr Kommissar, ich weiß«, sagte Fernández.

»Na gut. Suchen Sie alle Informationen über diesen Fall zusammen. Aussagen, Vernehmungen, Berichte der Spurensicherung … einfach alles.«

»Liegt alles bereits auf Ihrem Schreibtisch, Kommissar. Ich habe mir erlaubt, in Ihrem Namen die Policía Nacional um die kompletten Unterlagen über den Mord an José Luís Jiménez hier in Zaragoza zu bitten.«

Roncal musste einen Lacher unterdrücken und dachte: *Was wäre ich nur ohne diesen Mann?* »Dann sehen wir uns morgen früh um acht.«

»Bis morgen, Herr Kommissar.«

Amaya war ein bisschen traurig über das jähe Ende ihres kleinen Urlaubs, aber hielt nicht dagegen, als Roncal sie in den Arm nahm und sagte: »Es ist etwas Wichtiges aufgetaucht. Wir müssen zurück nach Zaragoza.«

»Wann?«

»Sofort!«

Amaya zog ihn scherzhaft an der Hand zum Auto und rief: »Auf geht's, in nur einer Minute habe ich unsere Sachen gepackt, und dann kann's losgehen.«

Kurz darauf raste Roncal in Richtung Zaragoza und übertrat dabei alle Geschwindigkeitsbegrenzungen.

Kapitel XI

10. April
Kommissariat der Guardia Civil

Der Schreibtisch in seinem Zimmer bog sich bei seinem Eintreffen bereits unter der Last der Akten, genau, wie ihm Fernández am Tag zuvor mitgeteilt hatte. Er setzte sich, und noch bevor er eine der Mappen in die Hand nahm, rief er Hauptkommissar Quiñones an, um ihm mitzuteilen, dass er den Jakobswegmörder-Fall wieder öffnen würde.

»Sind Sie denn von allen guten Geistern verlassen?«, tobte Quiñones über diese Ankündigung. »Sie selbst hatten doch gesagt, dass Klaus Wissermann der Mörder sei. Was um Gottes willen bringt Sie also nun dazu, den bereits geschlossenen Fall wiederaufzunehmen?«

»Der Abschiedsbrief Wissermanns«, sagte Roncal, »ist nicht der Brief eines Mörders.«

Es entstand ein Schweigen, das Roncal positiv wertete.

Endlich sagte Quiñones in spitzen Ton: »Ich habe es aber schon dem Minister, der Presse und Gott weiß wem mitgeteilt ...«

»Herr Hauptkommissar, mit Verlaub«, unterbrach ihn Roncal hastig, »wir könnten doch diskrete Ermittlungen vornehmen, ohne dass die Presse davon Wind bekommt. Von denen auf dem Foto bleibt immer noch Gerardo Alonso. Stellen Sie sich nur mal vor, wenn ihm etwas passieren würde ...«

Die Erwähnung des Politikers ließ Quiñones weich werden. Wenn es schlimm wäre, vor der Presse sein Gesicht zu verlieren, so wäre es doch noch um einiges schlimmer, wenn der Mörder, sollte es wirklich nicht Wissermann gewesen sein, dieses Mal Gerardo Alonso in die Finger bekäme. »Na gut, Roncal. Unter zwei Bedingungen. Erstens, diese Angelegenheit muss unter uns bleiben. Der Fall gilt weiterhin offiziell als geschlossen. Sie sind doch noch im Urlaub, nicht? Perfekt! Bleiben Sie im Urlaub. Ich brauche ja nicht zu wissen, was Sie in Ihrer Freizeit machen. Und die zweite Bedingung: Sie haben genau eine Woche Zeit dafür. Sollten Sie mir nicht innerhalb einer Woche einen anderen Mörder präsentieren, dann bleibt der Jakobswegmörder-Fall für immer geschlossen. Haben Sie mich verstanden?«

»Klar und unmissverständlich, Hauptkommissar.«

»Na dann, an die Arbeit. Und als Erstes, kümmern Sie sich bitte um einen erneuten Polizeischutz für Gerardo Alonso. Ich möchte in dieser Angelegenheit kein Risiko eingehen.«

»Machen Sie sich keine Sorgen, daran habe ich bereits gedacht.«

Alonso wieder zu kontaktieren wollte Roncal nicht so recht schmecken. Als er ihm zuletzt die Festnahme Wissermanns mitgeteilt hatte, schien ihm dessen Tonfall recht unfreundlich. Aber er müsste ihm Bescheid geben, bevor er die Männer der Guardia Civil mit seinem Schutz beauftragen könnte. Er wählte dessen Mobiltelefonnummer und wartete, dass er abhob. »Gerardo Alonso?«

»Ja, bitte?«

»Kommissar Roncal. Erinnern Sie sich noch an mich?«

»Wie könnte ich Sie je vergessen!«, entgegnete er voll Ironie. »Wie geht es Ihnen, Roncal?«

Die überhebliche Art, mit der er seinen Nachnamen sagte, ärgerte Roncal, aber er hatte keine Zeit, um sich an solchen Kinkerlitzchen aufzuhängen, und tat so, als hätte er es überhört. Wenn er, warum auch immer, wegen etwas sauer war, dann würde das bestimmt wieder vorbeigehen. »Sehr gut, danke der Nachfrage«, brummte er.

»Das Ministerium hat mich bereits darüber aufgeklärt, was bei Ihnen im Kommissariat vorgefallen ist«, sagte er bezüglich des Selbstmords Wissermanns, und nach einer kurzen Pause fügte er in einem Tonfall hinzu, der keinen Zweifel daran ließ, wen er dafür als schuldig erachtete: »Tut mir wirklich leid, Roncal.«

Auch diese Anspielung ignorierte Roncal, und in neutralem Tonfall informierte er ihn über den Grund seines Anrufs.

Diese Nachricht überraschte den Politiker noch mehr, als Roncal angenommen hatte, und nach längerem Schweigen fragte Gerardo Alonso: »Möchten Sie mir damit etwa sagen, dass die Information, die mir das Ministerium gegeben hat, und das, was die Presse schreibt, eine einzige Lüge ist?«

Roncal biss sich auf die Zunge, um ihm nicht zu sagen, dass gerade er ja sehr wohl wüsste, wie viele Lügen die Presse aufs Blatt brachte. Aber er wollte nicht in dieses Spiel einsteigen, denn das wäre auch gar nichts für einen Mann wie ihn. Mit vernehmbarer Unlust sagte er zu ihm: »Herr Alonso, der Fall ist abgeschlossen, und im Abschlussbericht wird Klaus Wissermann als einziger Mörder aufgeführt. An diesem Umstand wird sich auch nichts ändern, aber gewisse Punkte bedürfen noch einer Klärung, und aus diesem Grund wollen wir Ihren Polizeischutz nicht voreilig abziehen. Wir möchten in Ihrem Fall kein Risiko eingehen, und das sollte ja auch in Ihrem Interesse sein.«

»Ja, und ich versichere Ihnen, das ist es auch. Es sind schon genug Menschen umgekommen, und wenn auch nur die geringste Möglichkeit besteht, der Nächste auf der Liste des Irren zu sein, freue ich mich natürlich über den Schutz der Guardia Civil.«

Etwas in seiner Haltung und seinem Tonfall hatte plötzlich umgeschlagen.

»Sind Sie noch in Burgos?«, wollte Roncal wissen.

»Ja, ich habe hier noch meinen Hauptsitz bis nach den Wahlen.«

»In Ordnung, dann werde ich den Kollegen in Burgos nun Bescheid geben.«

»Danke«, sagte Alonso. »Was sind denn diese Punkte, die noch einer Klärung bedürfen?«

»Nichtigkeiten. Wir hören uns, Herr Alonso.«

»Das hoffe ich.«

Als das Gespräch beendet war, musste Roncal nur noch die Kollegen in Burgos informieren, aber das war ein rein bürokratischer Akt. Daher beauftragte er Fernández, ein Fax an deren Dienststelle zu senden, in dem um einen erneuten Rund-um-die-Uhr-Polizeischutz für Gerardo Alonso ersucht wurde. Danach blickte er auf den Stapel Papiere und Akten auf seinem Schreibtisch und fragte sich, womit er anfangen sollte. Nachdem er ein paar Akten durchgeblättert hatte, entschied er sich für die logische Reihenfolge: mit dem zeitlich am weitesten Zurückliegenden zu beginnen. Er nahm die Akte des Mordes an Tomás Sánchez aus Pied-de-Port in die Hand und die Aufzeichnung der Vernehmung von dessen Verlobter Eva María Ortega aus Madrid.

Er hatte nun bereits Tausende Male die Berichte der Gendarmerie aus Frankreich gelesen und ebenso das Vernehmungsprotokoll Eva María Ortegas, das nur wenige Stunden nach dem Mord angefertigt worden war. Außerdem las er sich noch einmal alle Angaben durch, die die Personen gemacht hatten, die in dem Zimmer übernachtet hatten, in dem der Mord geschehen war. Dann ging er dazu über, erneut die Antworten auszuwerten, die ihm Eva María gegeben hatte, als er sie anschließend persönlich befragt hatte. Bei der Aussage, ihr

Verlobter habe überrascht gewirkt, weil er glaubte, jemanden gesehen zu haben, der sie durch das Fenster beobachtet habe, blieb er hängen. Sie hatte diesen Mann ja nicht gesehen, aber was Roncal nicht gefragt hatte, war, ob Tomás Sánchez ihr vielleicht erzählt hatte, wie dieser ausgesehen hatte. Er suchte sich die Nummer der Frau heraus und rief an.

»Ja bitte?«, meldete sich eine ruhige Stimme, an der er erkannte, dass es sich um Eva María handeln musste.

»Frau Ortega, hier spricht Kommissar Roncal von der Guardia Civil. Ich hatte mit Ihnen über …«

»Ich erinnere mich«, unterbrach ihn die Frau ohne einen Anflug von Überraschtheit. »Wie geht es Ihnen, Herr Kommissar?«

Roncal stammelte ein »Gut, danke«, und noch bevor er etwas anfügen konnte, sprach sie weiter. »Ich nehme an, Sie rufen an, um mir mitzuteilen, dass Sie nun den Mörder von Tomás gefunden haben. Das habe ich bereits in der Zeitung gelesen«, sagte sie. »Wissen Sie was? Irgendwie tut mir dieser Mann auch leid. In dem Glauben zu leben, seine Tochter sei ermordet worden, muss sehr hart sein. Da nicht mehr zwischen Recht und Unrecht unterscheiden zu können ist wohl normal.«

»Ja«, entgegnete Roncal und fühlte sich schuldig, weil er vollkommen vergessen hatte, den Familienangehörigen der Opfer mitzuteilen, dass sie den Mörder gefasst hatten.

»Ich wollte Sie außerdem noch etwas fragen.«

»Nur zu!«, sagte sie.

»Als Sie in Saint-Jean-Pied-de-Port zu Abend aßen und Tomás glaubte, einen Mann am Fenster gesehen zu haben, der sie beide beobachtete, hat er Ihnen da zufällig erzählt, wie dieser aussah?«

Eva María Ortega überlegte einen Augenblick. »Er hat gesagt, er würde einem Bekannten ähnlich sehen.«

»Und hat er Ihnen auch den Namen dieses Bekannten genannt?«

»Nein.«

»Haben Sie denn nicht gefragt, welcher Bekannte es gewesen sein könnte?«

»Er hatte mir ja erzählt, dass er sich mit Freunden verabredet hatte. So nahm ich an, dass er dachte, es sei einer von ihnen, oder dass er ihn mit jemandem verwechselt hat.«

»Aber hat er Ihnen denn nicht gesagt, *wie* er ausgesehen hat?«

»Tomás hat nur von dessen Augen und Blick gesprochen, an dem er seinen Bekannten wiedererkannt haben wollte.«

»War er hell- oder dunkelhäutig? Jung oder alt? Lange Haare? Schnurrbart?«, beharrte Roncal.

»Keine Ahnung. Er hat nur etwas von diesem Blick gesagt und dass er ihn ganz kurz gesehen hatte, bevor er in der Dunkelheit verschwand.«

Roncal war enttäuscht. Er atmete tief ein und stieß dann einen Seufzer aus. Niemals würde er noch mehr Information herausholen können, als er eh schon hatte, und wollte auflegen. Da erinnerte er sich noch im allerletzten Moment daran, wie wichtig es für die Hinterbliebenen ist, dass die Behörden Interesse an ihrem Leben zeigen. »Und wie geht es Ihnen so?«

»Besser«, antwortete sie. »Anfangs habe ich mir den Kopf darüber zerbrochen, warum ausgerechnet Tomás sterben musste. Auf eine bestimmte Weise hat es mich beruhigt, zu wissen, dass er durch einen verrückten Alten zu Tode kam, der sich dann selbst das Leben nahm. Jetzt muss ich mich nur noch daran gewöhnen, dass Tomás halt nicht mehr bei mir ist.«

»Ja, so ist das …«, sagte Roncal. Er musste an Elena und seinen Sohn denken und die langen schlaflosen Nächte, in denen er einen Gin Tonic nach dem anderen trank. »Irgendwann gewöhnt man sich an alles.«

»Ja, das hoffe ich«, erwiderte sie.

Roncal wünschte ihr Glück dabei und legte auf.

Der Kommentar Eva Marías, dass sie ein bisschen Frieden schließen konnte, indem sie wusste, wer ihren Verlobten getötet hatte und warum, ließ ihn über das menschliche Wesen philosophieren. Ihr Mitgefühl für Klaus Wissermanns Schmerz war nichts weiter als eine Art von Empathie, von Verständnis. Manchmal ist es eben nicht genug, die Toten zu bestatten. Was für einen Unterschied gab es zwischen Wissermann und ihr? Keinen. Auch Wissermann wollte wissen, was mit Kristin geschehen war, um weitermachen zu können im Leben, auch wenn es für ihn der letzte Schritt im Leben war.

Ebenfalls sinnierte er darüber, wie sonderbar mitunter die Assoziation von bestimmten Worten war. Als Eva von dem Blick des Mannes gesprochen hatte, der Tomás' Aufmerksamkeit erregt hatte, musste er an das Bild denken, das ihm Víctor Suárez beschrieben hatte – von dem Mann in Roncesvalles und dessen Blick zur Milchstraße. Könnte es sich um denselben Mann handeln? War es derselbe Blick? Was würde passieren, wenn er die beiden, Eva María Ortega und Víctor Suárez, dazu bringen könnte, sich zusammenzusetzen und sich gegenseitig ihre Erinnerungen zu erzählen? Käme dann mehr dabei heraus? Sie lebte in Madrid, aber wo war er noch mal? Stimmt, in Ponferrada.

Bei diesen Überlegungen fiel ihm auf, dass er zwar zwei Wochen damit zugebracht hatte, einen Mörder über den Jakobsweg zu verfolgen, jedoch noch nicht einmal eine Karte von demselbigen gesehen hatte.

Seine Überlegungen wurden jäh von Fernández unterbrochen, der eine Mappe in seinen Händen hielt. »Die Akte Jiménez«, sagte er und legte sie auf den Schreibtisch.

Es handelte sich um das Polizeiprotokoll der Policía Nacional über den Mord an José Luís Jiménez.

»Haben Sie es schon gelesen?«, fragte Roncal hoffnungsvoll, um dessen Meinung darüber zu hören.

»Noch nicht, Herr Kommissar. Es ist eben erst reingekommen.«

Roncal nahm die Akte und blätterte sie durch. Fernández war gerade dabei, wieder in sein Büro zurückzukehren, als Roncal zu ihm sagte: »Ach übrigens, Fernández. Besorgen Sie mir doch bitte eine Karte vom Camino de Santiago.«

Die Akte Jiménez war erstaunlich dünn und bestand lediglich aus der Aussage des Mannes, der den Sterbenden gefunden hatte, der Autopsie, einer knappen Vernehmung der Ehefrau und der kurzen, erfolglosen Ermittlung gegen einen unbekannten Täter. Der Schlussvermerk war eindeutig: Raubüberfall mit Gewalteinwirkung und daraus resultierender Todesfolge. Roncal dachte an das seltsame Wort, das der im Sterben liegende Mann noch loswerden wollte: *Mandarin*. Das war jedenfalls das Wort, das der Mann, der das Opfer gefunden hatte, verstanden hatte.

In diesem Moment betrat Fernández erneut den Raum, diesmal mit einer Karte Nordspaniens, auf der mit dickem Filzstift der Camino de Santiago oder auch Jakobsweg eingezeichnet war und Roncesvalles mit Santiago de Compostela verband.

»Der Camino de Santiago, wie gewünscht«, sagte er, während er die Karte auf den Schreibtisch legte.

Fernández zog sich wieder in sein eigenes Büro zurück, und Roncal war noch immer in die Akte Jiménez vertieft. Ihm schien, dass die zuständige Polizeieinheit nicht gerade mit größtem Eifer am Werk gewesen war, um den Mörder von José Luís Jiménez zu fassen. Sicherlich waren sie lediglich von einem Raubüberfall ausgegangen, der aus dem Ruder gelaufen war. Wenn dem so wäre, gingen sie wohl auch einfach davon aus, dass früher oder später die Maus aus ihrem Loch auftauchen würde. Er versuchte, sich seinen Unmut vorzustellen, wenn keine seiner Nachforschungen nach einem Raubüberfall in der Drogen- und Kleinkriminellenszene fruchten würde. Er berechnete, dass Wissermann aus Nájera gekommen und nach der Tat wieder nach Santo Domingo de la Calzada zurückgekehrt sein musste, um die Nacht dort zu verbringen. Neugier, den Tagesablauf Wissermanns herauszufinden, überfiel ihn, und er nahm die Karte zur Hand. Auf dieser Karte hatte Fernández mit rotem Filzstift die einzelnen Dörfer verbunden, die den Jakobsweg ausmachten. Er suchte den Ort, von dem Wissermann wohl losgefahren war. Nájera. Mit dem Finger fuhr Roncal weiter auf der Karte bis Logroño und von dort auf die Autobahn bis Zaragoza. Das mussten im Gesamten ungefähr dreihundertfünfzig Kilometer sein. Der gequält wirkende Wissermann kam ihm in den Sinn, wie dieser mit matter Stimme gesagt hatte: »Ich bin ein Mörder.« Vielleicht war es doch einfach schwachsinnig gewesen, Quiñones davon zu überzeugen, den Fall wiederaufzunehmen, überlegte Roncal.

Er ließ seinen Blick über die Karte von Osten nach Westen schweifen und las die Namen der Städte und Dörfer: Roncesvalles, Pamplona, Estella, Logroño, Nájera, Burgos, Bercianos del Real Camino, León, Astorga, Rabanal del Camino, Manjarín, Ponferrada…

Plötzlich, noch bevor es zu seinem Hirn vorgedrungen war, tat sein Herz einen kleinen Hüpfer. Manjarín! Ein Dorf, dessen Namen er noch nie zuvor gehört hatte. Er blickte erneut auf die Karte. Es lag zwischen zwei Dörfern, von denen er ebenfalls noch nie zuvor etwas gehört hatte: Foncebadón und El Acebo im Iragogebirge. Sein Puls ging schneller, als ihm Details aus der Akte vom Selbstmord Kristin Wissermanns in den Kopf schossen. Solche Zufälle können doch nicht normal sein, dachte Roncal. Und wenn das Wort, das José Luís Jiménez mit seinem letzten Atemhauch tat, Manjarín gelautet hätte. Was hätte er damit sagen wollen?

201

Er suchte auf seinem Schreibtisch nach dem Bericht der Guardia Civil aus Ponferrada und las ihn sich erneut sorgfältig durch. Allerdings wurde dort nur der Felsvorsprung am Monte Irago beschrieben, unter dem der leblose Körper Kristins gefunden wurde, und mit keiner Silbe ein Ort oder Dorf namens Manjarín.

Roncal fühlte sich zu rastlos, um weiter in seinem Büro sitzen zu bleiben, und beschloss, noch einmal zum Haus von Jiménez zu gehen und der Witwe einen Besuch abzustatten. Mit einem wehmütigen Blick auf seine Armbanduhr dachte er daran, dass er gestern um diese Zeit noch mit Amaya die Überreste des Eiskellers bei Undués besichtigt hatte. Diese Intimität der letzten Tage mit ihr hatten seine Ängste, die ihn in letzter Zeit gequält hatten, in den Wind geschlagen. Nun fühlte er sich leicht und beschwingt, als ob ihm ein großes Gewicht von seinem Herzen genommen worden war, das ihn gefangen gehalten hatte.

Wenige Minuten später stand er an der Tür von Jiménez und klingelte. Als er die weibliche Stimme über die Sprechanlage hörte, sagte er: »Hallo, hier ist Kommissar Roncal. Ich hatte vor ein paar Tagen mit Ihnen gesprochen, erinnern Sie sich?«

Als Antwort vernahm er den Türsummer und trat ein.

Oben angelangt, erwartete sie ihn bereits an der Tür. Ihrem Gesichtsausdruck zufolge war sie überrascht, den Kommissar erneut an ihrer Wohnungstür zu sehen. Sie bat ihn, wie auch schon beim letzten Mal, ins Wohnzimmer. Sie nahm die Zeitung, die sie vor seinem Klingeln gelesen hatte, vom Sessel, legte sie auf den Tisch und bat ihn, Platz zu nehmen. Als sie saßen, fragte sie: »Was gibt es, Herr Kommissar?«

»Entschuldigen Sie die erneute Störung, aber...«

»Kein Problem«, unterbrach sie ihn, »ich habe bereits in der Zeitung gelesen, dass der Fall geklärt ist. Aber bis jetzt konnte mir noch niemand sagen, ob das auch der Mann war, der meinen guten José getötet hat. Sind Sie deshalb gekommen?«

Roncal schüttelte leicht den Kopf und erwiderte mit einer Gegenfrage. »Manjarín, sagt Ihnen das Wort Manjarín etwas?«

Sie schien verblüfft von der überraschenden Frage Roncals und überlegte ein paar Sekunden, bevor sie antwortete. »Nein. Das ist das erste Mal, dass ich das Wort höre. Wer oder was ist Manjarín?«

»Es ist der Name eines Dorfes in der Provinz León, und ich glaube, das war das letzte Wort, das Ihr Mann noch gesagt hatte.«

»Nein, da irren Sie sich. Er sagte Mandarin!«, entgegnete sie trotzig. »Jedenfalls hat uns das so die Polizei erzählt. Obwohl ich mir ja schon die ganze Zeit sicher war, dass sie falsch lagen. Aber Manjarín... Was hat mein Mann mit diesem Dorf in León zu tun?«

»Ich hatte gehofft, Sie könnten es mir sagen.«

Die Frau schüttelte gedankenverloren den Kopf. »Nein, tut mir leid«, sagte sie schließlich.

Roncals Blick fiel auf die Zeitung, die auf dem Tisch lag. Es war der *Heraldo de Aragón*, und er kam zu dem Schluss, dass in diesem Haus wohl täglich die Zeitung gelesen würde. Ihm kam eine Idee. Er zückte das Notizheft, in dem er alle wichtigen Details seiner Ermittlung festhielt, und blätterte darin. Während er suchte, fragte er: »Sie gaben an, dass Ihr Mann vorhatte, für ein paar Tage auf den Jakobsweg zu gehen.«

»Ja.«

»Und dass er ganz plötzlich, am... 22.«, präzisierte er mit Blick auf sein Heftchen, »von einer Minute auf die andere sein Vorhaben abgeblasen hatte.«

»So ist es«, bestätigte sie.

»Können Sie sich noch erinnern, um wie viel Uhr das war?«

Die Frau zog erstaunt ihre Augenbrauen nach oben. Seit

damals waren bereits drei Wochen vergangen, und schreckliche Dinge waren inzwischen vorgefallen, sodass sie sich an so unbedeutende Details wie die Uhrzeit, an der ihr Mann ihr mitteilte, dass er nicht fahren würde, nicht erinnern könnte. »Mhmm. Nein, ich glaube nicht«, antwortete sie.

»War es am Morgen, Mittag oder Abend?«, versuchte es Roncal.

»Es war ein Samstag«, erinnerte sich die Frau plötzlich wieder, als ob ein Lichtstrahl das Dunkel durchkreuzen würde. »Und wir waren gerade beim Frühstück, als er es mir sagte. Samstags frühstückten wir immer erst später, da ich dann immer noch ein wenig liegen blieb, während er sich schon mal die Zeitung vornahm. Was für eine Rolle spielt denn die Uhrzeit dabei?«

»Ich weiß noch nicht genau«, antwortete Roncal.

»Dann sind Sie also nicht gekommen, um mir zu sagen, wer meinen Mann ermordet hat und warum?«, fragte sie in einem Ton, der zwischen Skepsis und Resignation schwankte.

»Nein, aber ich kann Ihnen versichern, dass es kein armseliger Halunke war, der ihn ausrauben wollte.«

»War es dieser verrückte Deutsche, der sich anschließend selbst umgebracht hat?«

»Wahrscheinlich.«

»Sagen Sie es mir, wenn Sie es wissen?«

»Ja, versprochen.«

»Noch etwas?«, fragte die Frau.

»Nein, das wär's für den Moment. Danke.«

Wenige Minuten später war Roncal schon wieder auf dem Rückweg zum Kommissariat und fragte sich, was José Luís Jiménez an diesem Morgen in der Zeitung gelesen hatte und ob er deswegen seine Pläne verworfen hatte.

Ihm fiel ein, dass nur einen Block weiter die Stadtbibliothek lag, und beschloss, einen kleinen Umweg zu gehen.

Dort angekommen, bat er die Bibliothekarin um eine Ausgabe des *El Heraldo* vom 22. März. Die junge Frau am Schalter von kaum fünfundzwanzig Jahren war so in ihre Zeitschrift vertieft, dass sie fast nicht aufblickte, als sie zu einem Tisch zeigte, auf dem Dutzende Exemplare vom *El Heraldo* und *El Periódico de Aragón* lagen. Roncal durchsuchte den Stapel, und als er sie fand, überfiel ihn ein Kribbeln. Er setzte sich an den Nebentisch und fing an, darin zu blättern, auf der Suche nach einer Überschrift, die seine Aufmerksamkeit auf sich zöge. Auf Seite 9 fand er schließlich eine Reportage über zwei Spalten, in der stand: *Seltsamer Vorfall in Roncesvalles.* Weiter in dem Artikel wurde darüber berichtet, wie in der Nacht zum Vortag ein Pilger, während er schlief... *mit einem Stilett durch das Herz* (sic) getötet wurde. Es handelte sich um einen Mann namens... *David Rocafort aus Valencia.*

Aus der Reaktion von Jiménez auf diese Nachricht und dem Umstand, dass er es nicht einmal seiner Frau erzählt hatte, schloss Roncal, dass zumindest zwei der Männer vom Foto sich gekannt haben mussten. Aber vor allem zeigte es, dass José Luís Jiménez, nachdem er vom Tod Rocaforts gelesen hatte, Angst hatte, auf den Jakobsweg zu gehen.

Langsam ging Roncal zurück zu seinem Büro und zerbrach sich dabei den Kopf über die Frage: Was hatte José Luís Jiménez verheimlicht, das ihn letzten Endes das Leben kostete? Verwirrt kam er am Kommissariat an und lief geradewegs in sein Büro. Fernández erwartete ihn mit den Informationen, die er über Manjarín gefunden hatte. Es waren nicht mehr als zwei Absätze, und es las sich wie folgt:

Manjarín ist ein nahezu unbewohnter Ort der Gemeinde Santa Colomba de Somoza, in der Region Maragatería, gehört zur Provinz León und liegt am Monte Irago. In Manjarín gab es früh eine Pilgerherberge, die dem Gemeinderat von Andiñuela unterstand. Diese Pilgerherberge wurde, so nimmt man an, im

XI. Jahrhundert vom Eremiten und Mönch Gaucelmo gegründet und ist seither unabdingbarer Teil des Camino de Santiago. Manjaríns Wirtschaft stützte sich jahrhundertelang auf die Viehzucht, die Einnahmen des Camino de Santiago und die Landwirtschaft. In der Mitte des XX. Jahrhunderts ereilte Manjarín das gleiche Schicksal wie das vieler Bergdörfer, und es wurde vollkommen verlassen, bis im Jahre 1993 ein Eremit namens Tomás Martínez die Berufung der Pilgerunterkunft wiederaufnahm. Diesem Beispiel folgten andere Personen. Aktuell zählt das Dorf ganze neun Bewohner.

Die einzige Information, die Roncal interessierte, war die des Eremiten, der seit 1993 dort lebte, und er beschloss, schnellstmöglich mit ihm über die Geschehnisse am Berg Monte Irago von vor zehn Jahren zu sprechen.

* * *

Überzeugt davon, dass die abrupte Unterbrechung ihrer Ferien in Undués nicht von langer Dauer sein würde, hatte Amaya ihre Arbeit noch nicht wiederaufgenommen. So zögerte sie auch keinen Augenblick, als Roncal sie fragte, ob sie ihn bei seiner Recherche in die Berge von León begleiten würde. Sie war entschlossen, diese überstürzte Reise einfach als Weiterführung der vorherigen zu sehen.

Sie fuhren gegen Nachmittag los und hatten vor, die Nacht in León zu verbringen. Roncal fuhr mit Bleifuß auf der Autobahn, und Amaya unternahm einige Anläufe, eine Unterhaltung zu beginnen, doch er antwortete auf alles nur einsilbig. Nach dem dritten Versuch merkte Amaya, dass er mit seinen Gedanken definitiv irgendwo anders war, und sie schwieg und schaute lächelnd aus dem Fenster. Sie war überrascht von sich selbst, mit welcher Gelassenheit sie sein unfreundliches Verhalten hinnahm. Noch vor ein paar Tagen hatte sie sich darüber beschwert, weil er ihr so wenig Beachtung schenkte, aber nun spielte es für sie keine so große Rolle.

Schließlich lernte sie ihn immer besser kennen und wusste nun, wie wichtig seine Arbeit für ihn war; so sehr, dass er richtiggehend obsessiv werden konnte, wenn er an einem Fall arbeitete. Während sie die sanften Weinberge betrachtete, erinnerte sie sich daran, was Roncal ihr über seine Arbeit erzählt hatte, als sie sich gerade kennengelernt hatten: »Die Straftat als solche ist für mich nicht so sehr von Belang. Was mich wirklich interessiert, ist der Mensch an sich, besser gesagt, das Wesen und ganz besonders das Verhalten des Menschen. Ich suche keine Verbrecher, ich füge Puzzleteile zusammen, von denen nicht einmal die Täter selbst wissen, dass sie außer Ordnung geraten waren.« Damals hatte sie es nicht verstanden, aber jetzt schon. Nun wusste sie, dass er nicht ruhen würde, bis er das Geheimnis hinter dem *Jakobswegmörder* gelüftet hätte.

Sie erreichten León, als die Kirchtürme der Stadt bereits mit dem grauen Himmel verschmolzen waren. Auf den letzten Kilometern hatte es genieselt, und die Straßen waren noch nass. Sie nahmen ein Zimmer in der *Hospedería de las Benedictinas* und gingen wieder nach draußen, um sich im Stadtzentrum die Beine zu vertreten.

Roncal verhielt sich noch immer wortkarg, und als sie Hand in Hand über die Plaza Mayor in Richtung Kirche schlenderten, fragte ihn Amaya: »Ist es dir überhaupt recht, dass ich dabei bin?«

»Ja!«, antwortete er überrascht. »Warum fragst du so was?«

»Du bist so ruhig, und hin und wieder habe ich den Eindruck, ich würde stören.«

»Entschuldige. Ich bin irgendwie besorgt. Zum ersten Mal in meinem Leben habe ich das Gefühl, dass mir ein Fall entgleitet. Als ob ich im Treibsand stecken würde. Auf der einen Seite deutet alles darauf hin, dass der Vater des Mädchens der

Mörder ist. Alle waren zufrieden damit, dass er sich in seiner Zelle erhängt hat, und sehen darin seine Schuldhaftigkeit bewiesen. Und ich gebe zu, ich tat es auch. Nachdem ich aber seinen Abschiedsbrief gelesen habe und ein Zeuge mir erzählt hat, der Täter habe Perücke und einen falschen Bart getragen, zweifle ich daran, ob er es war.«

»Warum? Es ist doch normal, wenn ein Täter seine wahre Identität schützen möchte, oder nicht?«, fragte Amaya.

»Aber Klaus Wissermann hätte sich niemals verkleidet, um die Männer zu töten, von denen er annahm, dass sie seine Tochter auf dem Gewissen haben.«

»Mhmm, wenn er also nicht der Mörder ist, wer ist es dann?«

»Ich weiß es nicht. Und wenn ich vernünftig wäre, würde ich die Dinge so belassen, wie sie sind, den Fall für geschlossen erklären und nach Hause fahren.«

»Aber du bist kein vernünftiger Mensch«, sagte Amaya, und ein neckisches Grinsen umspielte ihren Mund.

Roncal zuckte mit den Achseln. »Ich habe eine Woche, um zu beweisen, dass Wissermann nicht der Mörder ist.«

»Und wenn es sich herausstellt, dass er es doch ist?«, fragte Amaya.

»Dann wird mich Hauptkommissar Quiñones, der Minister oder der Politiker Alonso mit Freuden einen Kopf kürzer machen.«

»Ist es das, was dich so beschäftigt?«

»Nein, worüber ich mir Sorgen mache, ist, dass, wenn Wissermann nicht der Mörder ist, es heißt ... dass ich sozusagen von Null anfangen muss.«

»Hast du schon einen Verdächtigen?«

Roncal musste über Amayas Frage lächeln und schüttelte den Kopf. »Nein. Wirklich nicht.«

Ihm fiel auf, dass es gar nicht mal so schlecht war, mit jemandem, der nicht in den Fall involviert ist, zu reden. Es war, wie den Fall noch mal neu aufrollen zu können und alles zu durchleuchten, was bis jetzt ermittelt worden war, und es dann aus den Augen einer nicht bereits berufsblinden Person neu zu betrachten.

Nachdem sie eine Weile die beleuchtete Kirche, deren Glockentürme sich vom dunklen Himmel abhoben, betrachtet hatten, gingen sie in ein Lokal, und während sie zu Abend aßen, erzählte ihr Roncal alle Details seiner Ermittlungen. Alles, was ihm einfiel, seit den Morden in Saint-Jean-Pied-de-Port und Roncesvalles, seit Hauptkommissar Quiñones ihm den Fall am Morgen des 22. März anvertraut hatte. Er sprach von seiner anfänglichen Befürchtung, es mit einem Serienmörder zu tun zu haben, und wie er zu der Überzeugung gelangt war, dass es zum Glück doch nicht so war. Sowie von der Vernehmung der Verlobten des ersten Opfers und dem Unbekannten, den sie in dem französischen Örtchen durchs Fenster gesehen hatten. Von der Entdeckung, dass alle Opfer schon Jahre zuvor auf dem Jakobsweg gewesen waren, und dem Foto, das er in Valencia gefunden hatte.

»Welches Foto?«, fragte Amaya daraufhin.

Roncal holte aus seiner Brieftasche eine Kopie des Fotos, das Kristin und die fünf jungen Männer zeigte, und hielt es Amaya hin. »Dieses hier«, sagte er.

Amaya betrachtete das Foto ernst, da ihr bewusst war, dass einige der Männer bereits nicht mehr am Leben waren.

»Es wurde vor zehn Jahren aufgenommen«, fuhr er fort. »Irgendwo in der Nähe von Astorga.«

»Ich nehme an, das Mädchen ist ...«

»Kristin Wissermann, ja«, vervollständigte er für sie. »Sie wurde nur wenige Tage, nachdem das Foto aufgenommen wurde, tot am Fuße des Monte Irago gefunden.« Er wartete nicht die unausweichliche Frage Amayas nach dem Wie ab, und fügte hinzu: »Selbstmord.«

Amaya starrte noch immer auf das Foto, als ob sie versuchte, die Gedanken der auf Papier gebannten sechs Personen zu erraten.

»Warum hielt der Vater Kristins die Männer für schuldig?«

Roncal war drauf und dran, ihr ausführlich zu erklären, wie schwer es ist, einen geliebten Menschen so plötzlich zu verlieren, ließ es aber dann doch lieber bleiben. »Ich nehme an, der Tod ist leichter zu akzeptieren, wenn man jemanden hat, dem man die Schuld zuweisen kann. Und dieser Mann«, fügte er hinzu und zeigte auf das Foto, »hatte gleich fünf Personen, denen er die Schuld zuschieben konnte.«

»Du meinst sechs«, entgegnete Amaya.

»Nein, fünf«, stellte Roncal richtig. »Ich meine die fünf Männer auf dem Foto.«

»Ja schon«, erwiderte Amaya, »aber irgendjemand muss es ja auch gemacht haben. Also sind es im Ganzen sechs Personen plus Kristin.«

Roncal fiel fast die Kinnlade herunter. Hatte er doch wirklich nicht daran gedacht, dass ein Foto, genau wie ein Film, immer nur den Teil zeigt, den ein anderer so aufgenommen hat! Die Protagonisten sind nicht nur die Personen, die auf der einen Seite der Kamera stehen, sondern ebenfalls die dahinter. Er riss Amaya das Foto aus den Händen, und obwohl er es schon bis ins kleinste Detail auswendig kannte, betrachtete er es mit neu erwecktem Interesse. Ihm fiel auf, dass alle – bis auf Martín Calero, der aus dem Augenwinkel Kristin beobachtete – in das Objektiv der Kamera lächelten. Blickten sie in das Objektiv oder auf die Person, die es in der Hand hielt?

»Du hast recht«, sagte Roncal nervös, »man sieht niemand anderen weit und breit. Das heißt, sie waren wahrscheinlich allein auf diesem Abschnitt, also musste einer von ihnen das Foto geschossen haben.«

Nach ein paar Minuten des Schweigens fragte Amaya: »Na, und jetzt? Wie weiter?«

»Es gibt nur noch eine lebende Person, die wissen könnte, wer es ist.«

»Gerardo Alonso«, sagte sie.

»Genau der«, entgegnete Roncal. »Aber ich bezweifle, dass er uns weiterhelfen kann. Er kann sich ja noch nicht einmal an das Foto erinnern«, ergänzte er gequält.

»Und was hoffst du, morgen herauszufinden?«

»Ich hoffe nichts weiter, als dass dieser Eremit aus Manjarín, Tomás Martínez, ein gutes Gedächtnis hat.«

Kapitel XII

11. April
Manjarín

Kurz hinter Foncebadón, in den Ausläufern des Monte Irago, setzte dichter Schneefall ein. Vor ihnen tauchte das Eisenkreuz, Cruz de Ferro, auf, mit einer feinen Schneedecke umhüllt, was ihm eine gespenstische Erscheinung verlieh. Ein Mann, in einen roten Regenponcho gehüllt und mit einem schweren Rucksack beladen, mühte sich die kleine Anhöhe hinauf, auf der das Kreuz stand. Oben angekommen, legte er einen Stein, den er in seiner Hand hielt, an den Fuß des Kreuzes, wie es alle Pilger taten. Anschließend ging der Mann vorsichtig, um nicht auszurutschen, wieder hinab.

Weder Roncal noch Amaya wussten, dass dieser Hügel allein durch die abertausend Steine der Pilger entstanden war, die diese aus ihren Heimatländern mitbrachten und mit einem Zettel versahen, bevor sie sie am Kreuz ablegten. Auch wussten sie nicht, dass jeder Einzelne dieser Steine die Ängste und Sorgen der Pilger symbolisierte, die sie auf dem Jakobsweg hinter sich gelassen hatten.

»Warum machen die das?«, fragte Amaya.

»Was denn?«, entgegnete Roncal.

»Den Jakobsweg. Ich habe mich schon immer gefragt, was die Tausende von Menschen aus aller Herren Länder antreibt, zwanzig bis dreißig Kilometer täglich in sengender Hitze, Regenfällen oder wie heute im Schneesturm hier zu laufen. Ist es denn so wichtig für sie, vorwärtszukommen? Ich verstehe das nicht ...«

Roncal schwieg. Genau diese Frage hatte er sich schon oft im Laufe seiner Ermittlungen gestellt. Doch schließlich sagte er: »Ich nehme an, jeder Pilger hat eine andere Antwort darauf.«

Sie fuhren an einem weiteren Pilger vorbei, der langsam mit eingezogenem Kopf und mit Blick nach unten ging. Wenige Minuten später gelangten sie an verfallene Steinhäuser; das eindeutige Zeichen, dass sie kurz vor ihrem Ziel waren. Ein paar Hundert Meter weiter gab es hinter einer Kurve mehrere Wegweiser zu weiter entfernten Orten.

Sie parkten das Auto neben einer Häuserruine und setzten ihren Weg zu Fuß fort zu einer, wie es schien, kleinen Hütte. Auf einem Steinaltar am Eingang stand ein Bild Jesu Christi, zu dessen Füßen bereits ein wenig Schnee liegen blieb, und davor döste ein weiß-brauner Hund. Daneben war ein Ortsschild angebracht mit dem Namen des Dorfes: Manjarín. Ringsum überall weiße Banner mit dem Kreuz der Templer. Auf Höhe von einem Meter fünfzig hing eine Glocke, mit einer Schnur zum Ziehen daran. Im Inneren der Hütte konnten sie zwei junge Frauen ausmachen mit den Rucksäcken neben sich auf dem Boden, die versuchten, mit einer dampfenden Tasse Tee in den Händen Wärme in ihre Körper zu bringen. Im hinteren Teil, hinter einem Verkaufsstand mit Jakobsmuscheln, kleinen Kürbissen, Anhängern mit keltischen und Templersymbolen und allerlei anderen Souvenirs, stand ein Mann mittleren Alters und stechendem Blick, rundlicher Figur und gekleidet in etwas, das aussah wie eine Mönchskutte. Er schaute sie verwundert an und schien sich zu fragen, ob sie sich verfahren hätten.

»Willkommen im Refugium«, sagte er.

»Danke«, entgegnete Roncal. »Sind Sie Tomás Martínez?«

Die anfängliche Verwunderung des vermeintlichen Mönchs wandelte sich in Misstrauen, und er antwortete: »Nein, Tomás ist momentan nicht hier.«

»Wo ist er denn? Ich müsste mit ihm sprechen.«

»Er ist mit den Hunden spazieren. Ich glaube, er wird nicht mehr allzu lang brauchen.«

Roncal und Amaya beschlossen, obwohl eine Bank neben ihnen stand, lieber stehen zu bleiben und von einem Bein aufs andere zu hüpfen, um warm zu bleiben. Die zwei jungen Frauen unterhielten sich leise in einer seltsamen Sprache und waren so vertieft in ihr Gespräch, dass sie anscheinend nicht mitbekamen, was um sie herum geschah. An einer der Wände hingen gerahmte Zeitungsartikel. Roncal ging näher, um sie besser lesen zu können. Der erste beschrieb die Fähigkeiten des Tomás Martínez, der zweite trug die Überschrift: *Der letzte Tempelritter* und handelte von der Neugründung des Templerordens. Anbei befand sich ein Foto von dem vorher genannten Tomás Martínez, das ihn in der Tempelrittertracht zeigte.

Nachdem Roncal ein paar Absätze gelesen hatte, fragte er sich, ob dieser Mann nicht vielleicht verrückt war. Er hatte keine Zeit, seine Frage zu beantworten, denn von draußen drang lautes Hundegebell, und daraufhin betrat ein stämmiger Mann in den Fünfzigern und mit einem kurzen weißen Bart den Raum. Roncal erkannte in ihm den letzten Tempelritter, von dem er gerade gelesen hatte.

Er ging zu ihm hin und streckte ihm seine Hand entgegen. »Hallo. Ich bin Kommissar Roncal von der Guardia Civil. Ich müsste mit Ihnen sprechen.«

»Über was?«, fragte der Eremit erstaunt.

»Gibt es hier einen Ort mit mehr Privatsphäre, an dem wir uns unterhalten könnten?«

»Natürlich. Folgen Sie mir«, entgegnete der Templer und führte sie zu einem Raum hinter der Hütte, der eine Art

Kapelle war. Dort war es nicht ganz so kalt, und als sie am Tisch saßen, bot er ihnen einen Tee an.

»Ja, gerne«, sagte Amaya, deren Lippen bereits blau angelaufen waren.

Tomás Martínez goss ihnen aus dem Topf, der auf einem kleinen Ofen stand, drei Tassen Tee ein, und kurz darauf verbreitete sich der angenehme Geruch nach Thymian. Als er sich wieder zu ihnen gesetzt hatte, fragte er: »Wie kann ich Ihnen helfen?«

»Wenn ich recht informiert bin, dann wohnen Sie schon seit einigen Jahren hier in Manjarín. Ist das richtig?«, fing Roncal an.

»Ja. Ich bin nun schon lange hier. Demnächst werden es zwanzig Jahre.«

»Vielleicht können Sie sich noch erinnern, dass sich hier in der Nähe vor zehn Jahren eine junge Deutsche das Leben genommen hat?«

Der Mönch legte seine Stirn in Falten und überlegte eine Weile. »Ja, ich erinnere mich«, sagte er schließlich. »Gott sei Dank ist hier nie wieder Ähnliches passiert.«

»Ich weiß, es ist viel Zeit vergangen. Aber können Sie sich möglicherweise noch an die junge Frau erinnern?«

Das Gesicht des Templers verschwand kurz hinter den Nebelschwaden des dampfenden Tees, und nachdem er Amaya eine Tasse gereicht hatte, blickte er Roncal an. Er zuckte kurz mit den Achseln und sagte: »Hier gehen tagtäglich viele Menschen ein und aus, aber als mir damals die Polizei ein Foto zeigte, konnte ich mich daran erinnern, sie den Tag zuvor gesehen zu haben. Sie war eine sehr... ernste junge Frau. Sie war hier mit einer Gruppe junger Leute. Als ich draußen stand und mich um einige Pilger kümmerte, sah ich sie mit einem jungen Mann streiten. Ich dachte mir, dass sie wohl ein Paar waren.« Bevor er weitererzählte, machte er eine Pause und nahm einen Schluck von seinem heißen Tee. »Als ich dann am darauf folgenden Tag erfuhr, dass sie sich von einem Berg gestürzt hat, tat es mir unendlich leid. Es muss wohl passiert sein, kurz nachdem sie mein Haus verlassen hatte, und ich fragte mich, warum mir nicht aufgefallen war, dass die junge Frau Hilfe brauchte.«

»Wissen Sie noch, wie viele Männer in dieser Gruppe waren?«, fragte Roncal.

»Fünf oder sechs, ich kann mich nicht mehr genau entsinnen.«

»Meinen Sie, Sie könnten den jungen Mann, mit dem sie sich gestritten hat, identifizieren?«

»Jetzt noch?«, fragte er skeptisch. »Ich glaube nicht. Es ist schon so lange her. Ich kann mich an diese Szene nur noch dunkel erinnern. Wie eine zerkratzte Filmrolle, so sieht das in meinem Gedächtnis aus. Wissen Sie, was ich meine?«

»Können Sie sich wenigstens noch daran erinnern, in welcher Sprache sie sich stritten?«

Tomás schüttelte den Kopf. »Ich meine, ich habe sie nicht einmal gehört. In meinem Kopf habe ich nur dieses Bild von der jungen Frau, wie sie sauer auf ihn einredet und er schweigend, mit einem spöttischen Lächeln auf seinem Gesicht dasteht. Ich kann mich noch erinnern, dass ich mir dachte: Was will denn eine junge Frau mit so einem aufgeblasenen Affen?«

»Ist das exakt das, was Sie in dem Moment dachten?«, fragte Roncal sehr interessiert.

»Ja, mehr oder weniger.«

»Und warum glaubten Sie, er wäre ein aufgeblasener Affe?«

Diese Frage überraschte den Templer, und einige Sekunden lang wusste er nicht, was er antworten sollte. »Seine Art, nehme ich an. Seine Art zu lächeln. Er schien sehr eingebildet, und durch dieses Lächeln sah er so aus, als ob er sich allen überlegen fühlte.«

»Und was haben die anderen der Gruppe währenddessen gemacht?«

»Ich vermute, die haben ein paar Kleinigkeiten gekauft. Fast alle kaufen etwas und nutzen die kleine Rast, um wieder zu Kräften zu kommen.«

Roncal kam die Akte Kristin Wissermanns in den Kopf und wie wenige Beweisaufnahmen darin waren. Auch gab es kein Protokoll über eine Vernehmung seines Gegenübers, daher fragte er: »Haben Sie dies alles auch der Guardia Civil erzählt?«

Tomás schien über diese Frage verwundert. »Was meinen Sie damit?«

»Na, ich nehme doch an, dass die Guardia Civil Sie nach dem Fund des Selbstmordopfers befragt hat.«

»Nein«, antwortete er. »Soweit ich weiß, wurde nur der Hirte vernommen, der sie gefunden hat.«

Das war das erste Mal, dass Roncal von einem Hirten hörte, der den leblosen Körper Kristins entdeckt haben sollte. In der Akte, die ihm Fernández besorgt hatte, wurde dies mit keiner Silbe erwähnt, und so war er davon ausgegangen, die Polizei in Ponferrada hätte sich auf die Suche gemacht, nachdem die Vermisstenanzeige von Tomás Sánchez eingegangen war.

»Wie hat der Hirte sie denn gefunden?«, wollte Roncal wissen.

»Es war am darauffolgenden Tag. Um ehrlich zu sein, war es wirklich Zufall, dass er sie gefunden hat.«

»Wie meinen Sie das?«, fragte Roncal.

Sein Gegenüber holte tief Luft, bevor er anfing zu erzählen: »Sie haben ja bereits gesehen, wie groß Manjarín ist. Heute sind wir acht oder neun Personen, die hier leben, doch damals war ich der einzige Bewohner des Dorfes. Die Pilger laufen auf dem Weg durch die Berge, verlassen diesen aber eigentlich auch nicht. Der Berg kann sehr gefährlich sein. Nur ein paar vereinzelte Hirten und Schäfer auf der Suche nach neuen Weidegründen sind manchmal abseits des Weges unterwegs. Die junge Frau lag circa zweihundert Meter vom Weg entfernt, und Bibiano hat mir erzählt, wenn ihm nicht eine Kuh ausgebüxt wäre, hätte er die Frau wohl nie entdeckt. Es war Bibiano, der dann seine Kühe ließ, wo sie waren, und mit dem Auto nach El Acebo fuhr, um die Guardia Civil anzurufen.«

»Und hat Bibiano Ihnen erzählt, was er gesehen hat?«

»Ufff«, seufzte Tomás Martínez, »ein Bild des Grauens. Es ging ihm sehr nah. Die Frau lag am Fuße eines Felsvorsprungs, inmitten einer großen Blutlache. Wie eine Marionette, der man alle Fäden durchtrennt hatte, sagte Bibiano. Voller Blutergüsse und fast alle Gliedmaße verdreht und wohl gebrochen.«

Roncal war neugierig darauf, den Ort zu sehen, an dem Kristin Wissermann beschlossen hatte, sich das Leben zu nehmen, und fragte: »Ist es weit bis dorthin?«

»Wenn wir dort lang gehen«, Martínez zeigte diagonal zum Hintereingang des Raumes, in dem sie sich befanden, »sind es vielleicht vier- bis fünfhundert Meter.«

Roncal stand auf. »Würde es Ihnen etwas ausmachen, mich dorthin zu begleiten?«

»Nein, aber all der Schnee…«

Mit ironischem Unterton und mit einem Lächeln fragte Roncal: »Lässt sich denn der letzte Tempelritter von so einem bisschen Schnee unterkriegen?«

Tomás Martínez stand ebenfalls auf und antwortete sehr ernst: »Sie können sich gar nicht vorstellen, mit was für Schneemassen ich hier in Manjarín, ganz auf mich allein gestellt, bereits zu kämpfen hatte.«

Auch Amaya erhob sich. »Wenn es nichts ausmacht, würde ich gerne hier drin warten. Draußen ist mir wirklich zu kalt«, sagte sie leise.

»Wenn Sie noch mehr Tee möchten…« Der Einsiedler zeigte auf den kleinen Ofen.

»Vielen Dank, aber ich bin versorgt«, bedankte sich Amaya.

Die zwei Männer traten aus dem Raum in die Hütte. Der andere Mönch war gerade dabei, ein paar Dinge am Fenstersims zu befestigen, und die zwei jungen Frauen waren bereits weitergezogen.

»Wir gehen zum Felsenköpfchen«, sagte Tomás Martínez zu seinem Helfer.

Der entgegnete nur: »Es schneit…!«

Dann verließen Roncal und Martínez die Hütte. Der Eremit blieb kurz stehen, zog an der Glocke und läutete fast eine Minute lang. »Manchmal verirren sich die Pilger bei Schneefall«, erklärte er. Mit festem Schritt bogen sie nach links in Richtung Berg.

Der Felsvorsprung, unter dem es steil bergab ging, war ziemlich nah, und nach nur wenigen Minuten hatten sie ihn erreicht. Vorsichtig, damit sie nicht im frischen Schnee ausrutschten, näherten sie sich dem Ende des Vorsprungs, und der selbst ernannte Templer zeigte circa zehn Meter nach unten.

»Dort lag die Frau«, sagte er.

Roncal versuchte, sich die Szene vorzustellen. Kristin Wissermann, wie sie genau an diesem Punkt steht, wo er sich jetzt befand, und wie sie, wie er gerade, nach unten geschaut haben musste. Sie nimmt ihren Rucksack ab und stellt ihn auf den Boden neben sich. Noch mal schaut sie nach unten. Die Entscheidung ist gefallen. Es gibt kein Zurück mehr; sie springt. Der aufgeschlagene Körper auf dem Boden, die Nacht, die über dem Berg hereinbricht, und der nächste Morgen, an dem der Hirte mit großem Schrecken auf den Leichnam trifft. Hatte es sich so abgespielt? Er atmete tief durch und stellte fest, dass er zitterte.

»Den Rucksack ließ sie hier«, sagte Roncal und zeigte zu seinen Füßen, »richtig?«

»Nein«, entgegnete sein Gegenüber. »Der Rucksack tauchte weit von hier entfernt auf. Beim Weg oben.«

Diese Antwort machte Roncal stutzig. »Wie weit?«

»Vielleicht fünfzehn oder zwanzig Minuten Fußmarsch.«

Roncal hatte bereits viele Selbstmordfälle erlebt, bei denen sich die Personen einer Sache entledigen, der Schuhe, eines Kleidungsstücks oder der Brille, bevor sie den endgültigen Schritt taten, aber das war immer kurz zuvor. Er konnte sich nicht vorstellen, wie Kristin ihren Rucksack, nachdem sie bereits weitergewandert war, am Jakobsweg abstellte, umkehrte und sich anschließend im Gebirge auf die Suche nach einer geeigneten Stelle machte, um sich das Leben zu nehmen. »Das kann nicht stimmen«, murmelte er vor sich hin.

»Gehen wir zurück?«, fragte sein Gegenüber, der sich energisch die Hände warm rieb.

»Ja, gehen wir zurück.«

* * *

Auf dem Rückweg nach Zaragoza kreisten Roncals Gedanken um die Sache mit dem Rucksack. Er versuchte, sich einen Reim darauf zu machen, warum dieser so weit entfernt von Kristin gefunden worden war, aber er brachte keine logische Erklärung zustande.

»Und jetzt, wie weiter?«, unterbrach Amaya seine Gedanken.

»Es gibt nur eine unbestreitbare Tatsache«, sagte Roncal nachdenklich, »und zwar, dass, wer auch immer der Mörder sein mag, die Taten doch unumgänglich mit dem Tod Kristin Wissermanns zu tun haben.«

»Das Foto ist das Einzige, das die beiden Fälle miteinander verbindet, oder?«, wollte Amaya wissen.

»Ja.«

»Vielleicht gibt es ja noch mehr Fotos. Wo hast du es denn her?«

»Aus Valencia. Rocafort hatte es bei seinen Sachen, als wir sein Apartment durchsuchten.«

»Und hast du dich noch nie gefragt, ob noch mehr Aufnahmen von der Gruppe existieren, wo mit Glück vielleicht auch derjenige drauf ist, der das Foto gemacht hat?«

Roncal trat mit aller Wucht auf die Bremse und schlitterte auf den Gehweg.

»Waaahhh… Was machst du? Bist du verrückt!«, schrie Amaya erschrocken über das Quietschen der Reifen auf Asphalt.

Aber er hatte schon seinen Sicherheitsgurt gelöst, sich zu ihr gebeugt und küsste sie lange.

»Habe ich dir eigentlich schon gesagt, dass ich dich liebe?«, sagte er, als er sie endlich nach Luft schnappen ließ.

»Nein.« Amaya lachte.

»Ich liebe dich«, wiederholte er und küsste sie erneut.

Zaragoza

Es war bereits später Nachmittag, als sie in Zaragoza eintrafen. Roncal setzte Amaya bei ihrem Haus ab und fuhr dann geradewegs zum Kommissariat. Aufgrund der späten Stunde ging er davon aus, dass Fernández wohl schon seinen Dienst beendet haben musste, aber gerade jetzt gäbe es noch einiges zu tun. Er nutzte eine rote Ampel, um ihn anzurufen und zurück ins Kommissariat zu bitten.

Als er wieder hinter seinem Schreibtisch saß, suchte er sich die Nummer von Amparo Mengual heraus – lieber rief er sie anstelle Rocaforts Tochter an – und wählte.

»Können Sie sich noch an das Foto erinnern, das Sie mir

netterweise geliehen haben, als ich in Valencia war?«, fragte er, nachdem sie die üblichen Begrüßungsfloskeln hinter sich gebracht hatten.

»Ja. Hat es Ihnen etwas genützt?«

»Mehr, als Sie sich vorstellen können. Aber ich muss Sie um einen weiteren Gefallen bitten«, sagte er nach einer kurzen Pause.

»Schießen Sie los.«

»Ich muss Sie bitten, noch einmal in das Apartment Ihres Exmannes zu gehen, erneut die Fotos durchzusehen und mir all diejenigen zuzusenden, die auf dem Camino de Santiago entstanden sein könnten.«

Es folgte ein langes Schweigen am anderen Ende der Leitung.

»Okay, kein Problem«, sagte die Frau schließlich. »Aber ich habe gedacht, der Fall sei bereits abgeschlossen. So stand es jedenfalls in der Zeitung.«

»Rein theoretisch ja«, entgegnete Roncal. »Es gibt nur noch ein paar kleine Details zu klären.«

Während er mit Amparo Mengual telefonierte, betrat Fernández den Raum, und Roncal gab ihm ein Zeichen, kurz zu warten.

»Na gut«, sagte die Frau. »Ich werde morgen in die Wohnung gehen.«

»Amparo, ich muss Sie leider bitten, jetzt gleich dorthin zu gehen.«

»Mmhm … Falls ich ein Foto finden sollte, was soll ich anschließend damit tun? Wie soll ich es zu Ihnen bringen?«

»Zuerst rufen Sie mich bitte an. Ich schicke Ihnen dann jemanden vorbei, der es abholt.«

»Okay. In Ordnung.«

Als er aufgelegt hatte, gab er Fernández eine kleine Zusammenfassung der Lage. »Wir müssen herausfinden, ob noch weitere Fotos von Kristin Wissermann und den anderen existieren. Ich habe gerade mit der Exfrau von David Rocafort, Amparo Mengual, gesprochen und gehe gleich zum Haus von Jiménez. Es wäre schön, wenn Sie derweil in Madrid die Verlobte von Tomás Sánchez kontaktieren könnten und die Familie von Martín Calero in Sevilla.«

»Was suchen wir genau, Herr Kommissar?«

»Fotos, die vor zehn Jahren auf dem Jakobsweg aufgenommen wurden. Ganz egal, wer darauf zu sehen ist«, erläuterte Roncal.

»Geht in Ordnung«, sagte Fernández.

Roncal nahm seinen Mantel und ging in Richtung Tür, als ihn Fernández aufhielt. »Herr Kommissar...«

»Ja?«

»Gerardo Alonso... Möchten Sie, dass ich auch Gerardo Alonso anrufe?«

Roncal zögerte. Er hasste es, mit Gerardo Alonso zu sprechen, und zudem war er sich sicher, dass er sowieso kein Foto aus dieser Zeit hatte. Aber man müsste ihn trotzdem fragen, und das wollte er nicht unbedingt seinem Subkommissar aufs Auge drücken.

»Nein, nein. Ich rufe ihn an, sobald ich wieder zurück bin.«

Auf der Straße fiel ihm auf, dass immer noch keine Sonne am Himmel zu sehen war. Derweil lag der meteorologische Frühlingsanfang bereits zwanzig Tage zurück. Zügigen Schrittes eilte er auf dem Bürgersteig, bis ihm bewusst wurde, dass er eigentlich überhaupt keinen Grund zur Eile hatte. Er atmete tief durch und verlangsamte seine Geschwindigkeit. Seine Gedanken kreisten um José Luís Jiménez und dessen Bestürzung, die er erlebt haben musste, als er erfuhr, dass ihn jemand auf den Jakobsweg zitiert hatte, um ihn dann eiskalt zu ermorden. Falls Jiménez wusste, wer David Rocafort auf dem Gewissen hatte, warum hatte er dann keine Anzeige bei der Polizei erstattet? Vor wem hatte er Angst? Und warum hatte er nicht einmal seiner Frau etwas davon gesagt?

Als er an die Tür von Jiménez kam, traf er geradewegs auf Pilar, die soeben das Haus verließ.

»Sind Sie auf dem Weg zu mir?«, fragte sie erstaunt.

»Ja, entschuldigen Sie. Ich hätte vielleicht vorher anrufen sollen.«

»Machen Sie sich keine Gedanken. Ich hatte nicht den Eindruck, Sie wären eine Person, die Ihre Besuche vorher ankündigt«, sagte sie spöttisch. »Wollten Sie mit mir sprechen?«

»Ja.«

»Ich muss kurz in die Apotheke. Begleiten Sie mich?«

»Selbstverständlich. Gehen wir.«

Sie gingen nebeneinander her, und die Frau fragte: »Na gut, um was geht es diesmal?«

»Erinnern Sie sich noch an das Foto, das ich Ihnen gezeigt habe, auf dem Ihr Mann mit einer jungen Frau und weiteren Personen zu sehen war?«

»Natürlich!«, sagte sie und murmelte: »Wie könnte ich dieses Foto vergessen.«

»Ich müsste wissen, ob Ihr Mann nicht zufällig Aufnahmen von seiner Zeit damals auf dem Jakobsweg aufgehoben hat. Jeder hat doch Bilder von den Orten, die man besucht hat.«

»Wir haben Tausende Fotos zu Hause«, entgegnete Pilar, ohne ihn anzuschauen. »Aber ich kann mich nicht erinnern, jemals eins vom Jakobsweg in den Händen gehalten zu haben.«

Einige Zeit gingen sie schweigend nebeneinander her, bis Roncal, ebenfalls ohne den Blick vom Boden zu nehmen, sagte: »Ich bin mir sicher, dass Ihr Mann das letzte Mal seinen Ausflug zum Jakobsweg abgesagt hat, weil er Angst hatte, es könnte sich um eine Falle handeln und er genauso ermordet werden könnte wie David Rocafort.« Für ein paar Sekunden ließ er seine Worte bei ihr sacken, bevor er sanft hinzufügte: »Ist es nicht so?«

Die Frau behielt ihre Ruhe. »Mein Mann ist tot. Was spielt es da für eine Rolle, wo er ermordet wurde?«

»Warum sagen Sie nicht einfach, wer Ihren Mann umgebracht hat und warum?«

»Wenn ich es wüsste, würde ich es Ihnen sagen«, antwortete sie kalt.

»Mmhm, was ist es dann, das Sie mir vorenthalten?«

Ihm war gar nicht aufgefallen, dass sie bereits bei der Apotheke angekommen waren. Sie standen in der Lichtschranke, und die Tür öffnete sich.

»Warten Sie einen Moment«, sagte Pilar und betrat allein den Laden.

Durch das Schaufenster beobachtete Roncal, wie sie mit dem Apotheker sprach. Pilar war eine Frau in den Vierzigern, hatte dunkles Haar und war von zierlicher Statur. Sein Blick blieb an ihrem Hals hängen, der so elegant war wie der einer italienischen Madonna, an ihren sanften Wangenknochen und ihrer Stupsnase. Sie war nicht unbedingt eine schöne Frau im klassischen Sinne, aber dennoch hatte sie etwas – vielleicht der Blick? –, das sie enorm attraktiv erscheinen ließ. Als sie fertig mit ihren Besorgungen war und sich umdrehte, wandte er seine Augen von ihr ab.

Sie traten schweigend den Rückweg an, doch plötzlich schaute ihn Pilar im Gehen an und sagte: »Man kann nur das verschweigen, was man weiß.«

»Ich verstehe nicht …«, entgegnete Roncal.

»Ich belüge Sie nicht, wenn ich sage, dass ich nichts weiß.«

Roncal hielt sie an der Schulter fest und brachte sie vor ihm zum Stehen. »Und jetzt wiederholen Sie dies noch einmal und schauen mir dabei in die Augen.«

Sie schaute ihn an, und für ein paar Sekunden hielten

sie schweigend Blickkontakt. Dann wandte sie sich wieder ab, setzte zum Gehen an und fing an, zu erzählen, wobei es schien, sie würde ein Selbstgespräch führen. »Es war Samstag, das Frühstück angerichtet, und er kam mit der Zeitung zurück ins Schlafzimmer. Das war unsere Samstagszeremonie. Er las mir die Überschriften vor, die ihm interessant erschienen, und gemeinsam kommentierten wir die einzelnen Artikel. Er war gerade dabei, einen Artikel über die Situation der Müllabfuhr vorzulesen, als er plötzlich verstummte. Etwas hatte ihn erschreckt, und ich fragte ihn, was denn los sei. »Nichts«, hatte er geantwortet, aber seine Gesichtsfarbe hatte sich geändert. Als wir dann gefrühstückt hatten, offenbarte er mir, dass er nicht zum Jakobsweg fahren würde, wie er eigentlich vorgehabt hatte. Ich wusste, dass es mit dem Zeitungsartikel zusammenhängen musste, respektierte jedoch, wenn er nicht darüber sprechen wollte. Jetzt bereue ich es.«

»Waren Sie denn nicht neugierig, was Ihren Mann so beunruhigt hat?«

Die Frau brauchte einen Moment, bis sie antwortete. »Doch. Als sich die Gelegenheit bot, suchte ich die Seite heraus, ich wusste ja, wo der Artikel ungefähr war … Da stand etwas über einen Mord in Roncesvalles …«

»David Rocafort«, präzisierte Roncal. »Es war die Nachricht über den Mord an David Rocafort, die Ihren Mann dazu brachte, sein Vorhaben zu ändern. Haben Sie je zuvor seinen Namen gehört?«

»Noch nie!«, antwortete sie, und nach kurzem Schweigen fragte sie neugierig: »Wer war denn dieser David Rocafort? Ein Freund von meinem Mann?«

»Rocafort war ein Arbeitsloser ohne Einkommen, der von der Hand in den Mund lebte«, antwortete Roncal. »Wir wissen nicht, ob sie Freunde waren. Das Foto jedoch bezeugt, dass sie sich wenigstens damals gekannt haben. Und seiner Reaktion zufolge konnte er sich auch noch an dessen Namen erinnern. Aus zwei Gründen müsste ich wissen, ob noch mehr Fotos existieren. Erstens, um mehr über die Gruppe zu erfahren, die wir bereits kennen. Und zweitens, um sicherzustellen, dass in dieser Gruppe nicht noch weitere Personen waren.«

Während sie sprachen, waren sie am Haus angelangt.

»Kommen Sie rauf. Wir schauen nach, ob es noch Fotos gibt.«

Pilar räumte den Esstisch ab und brachte zuerst eine Schuhschachtel voller Fotos und daraufhin zwei weitere.

»Möchten Sie etwas trinken?«, fragte sie ihn.

»Nein danke.«

Pilar lächelte. »Ah, stimmt ja, Sie sind im Dienst. Ich hingegen könnte jetzt ein Gläschen vertragen. Fangen Sie ruhig schon mal an.«

Roncal holte einen Stapel Bilder heraus und schaute sich eines nach dem anderen an. Währenddessen schenkte Pilar sich ein großes Glas Whiskey auf Eis ein und setzte sich dann zu ihm. »Soll ich Ihnen helfen?«, fragte sie nach einem ersten Schluck.

»Ja, bitte.«

Pilar nahm einen weiteren Stapel in die Hand, da aber jedes Foto für sie mit Erinnerungen verknüpft war, verweilte sie jedes Mal lange Zeit bei der Aufnahme. Hin und wieder erzählte sie eine Geschichte, die ihr zu dem jeweiligen Bild in den Sinn kam. Erst als sie bei der zweiten Schachtel angelangt waren, fielen Pilar drei Fotos auf, die wohl auf dem Jakobsweg entstanden waren. Doch nur auf einem war ein lächelnder José Luís Jiménez auf der Plaza von Obradoiro zu sehen. Die anderen zwei Fotos aber waren für Roncal wichtiger. Auf einem sah man eine Gruppe von vier jungen Menschen, die rings um einen Esstisch saßen, der in einer der Herbergen stehen musste, und mit einem Glas Wein anstießen. Einer aus der Gruppe war ein lachender David Rocafort. Auf dem anderen, das anscheinend am gleichen Abend aufgenommen worden war, sah man Kristin Wissermann, wie sie Zwiebeln schälte, und ihr gegenüber ein Mann als Clown verkleidet, der spaßeshalber dicke Tränen vergoss.

War dieser Clown die Person, die auch das Foto geschossen hatte, das im Kernpunkt der Ermittlungen stand? Oder war er selbst eine der Personen auf dem Gruppenbild? Es gab keinen Anhaltspunkt.

Entmutigt ließ Roncal die Bilder auf den Tisch sinken. »Das bringt doch alles nichts«, sagte er.

Sie vernahmen ein Geräusch am Schloss der Eingangstür, und kurz darauf erschien José Luís, Pilars Sohn, den Roncal beim ersten Besuch schon einmal gesehen hatte.

»Hallo«, sagte dieser, überrascht davon, die beiden vor einem Berg Fotos am Küchentisch sitzen zu sehen.

»Hallo«, gab Roncal zurück.

»Der Kommissar sucht nach Personen, mit denen dein Vater damals auf dem Jakobsweg war«, erklärte Pilar.

»Für was denn? Ich dachte, sein Mörder sei schon längst gefasst.«

»Leider kann das noch nicht mit hundertprozentiger Sicherheit gesagt werden«, entgegnete Roncal mürrisch.

Der Junge verließ das Esszimmer, und sie waren wieder allein.

»Behalten Sie die Fotos ruhig«, sagte Pilar und räumte die restlichen zurück in die Schachteln.

Roncal brauchte ein paar Sekunden, um sich schwerfällig zu erheben. Erneut nahm er die drei Fotos in die Hand und betrachtete sie. Anschließend steckte er sie in die Innentasche seiner Jacke. »Ich gebe Sie Ihnen bald zurück.«

»Ist nicht nötig«, entgegnete sie.

Sie begleitete ihn noch bis zur Tür und wartete, bis er im

Aufzug verschwunden war, bevor sie die Tür hinter ihm zufallen ließ. Dann schloss sie die Augen und atmete tief durch. Während sie die Fotoschachteln wegräumte, wurde ihr wieder bewusst, was sie seit dem Tod ihres Mannes verdrängte: dass er sie über die Gründe, warum er nicht wieder auf den Jakobsweg gehen wollte, belogen hatte. Sie war sich die ganze Zeit nicht sicher gewesen, ob sie es wirklich wissen wollte. Es war kein Problem für sie gewesen, ihre Unruhe zu verdrängen, solange sie glaubte, sein Tod sei nur ein unglücklicher Zufall gewesen. Aber das Bewusstsein, die ganze Geschichte sei auf einer Lüge aufgebaut, ließ sie erneut nervös werden. Sie brauchte die Wahrheit, obwohl es ja auch nicht wirklich viel bringen würde, aber doch wünschte sie sich Licht im Dunkel, das die Erinnerung an den Vater ihres Sohnes überschattete.

Roncal hingegen verließ das Haus mit dem Gefühl, dass sie ihm trotz vorheriger gegenteiliger Behauptung etwas verheimlichte.

Zurück im Kommissariat, informierte ihn Fernández über zwei Dinge: Er hatte mit Eva María Ortega gesprochen, die wiederholt ihre Überzeugung ausgedrückt hatte, es gebe in ihrem Haus kein einziges Foto von Tomás Sánchez Ortega auf dem Jakobsweg. Und die Ehefrau von Martín Calero hatte ihm zugesichert, zurückzurufen, sobald sie etwas gefunden hätte.

»Wie ist es Ihnen mit der Witwe ergangen?«, fragte Fernández weiter.

Roncal, der dabei war, die Telefonnummer von Gerardo Alonso herauszusuchen, um ihn unverzüglich anzurufen, antwortete abwesend: »Gut, gut.«

Aber dann hob er nachdenklich seinen Blick vom Adressbuch. »Nein, nicht wahr. Die Witwe hatte uns Informationen vorenthalten, und ich befürchte, das tut sie immer noch.«

»Warum?«, fragte Fernández verwundert. »Was für ein Interesse könnte sie denn haben, uns zu belügen?«

»Ich weiß es nicht«, entgegnete Roncal in Gedanken versunken. »Jiménez hatte in der Zeitung vom Mord an David Rocafort gelesen und daraufhin beschlossen, nicht auf den Jakobsweg zu gehen. Seine Frau wusste davon, hat allerdings der Polizei und uns nichts darüber gesagt, als ein paar Tage später ihr Mann in einem lächerlichen Raubüberfall im Stadtzentrum von Zaragoza ums Leben kam. Laut ihr hatte sie keinerlei Verbindung zwischen den zwei Geschehnissen bemerkt.«

»Die Frau ist schlau«, sagte Fernández.

»Ja, das ist sie, aber… es könnte natürlich auch sein, dass sie die Wahrheit sagt. Ich weiß es nicht…«, entgegnete Roncal und blickte wieder auf sein Telefonbuch.

Fernández räusperte sich, um auf sich aufmerksam zu machen. »Kann ich nun gehen, Herr Kommissar?«

»Ja, ja, selbstverständlich, Fernández. Gehen Sie ruhig, und machen Sie sich keine Gedanken. Ich bin hier, falls die Witwe aus Sevilla zurückruft.«

»Danke, Herr Kommissar.«

Wieder allein im Büro, wählte Roncal Gerardo Alonsos Nummer. Aber eine weibliche Ansagestimme teilte ihm mit, der gewünschte Gesprächsteilnehmer sei vorübergehend nicht erreichbar, und er fühlte sich erleichtert, dieses unangenehme Gespräch verschieben zu können.

Aus seiner Innentasche zog er die Fotos, die ihm Pilar gegeben hatte, und betrachtete sie aufmerksam. Wenn Gerardo Alonso diese sähe, würde er sich ja eventuell an die anderen Gruppenmitglieder erinnern oder an Freunde Kristin Wissermanns, die, obwohl sie nicht auf den Fotos waren, wertvolle und nützliche Informationen darüber haben könnten, was damals am Monte Irago passiert war. Auch wenn Roncal es sich bis jetzt nicht eingestehen konnte und es wahr wäre, dass Wissermann nicht der Mörder war, dann konnte es nur jemand gewesen sein, der Kristin gekannt hatte.

Das Klingeln seines Telefons holte ihn aus seinen Gedanken. Es war Amparo Mengual, die ihm leider mitteilte, bei den Sachen ihres Exmannes keine weiteren Fotos gefunden zu haben, die auf dem Jakobsweg entstanden sein konnten.

Sie redeten ein paar Minuten über David Rocafort. Roncal kannte Amparo Mengual nun schon gut genug, um zu wissen, wenn sie über Rocaforts Unzulänglichkeit und Unbeständigkeit sprach, tat sie dies nicht aus Groll gegen ihn. Ganz im Gegenteil. Sie nahm eine geradezu beschützende, fast mütterliche Haltung gegenüber ihrem Exmann ein, die darauf schließen ließ, dass, sollte sie jemals sauer auf ihn gewesen sein, sich diese negativen Gefühle längst in Luft aufgelöst hatten.

»David wollte nur immer gemocht werden«, sagte sie. »Er hatte keine starke Persönlichkeit, konnte schlecht mit den Schwierigkeiten des Lebens fertig werden und Verantwortung übernehmen. Deshalb lebte er so, wie er eben lebte.«

»Meinen Sie, er wäre fähig gewesen, jemanden zu erpressen?«, fragte Roncal.

»Nein«, antwortete sie entschieden. »Ich glaube nicht, dass er sich so etwas jemals getraut hätte.«

»Können Sie sich noch daran erinnern, wie ich Ihnen erzählt habe, dass ihm jemand immer pünktlich zum Ersten jeden Monats tausend Euro überwiesen hatte?«

»Ja.«

»Meinen Sie nicht, das könnte aus einer Erpressung stammen?«, fragte Roncal.

Die Frau überlegte eine Weile, bevor sie antwortete. »Nein. Ich bin mir eigentlich sicher, dass dieses Geld aus seinen Drogenverkäufen stammte.«

»Dann wissen Sie nicht zufällig, ob diesen Monat erneut tausend Euro auf sein Konto gingen?«

»Doch, das weiß ich. Es ist kein Geld eingegangen«, antwortete Amparo. »Gestern habe ich meine Tochter zur Bank begleitet, und auf dem Konto ihres Vaters waren nicht mehr als hundert Euro. Somit hatte wohl niemand diese tausend Euro am Ersten überwiesen.«

Nun war Roncal der Überraschte. Die Tatsache der ausgebliebenen Zahlung konnte ja nur bedeuten, dass der unbekannte Gönner von David Rocaforts Tod wusste und es nicht mehr für nötig gehalten hatte, weiter zu überweisen. Und wer könnte besser über dessen Tod Bescheid wissen als der Mörder selbst?

»Danke für alles, Amparo«, sagte Roncal. »Wir bleiben in Kontakt.«

»Danke Ihnen, für Ihr Interesse an David.«

»Na, das ist mein Job.«

»Trotzdem. David klagte immer darüber, ein Niemand zu sein. Er würde sich freuen, dass es zumindest für Sie nicht so ist.«

Der Gedanke daran, dass der *Jakobswegmörder* nicht nur seine Opfer gekannt hatte, sondern auch noch mit ihnen zusammen damals auf dem Camino de Santiago gewesen war, nahm zunehmend Gestalt an. Vielleicht wären das Kreuz und der Stern auf den bei den Opfern hinterlassenen Karten nicht eine Unterschrift, sondern eine Hommage, eine Anspielung auf etwas gemeinsam Erlebtes oder einfach nur ein Ablenkungsmanöver.

Und nun sah er Gerardo Alonso nicht mehr nur als potenzielles Opfer, sondern als rationalen Verdächtigen, da er der Einzige auf dem Foto aus Astorga war, der noch am Leben war. Dennoch gab es noch weitere Verdächtige, angefangen bei der Person, die die Fotos geschossen hatte, wie es Amaya ganz richtig festgestellt hatte. Noch wusste Roncal nicht, wer der Fotograf gewesen sein könnte, der das Bild gemacht hatte, das im Zentrum der Ermittlungen stand. Unklar war auch, wer die Personen auf den zwei Fotos waren, die er im Haus Jiménez gefunden hatte, und wer sich auf einem von denen hinter der

Maske des Clowns versteckte. Dennoch gab es bei diesen Überlegungen noch einige Ungereimtheiten: Was für ein Motiv hätte der Mörder, alle diejenigen Personen umzubringen, die auf einem alten Foto zu sehen waren? Warum hatte der Täter alle auf den Jakobsweg zitiert, anstatt sie in den verschiedenen Winkeln Spaniens aufzusuchen und es den Ermittlern somit viel schwieriger zu machen, den einen Fall mit dem anderen in Verbindung zu bringen?

Roncal dachte über diese und weitere Fragen nach, als das Telefon ging. Es war Isabel Castilla, die Ehefrau und nun Witwe von Martín Calero aus Sevilla, die mit Fernández sprechen wollte.

»Ich bin Kommissar Roncal. Ich habe schon auf Ihren Anruf gewartet.«

Die Frau zögerte ein paar Sekunden, gehemmt davon, nicht mit der gewünschten Person zu reden. »Herr Fernández hatte mich angerufen und gebeten …«, fing sie an.

»Er hat in meinem Namen gehandelt«, unterbrach sie Roncal. »Sind Sie fündig geworden?«

»Ich habe einige Fotos gefunden, von denen ich annahm, sie seien auf dem Camino de Santiago entstanden. Aber wie sich dann herausstellte, waren sie von einer Reise, die ich mit meinem Mann nach Salamanca unternommen hatte.«

Daraufhin schwieg die Frau wieder, und Roncal spürte, dass ihr was auf der Seele brannte. »Hat Ihr Mann Ihnen denn erzählt, was vor zehn Jahren am Monte Irago passiert ist?«

Erneutes Schweigen, das Roncal hoffen ließ, sie könnte etwas wissen.

»Ist der Monte Irago in León?«, fragte schließlich die Frau.

»Ja.«

»Verflossenes Wasser rührt keine Mühle«, sagte sie. »Was macht es denn jetzt noch für einen Sinn, etwas herauszufinden, das vor zehn Jahren passiert ist?«

Wie mache ich der Frau klar, dass manchmal verflossenes Wasser eben doch noch eine Mühle bewegen kann?, dachte sich Roncal.

»Hat Ihnen Fernández von dem Foto berichtet, auf dem Ihr Mann mit vier anderen Männern und einer Frau zu sehen ist?«, fragte Roncal.

»Ja«, sagte sie, »er hat mir erzählt, alle von diesem Foto, bis auf einen, seien nun tot.«

»Ja, ermordet!«, ergänzte der Kommissar langsam und eindeutig, um die Wichtigkeit seines Anliegens zu unterstreichen.

»Sie haben aber doch den Mörder schon längst«, entgegnete die Frau.

»Nun, wir dachten, wir hätten ihn ... aber leider können wir uns nicht mehr sicher sein ...«, gab Roncal zu.

»Wollen Sie damit sagen ...«

»Ich will sagen, dass jede noch so unwichtige Kleinigkeit von großer Hilfe sein kann, den Mörder Ihres Mannes zu fassen. Somit werde ich Ihnen noch einmal die Frage von eben stellen: Hat Ihr Mann Ihnen gegenüber jemals erwähnt, was vor zehn Jahren am Monte Irago geschehen war?«

Und wieder entstand ein langes Schweigen am anderen Ende der Leitung, bis die Frau schließlich mit gebrochener Stimme antwortete: »Nein. Aber während einiger Monate hatte er schlimme Albträume. Durch die unzusammenhängenden Worte, die er immer wieder in seinen Träumen schrie, wusste ich, dass es etwas mit dem Jakobsweg zu tun hatte. Doch sooft ich ihn auch darauf angesprochen hatte, erhielt ich nie eine Antwort.«

»Warum fragten Sie mich dann zuvor, ob der Monte Irago in León sei?«

Die Frau seufzte. »Vor einiger Zeit wurden wir Augenzeugen eines schrecklichen Verbrechens auf offener Straße. Ein Mann mit einem Messer in der Hand stürzte sich auf eine

Frau und stach so lange auf sie ein, bis sie tot zusammensackte. Später erfuhren wir, dass er nicht darüber hinweggekommen war, dass sie ihn für einen anderen verlassen hatte. Wir konnten der Frau damals nicht helfen, aber dieses Bild von der Frau in der Blutlache nahm Martín ziemlich mit, und er erlitt eine Angstattacke. Später erzählte er mir, dass ihn dieses Bild der Frau an etwas erinnerte, was er in den Bergen von León gesehen hatte.« Sie machte eine Pause. »Ich weiß nicht, warum«, fuhr sie fort, »doch ich war mir sicher, es hing mit seinen Albträumen zusammen. Er wollte mir aber nicht mehr darüber sagen, und ich habe ihn auch nicht dazu gedrängt. Ist denn jemand am Monte Irago ums Leben gekommen?«, fragte sie.

»Ja«, antwortete Roncal. »Eine junge Frau.«

»Was ist passiert?«

»Das ist es, was ich versuche herauszufinden. Hat Ihr Mann jemals die Namen der Personen genannt, mit denen er damals auf dem Jakobsweg war?«

»Nein. Nie. Bis zu dieser Geschichte vor zehn Jahren war er geradezu besessen vom Camino de Santiago. Er ist jedes Jahr mindestens einmal dorthin. Aber da er dann nie wieder dort hingefahren ist, vermutete ich, dass etwas geschehen sein musste, was ihn sehr mitgenommen hatte.«

Roncal versprach ihr, sie anzurufen, sobald der Fall tatsächlich abgeschlossen war, und zufrieden darüber, mit ihr gesprochen zu haben, legte er auf. Er schaute auf seine Uhr und dachte an Amaya, die auf ihn wartete. Ihn überkam große Lust, alles stehen und liegen zu lassen und zu ihr zu fahren, aber zuvor musste er noch mit Gerardo Alonso sprechen. Erneut wählte er dessen Nummer.

Dieses Mal ertönte das Freizeichen, und nach nur wenigen Augenblicken vernahm er die lakonische Stimme des Politikers.

»Ja?«

»Hier spricht Kommissar Roncal. Wie geht es Ihnen?«

»Ah, Roncal!« Er schien überrascht. »Sie sind es! Was gibt's Neues?« Und noch bevor Roncal antworten konnte, sprach er weiter: »Wissen Sie, ich habe gerade an Sie gedacht.«

»Soll ich mich geschmeichelt fühlen?«, entgegnete Roncal spöttischer, als er es eigentlich wollte.

Gerardo Alonso ignorierte seinen Kommentar. »Ich habe viel über diese Geschichte nachgedacht und bin mir ziemlich sicher, dass Wissermann der Mörder sein muss. Es kann gar niemand anderes sein.«

»Wieso sind Sie sich da so sicher?«

»Fällt Ihnen denn nichts auf? Er war hinter all denen her, die auf dem Foto zu sehen sind, das ja auch er hatte. Und mit ziemlicher Wahrscheinlichkeit hatte er vor, auch mich um die Ecke zu bringen, bei unserer Verabredung in León.«

»Natürlich ist mir das seit Langem bewusst«, antwortete Roncal. »Dennoch bin ich mir nicht sicher, ob Wissermann der Mörder ist.«

Es entstand eine Grabesstille, die der Politiker nach einer Weile plötzlich mit rauer Stimme brach: »Aber Sie waren doch sicher, dass es er war …«

Roncal schwieg weiter, bis Gerardo Alonso fortfuhr: »Wer, glauben Sie dann, könnte der Mörder sein?«

Roncal wollte sich nicht auf das schlaue Spiel Alonsos einlassen und war keineswegs bereit, diese Frage zu beantworten. Stattdessen sagte er nur: »Das wollte ich nicht mit Ihnen erläutern.«

»Weshalb haben Sie dann angerufen?«

»Ich möchte über die Vergangenheit sprechen. Können Sie sich noch erinnern, wer das Foto gemacht hat, auf dem auch Sie zu sehen sind?«

Diese Frage überraschte Gerardo Alonso und brachte seine Selbstsicherheit ins Wanken. Er murmelte etwas und sagte anschließend: »Das weiß ich nicht. Ich habe Ihnen doch bereits gesagt, dass ich mich nicht an dieses Foto erinnern kann. Wie soll ich mich dann daran erinnern, wer es gemacht hat?«

»Und da gibt es noch etwas, was ich Sie bis jetzt noch nicht gefragt habe: Waren Sie damals allein oder mit Begleitung auf dem Jakobsweg?«

»Wenn ich mich recht entsinne, war ich dort mit einem Bekannten. Gustavo war, glaube ich sein Name, aber seinen Nachnamen weiß ich nicht mehr.«

»Könnte er das Gruppenfoto geschossen haben?« Roncal blieb hartnäckig.

»Kann sein«, gab Alonso an, »doch ich kann es nicht bezeugen. Wie gesagt, wir waren Bekannte, keine Freunde, und auf dem Weg macht halt jeder so sein Ding.« Nach einer kurzen Pause fügte er sarkastisch hinzu: »Wollen Sie etwa behaupten, er wäre der Mörder?«

Roncal wählte seine Worte sorgfältig und sprach langsam und eindringlich. »Jeder, der zu diesem Zeitpunkt dort war und der in irgendeiner Verbindung zur Gruppe steht, die auf dem Foto zu sehen ist, ist ein potenzieller Verdächtiger.«

Am anderen Ende der Leitung war das Lachen Gerardo Alonsos zu vernehmen. »Hahahahah … Wollen Sie damit etwa sagen, dass ich auch verdächtigt bin, mich selbst umbringen zu wollen?«

»Alles, was ich sagen will, ist, dass jeder Einzelne, der mit der Gruppe vom Foto in Verbindung steht, verdächtig ist.«

Beide schwiegen wieder, bis Alonso mit seinem ihm eigenen zynischen Tonfall sagte: »Jetzt, wo ich nicht mehr ein potenzielles Opfer, sondern ein potenzieller Täter bin, könnten Sie ja den Polizeischutz wieder aufheben.«

»Oh nein, Herr Alonso. Ich könnte mir niemals verzeihen, wenn Ihnen etwas durch eine Nachlässigkeit meinerseits zustoßen würde.«

»Verstehe schon«, entgegnete der Politiker knapp. »Gut, Herr Kommissar, wir bleiben in Kontakt.«

»Ja, das will ich doch hoffen«, sagte Roncal und legte auf.

Anschließend atmete er tief durch. Aber wenigstens war das Gespräch nicht ganz so angespannt verlaufen, wie er befürchtet hatte. Wie lang würde der Politiker brauchen, um den Minister zu kontaktieren? Bald würde er es wissen. Roncal blickte erneut auf seine Uhr. Es war bereits fast zweiundzwanzig Uhr, und das Bild einer wartenden Amaya ließ Schuldgefühle in ihm aufsteigen. Er wählte ihre Nummer und musste insgeheim lächeln, als sie nach nur einem Bruchteil einer Sekunde abhob. Das zeugte ja davon, wie sehr sie auf seinen Anruf gewartet hatte.

»Hallo du!«, sagte Amaya, wissend, wer der nächtliche Anrufer war.

»Ich schulde dir eine Wiedergutmachung«, entgegnete Roncal.

»Nein, nein.«

»Ich lade dich zum Essen ein, du darfst dir aussuchen, wo.«

»Ich habe bereits etwas gekocht«, sagte sie. »Komm her, ich warte auf dich.«

»Bin gleich da«, erwiderte er und hängte den Hörer auf.

Zwar hatte er den ganzen Schreibtisch voll geöffneter Akten, aber weder Zeit noch Lust, sie aufzuräumen. An der Tür drehte er sich noch einmal um, warf einen letzten Blick auf das Chaos, machte das Licht aus und schloss die Tür hinter sich.

* * *

Amaya überraschte ihn mit einem Picknick. Sie hatte eine karierte Decke auf dem Teppichboden ausgebreitet, auf der hart gekochte Eier und Sandwiches darauf warteten, verspeist zu werden, sowie zwei Gläser Rotwein. Roncal und Amaya ließen sich auf der Decke nieder, um das Picknick nachzuholen, wofür die Zeit in Undués de Lerda nicht mehr gereicht hatte. Als Hintergrundmusik erklang leider kein Vogelgezwitscher, wie es eigentlich angebracht wäre, dafür aber die melodische Stimme von Ella Fitzgerald.

Zwischen den Bissen sprachen sie über Musik, dann über Literatur – Roncal war ein großer Fan amerikanischer Krimis – und anschließend über Filme.

Als sie fertig mit Essen waren, faltete Amaya die Decke wieder zusammen, aber beide blieben weiterhin mit ihren Weingläsern auf dem Boden sitzen. Amaya kam auf seinen Fall zu sprechen und fragte, ob er etwas Neues gefunden habe, was ihm in seinen Ermittlungen helfe.

Roncal seufzte und leerte sein Glas in einem Zug. Dieses Mal hatte er keine Lust, über seine Arbeit zu reden. Den ganzen Nachmittag lang hatte er das Gefühl, dass sein Gehirn von den Geistern der Verstorbenen in Beschlag genommen war, die alle gleichzeitig auf ihn einredeten. Er fühlte sich ausgelaugt und müde davon und wollte die Geister einmal zum Schweigen bringen und sich nur um sich selbst kümmern. Mit dem Gedanken stand er auf und sagte: »Ich glaube, ich mache mir mal einen Gin Tonic. Möchtest du auch einen?«

»Nein danke«, entgegnete sie. »Ich denke, mir reicht der Wein.«

Roncal betrat die Küche und ließ die Tür offen.

Amaya, die auf dem Boden sitzen geblieben war, hörte, wie er die Eiswürfel in das Glas gab, das Geräusch, wie der Gin darüberfloss, und das Zischen des Tonicwaters. »Wusstest du, dass Gerardo Alonso eine Webseite hat?«

Das war eine Neuigkeit für Roncal, der überhaupt noch nicht auf die Idee gekommen war. Schließlich hatte kein normaler Mensch eine Webseite, aber Gerardo Alonso war ja kein Normalbürger, er war Politiker.

»Ich nehme an, das ist üblich für einen Politiker, oder?«, rief Roncal aus der Küche.

»Wie kamst du denn darauf, ihn zu suchen?«

»Mir war langweilig«, antwortete Amaya.

»Und was schreibt der Herr Politiker so?«, fragte Roncal, als er mit dem Glas Gin Tonic in der Hand ins Wohnzimmer zurückkam. Er stieg aus den Schuhen und legte sich wieder zu Amaya auf den Boden.

»Besser, du schaust es dir selbst an«, sagte Amaya und erhob sich, um ihr Notebook zu suchen.

»Neeeeinn«, beschwerte sich Roncal. »Bitte quäl mich jetzt nicht damit.«

Amaya ging lachend weg und kam nach einer Minute mit ihrem Notebook in der Hand zurück.

Sie setzte sich zu Roncal, nahm ihr Notebook auf den Schoß und schaltete es an. Roncal blieb nichts anderes übrig, als sich aufzurichten.

Auf dem Bildschirm erschien eine Webseite mit der Überschrift: *Homepage von Gerardo Alonso* und einem Porträtfoto von ihm. Darunter vier Links, die betitelt waren mit: *Interessen, Politischer Werdegang, Pressestimmen, Fotogalerie.*

»Nicht schlecht!«, rief Roncal spöttisch aus. »Es scheint, Alonso schreibt sogar Artikel.«

»Ich muss dich warnen«, sagte Amaya, »ein paar von den Artikeln, die ich gelesen habe, sind gar nicht mal so übel.«

»Daran habe ich keinen Zweifel«, brummte Roncal und legte seinen Arm um sie. »Aber ich werde keine Minute dieses wunderbaren Abends an ihn verschwenden.« Doch dann kam ihm eine Idee. »Und die Fotos? Meinst du, es könnte eines geben vom Jakobsweg damals?«

Amaya klickte mit der Maus auf den Link *Fotogalerie*, und auf dem Bildschirm erschien eine Liste kleiner Fotos von Gerardo Alonso mit verschiedenen Personen oder bei öffentlichen Auftritten. Auf allen Bildern zeigte sich ein immer lächelnder Alonso – beinahe schon euphorisch.

»Er befindet sich eindeutig im Wahlkampf«, sagte Amaya. »Aber du musst dir seine Interessen ansehen«, fügte sie hinzu und klickte auf den entsprechenden Link. Dort gab es wieder eine Liste von Unterpunkten, die man jeweils auswählen konnte. Über allem stand eine generelle Einleitung: *Ich mache immer das, was getan werden muss, und glücklicherweise stimmt es meist mit dem überein, was ich auch wirklich machen will.*

»Dieser verflixte Kerl hat aber auch ein Glück...«, murmelte Roncal sarkastisch, und Amaya las vor: *Ich habe viele Interessen, doch meine ganze Liebe gehört natürlich der Politik, die mehr ist als nur ein Interesse. Ich würde sagen, es ist schon eher eine Berufung. Ich bin bereits in der Politik tätig, seit ich mit holden sechzehn Jahren in die Jugendorganisation der Partei eingetreten war...*

Danach folgten die einzelnen Hobbys. Das Erste war *Literatur*, und der Politiker schrieb über sich selbst: *Ich bin ein leidenschaftlicher Leser, und es vergeht eigentlich kein Tag, an dem ich nicht wenigstens ein paar Seiten in einem der Bücher, die ich immer bei mir habe, lese. Momentan lese ich erneut ein Buch, das mich bereits vor vielen Jahren schon beeindruckt hat:* Hundert Jahre Einsamkeit *von García Márquez. Zu meinen Lieblingsschriftstellern gehören José Saramago, Benetti und Borges.*

Sein Musikgeschmack war ziemlich umfangreich von Mozart bis Prince und U2.

Beim nächsten Unterpunkt, *Theater*, las Amaya wieder alles vor, was dort stand: *Kinofilme sind etwas Wunderbares, aber nichts kommt an das klassische Theater heran. Das mag vielleicht auch damit zusammenhängen, dass ich in meiner Studentenzeit als Schauspieler im Theater der Universität tätig war. Somit ist für mich das Theater eine der höchsten Ausdrucksformen...*

Roncals Körper spannte sich deutlich an, als er ausrief: »Was? Gerardo Alonso war Schauspieler?«

Amaya konnte den plötzlichen Stimmungswechsel Roncals nicht nachvollziehen. »In gewisser Weise ist er es ja heute noch. Ich habe immer das Gefühl, dass Politiker einem auswendig gelernten Drehbuch folgen, wenn sie öffentlich auftreten.«

»Gerardo Alonso war Schauspieler?«, beharrte Roncal auf seiner Frage.

»Ja. Hier steht es doch«, antwortete Amaya und zeigte mit dem Finger auf den Bildschirm. »Er war während seiner Studienzeit Schauspieler am Universitätstheater.«

Roncal sprang nervös auf die Füße. Die Gedanken überschlugen sich geradewegs in seinem Kopf, dass es schon fast wehtat. »Oh Mann!«, rief er bestürzt aus.

Amaya stand ebenfalls auf, konnte aber immer noch nicht ganz folgen. »Was ist denn los?«

»Ein Zeuge hat mir erzählt, er hätte einen Mann in Roncesvalles gesehen, der der Mörder sein könnte. Dieser Mann war perfekt verkleidet. Wie ein Schauspieler! Verstehst du?« Nervös lief Roncal mit großen Schritten durch das Wohnzimmer. »Jetzt passt alles zusammen!«, murmelte er.

»Und was willst du jetzt machen?«, fragte sie.

Diese Frage erwischte Roncal wie ein eiskalter Wasserstrahl, und er blieb auf der Stelle stehen. Was kann ich jetzt machen?, fragte er sich. Nichts. Er könnte niemanden ohne handfeste Beweise für vier Morde verantwortlich machen. Und schon zweimal nicht, wenn es sich um einen Politiker handelt. Geschlagen ließ er sich aufs Sofa fallen.

Amaya brachte ihm seinen Gin Tonic, den er auf dem Boden stehen gelassen hatte, setzte sich neben ihn und legte ihren Kopf auf seine Schulter. Er umarmte sie, schloss die Augen und schwieg. Er brauchte Ruhe und war sich sicher, dass ihm morgen etwas einfallen würde.

12. April
Madrid

Es war bereits zwölf Uhr mittags, als Roncal sein Auto in der Nähe des Hauses von Tomás Sánchez, dem ersten Opfer des *Jakobswegmörders*, parkte. Nach einer sozusagen schlaflosen Nacht war er von Zaragoza aus in den Morgenstunden aufgebrochen.

Um den Plan, den er sich zurechtgesponnen hatte, in die Realität umzusetzen, benötigte er die Unterstützung von Eva María Ortega. Er hatte sie bei der Hälfte des Weges angerufen und sie darum gebeten, sich mit ihm zu treffen. Ihre Neugierde war geweckt, und sie schlug vor, sich in einem Café in der Nähe ihres Hauses zu treffen.

Als Roncal das Café betrat, winkte Eva María Ortega ihm von einem Fensterplatz zu. Er ging zu ihr hin, und nach den für Spanien üblichen zwei gehauchten Wangenküssen setzte er sich ihr gegenüber.

Nachdem sie beim Kellner zwei Café con leche bestellt hatten, sagte er zu ihr: »Ich nehme an, Sie wundern sich wahrscheinlich, warum ich Sie heute um ein Treffen gebeten habe.«

Eva María nahm an, es handelte sich um die Sache mit den alten Fotos. »Ich habe bereits gestern dem Mann am Telefon gesagt...«

»Polizist Fernández«, stellte Roncal richtig.

»Ja. Ich habe ihm gesagt, dass ich mir absolut sicher bin, dass Tomás keine Fotos zu Hause von seiner Wanderung damals auf dem Jakobsweg aufbewahrt hatte.«

»Nein, nein. Mein Anliegen ist anderer Natur«, sagte Roncal. »Obwohl ich ein paar Fotos mitgebracht habe, die ich Ihnen gerne zeigen würde.«

Aus einem Briefumschlag, den er in der Hand hielt, holte er ein Foto hervor und legte es vor ihr auf den Tisch.

»Wer ist das?«, fragte Eva María Ortega mit Blick auf das Bild.

»Die junge Frau hieß Kristin Wissermann«, erklärte Roncal.

»Und der hier?«

»Beachten Sie bitte seinen Blick, seine Augen…«, bat sie Roncal, und sie tat, wie ihr geheißen.

Es handelte sich hierbei um das Foto, das er im Hause Jiménez gefunden hatte, auf dem ein Clown so tut, als würde er weinen, während Kristin Zwiebeln schält.

Nach einem Augenblick zog Roncal auch die anderen Fotografien aus dem Umschlag und legte sie eine nach der anderen vor ihr auf den Tisch. Dieses Mal waren es Fotos von Gerardo Alonso, die Roncal noch in seiner schlaflosen Nacht von dessen Webseite ausgedruckt hatte.

»Kennen Sie ihn?«

»Nein.«

Der Kellner erschien an ihrer Seite und stellte die Milchkaffees an den Rand des Tisches, darauf bedacht, nicht die Fotos zu bekleckern, und zog dann wieder von dannen.

»Das ist ein Politiker mit dem Namen Gerardo Alonso«, sagte Roncal. »Dieser war vor zehn Jahren mit Tomás auf dem Camino de Santiago.«

Sie schaute ihn nun neugierig an.

»Ich habe allen Grund, anzunehmen, dass er…«

»… der Mörder ist?«, unterbrach ihn Eva ungeduldig.

Roncal nickte. »Aber ich kann es leider noch nicht beweisen«, sagte er. »Deshalb bin ich hier. Ich bräuchte Ihre Hilfe.«

Sie blickte auf und sah ihm in die Augen, und es schien, als würde sie ihn mit ihrem Blick durchbohren. Der Gedanke an die Stricknadel in Tomás' Herz ließ sie vor Panik zittern. »Wie kann ich Ihnen helfen?«

»Als ich mich vor ein paar Tagen daran erinnerte, was Sie mir erzählt haben über den Abend, an dem Sie in Saint-Jean-

Pied-de-Port essen waren; also, wie Tomás jemanden im Fenster gesehen hatte und dass ihm der Blick dieser Person Angst eingejagt hatte, da kam mir eine Idee.«

»Ja, ich erinnere mich. Aber ich verstehe nicht ganz, wie ich Ihnen helfen kann.«

Roncal machte eine Pause. Ihm war bewusst, dass das, um was er sie bitten würde, gefährlich war, und er machte sich auf eine mögliche Ablehnung von ihr gefasst. Schließlich sagte er: »Sie müssten ihn davon überzeugen, dass Sie ihn ebenfalls gesehen und wiedererkannt hätten.«

Erneutes Schweigen machte sich breit. Sie schluckte schwer, und Roncal war sich sicher, sie würde Nein sagen, da sie sich der Gefährlichkeit dieses Spiels durchaus bewusst war.

»Ihre Idee besteht also darin, mich als Köder zu verwenden?«, fragte sie, um sich zu vergewissern, es richtig verstanden zu haben.

»So ist es«, antwortete Roncal.

»Dieser Mann hat bereits vier Menschen getötet«, sagte sie aufgelöst. »Er würde doch keinen Augenblick zögern, mich zum fünften Opfer zu machen, wenn er sich bedrängt fühlt.«

»Ich weiß …«, gestand Roncal.

Eva María Ortega dachte noch ein Weilchen darüber nach. »Einverstanden. Ich mache es«, stimmte sie dann aber entschlossen zu.

Es kam Roncal vor, als ob schlagartig aus ihrem Blick die Angst gewichen wäre. »Da wäre noch etwas. Diese Angelegenheit muss unter uns bleiben. Niemand sonst darf davon erfahren«, schärfte der Kommissar ihr ein.

»Moment mal … Ich habe keinen Polizeischutz bei der Sache?«, folgerte sie besorgt.

»Außer mir, nein. Doch ich werde Sie beschützen.«

Die junge Frau schüttelte den Kopf. »Das kapiere ich jetzt aber nicht.«

»Denken Sie um die Ecke, dann verstehen Sie es«, entgegnete Roncal. »Wie ich ja bereits kurz erwähnt habe, ist er ein Politiker, sogar gerade im Wahlkampf. Er hat so seine Beziehungen. Niemand darf davon Wind bekommen, dass Sie nur als Lockvogel dienen, sonst wird er nicht in die Falle gehen.«

Sie nickte. »Wie lautet der Plan?«

Erleichtert stieß Roncal einen Seufzer aus. Die nächsten eineinhalb Stunden brachte er damit zu, Eva María Ortega den Plan zu erläutern, den er vergangene Nacht ausgearbeitet hatte, um den *Jakobswegmörder* zu überführen.

* * *

An diesem Nachmittag, auf dem Rückweg nach Zaragoza, ging er beim Büro seines Vorgesetzten Hauptkommissar Quiñones vorbei. Denn dieser würde selbst an einem Samstag nicht vor dem frühen Abend Feierabend machen, und als Roncal ihm dann gegenüberstand, sah er ihn kalt an.

»Irgendwelche Neuigkeiten, Roncal?«, fragte er unfreundlich.

»Können Sie sich noch an die Verlobte von Tomás Sánchez erinnern? Tomás Sánchez, der in Saint-Jean-Pied-de-Port ermordet wurde?«

Hauptkommissar Quiñones antwortete auf diese Frage mit einer Geste, die zweierlei Bedeutung haben könnte: Entweder erinnerte er sich nicht, oder es war ihm egal, und er wollte, dass Roncal zum Punkt käme.

»Sie war bei ihm, als er ermordet wurde«, erklärte Roncal »Und das hatte sie sehr mitgenommen. Die französische Polizei hatte sie gleich nach dem Mord befragt…«

»Ah ja, ich erinnere mich!«, rief Quiñones aus. »Diese Frau, ja ja… ich erinnere mich.«

»Also, die französische Polizei hatte sie vernommen«, wiederholte Roncal, »und nur wenig später dann wir, doch keiner bekam etwas aus ihr heraus. Es schien, als hätte sie bei dieser Geschichte eine kleine Amnesie erlitten. Sie konnte sich wohl einfach nicht mehr an Dinge erinnern, die in dieser Nacht geschehen waren. Kann ja vorkommen bei traumatischen Erlebnissen. Aber gerade vorhin hat sie mich angerufen...«

Das Gesicht Quiñones erhellte sich bei dieser Nachricht. »Ausgezeichnet!«, freute er sich.

»Das will ich wohl meinen«, sagte Roncal.

»Kann sie ihn identifizieren?«

»Ja.«

»Die Frau ist aus Madrid, nicht?«, fragte Quiñones plötzlich.

»Ja.«

»Und warum sind Sie dann, bitte schön, nicht schon längst auf dem Weg dorthin?«, hielt Quiñones ihm vor. »Dieser Fall muss immer noch schnellstmöglich abgeschlossen werden.«

»Sie hat mich um ein Treffen morgen Nachmittag in Burgos gebeten.«

»In Burgos? Warum zum Teufel in Burgos? Und warum morgen Nachmittag?«

»Das weiß ich nicht, Herr Hauptkommissar. Ich kann Ihnen nur mitteilen, was die Frau mir gesagt hat, und das ist, dass sie eine Reise in den Norden Spaniens unternimmt und morgen gegen siebzehn Uhr an der Plaza Santa María in Burgos sein wird. Dort will sie mir dann sagen, wer der Mörder ist.«

»Wie, wer der Mörder ist?«, wiederholte Quiñones Roncals Worte, denn das, was er erwartete, war eine Aussage, die bezeugte, dass sich Roncal in der Wiederaufnahme des Falles geirrt hatte. »Wollen Sie mir etwa sagen, dass diese Frau, genau wie Sie, nicht glaubt, dass Klaus Wissermann der Mörder ist?«

»Ich weiß es nicht, Herr Hauptkommissar. Das Einzige,

was ich weiß, ist das, was die Frau gesagt hat, und wir, wenn ich sie morgen treffe und sie hoffentlich den Täter identifizieren kann, endlich Gewissheit haben werden.«

»Na gut, Roncal. Halten Sie mich bitte auf dem Laufenden«, brummelte der Hauptkommissar, überzeugt davon, die Unterredung sei beendet.

Bevor Roncal das Büro verließ, hörte er Quiñones noch vor sich hin murmeln: »Ausgerechnet in Burgos!«, und sah, wie er den Telefonhörer abnahm.

Nachdem er die Tür hinter sich zugezogen hatte, war er überzeugt, dass sein Vorgesetzter genau in diesem Augenblick versuchte, den Minister zu erreichen, um ihm mitzuteilen, dass ein Augenzeuge aufgetaucht war und der Fall nun wirklich bald zu den Akten gelegt werden könnte.

Der Plan war ins Rollen gebracht worden, und jetzt hieß es abwarten. Vor ein paar Stunden, nach seiner Rückkehr von Madrid, hatte Roncal Fernández über den Plan, den er mit Eva María Ortega ausgetüftelt hatte, informiert und ihn um Mithilfe gebeten.

»Ist das nicht viel zu gefährlich?«, hatte Fernández gefragt, als er über das Vorhaben im Bilde war. Er schien nicht sonderlich überzeugt und zudem noch besorgt, hatte aber dennoch Kommissar Roncal seine Hilfe zugesichert.

»Deshalb brauche ich Sie«, hatte Roncal gesagt. »Mich kennt der Verdächtige schon, jedoch Sie, Sie kennt er nicht. Morgen werden Sie Eva Marías Schutzengel spielen müssen.«

»Trotzdem wird es nicht weniger gefährlich sein«, beharrte Fernández auf seinem Standpunkt. »Wenn dieser Mann, wie Sie sagen, Schauspieler war und sich wahrscheinlich morgen verkleiden wird, um die Frau zu töten, wie soll ich ihn dann erkennen, wenn er angreift?«

»Sie ist sich des Risikos bewusst«, entgegnete Roncal trocken, »und sie nimmt es auf sich. Somit gibt's eigentlich nichts weiter zu besprechen, außer, dass wir Himmel und Hölle bewegen müssen, damit ihr kein Haar gekrümmt wird.«

Fernández nickte und fragte bloß: »Um wie viel Uhr fahren wir nach Burgos?«

»Ich hole Sie morgen um Punkt neun zu Hause ab.«

»In Ordnung«, sagte Fernández. »Und was machen Sie jetzt noch?«

»Ich gehe jetzt noch bei Quiñones vorbei. Man muss ja die Angel richtig auswerfen, damit der Fisch auch anbeißt. Gehen Sie nach Hause, und ruhen Sie sich aus«, empfahl er ihm.

Fernández verabschiedete sich, und Roncal schlenderte in Ruhe in Richtung von Quiñones' Büro, um ihn über die großartigen Neuigkeiten zu informieren. Danach ging er hoch in sein Apartment. Es war Samstag, und Amaya wartete bestimmt schon auf seinen Anruf, aber er konnte sich nicht dazu durchringen. Zuerst brauchte er einen Gin Tonic, und anschließend nahm er in seinem Sessel Platz, um sich sein Lieblingsgetränk genüsslich auf der Zunge zergehen zu lassen.

Zur gleichen Zeit unterhielt der Minister ein freundschaftliches Gespräch mit dem Abgeordneten Alonso. Sie kannten sich bereits seit vielen Jahren, und ihn pünktlich über all das zu unterrichten, was ihm wichtig vorkam, fiel unter die sogenannte *parlamentarische Höflichkeit.* Nachdem er ihn also darüber informiert hatte, dass sich die Zeugin Eva María Ortega an einige wesentliche Details erinnert hatte, sagte er: »Bald haben wir alle endlich Ruhe von dieser schrecklichen Sache.«

»Das hoffe ich, Herr Minister«, entgegnete Alonso. »An was kann sich die Frau denn wieder erinnern?«, fragte er interessiert.

»Das Gesicht des Mörders.«

»Sind Sie sich sicher?«, wollte Alonso nach ein paar Sekunden wissen. »Ich dachte, sie hätte geschlafen, als man ihren

Verlobten ermordete. Wie konnte sie dann bitte den Mörder gesehen haben?«

»Ich weiß es nicht, Alonso«, sagte der Minister. »Quiñones hat irgendwas von einem Restaurant erzählt oder so. Er hat wohl noch keine Einzelheiten. Aber morgen werden wir schließlich Genaueres wissen.«

»Warum morgen?«

»Es scheint, Sie will nur mit diesem Ermittler der Guardia Civil sprechen, der den Fall so stümperhaft geleitet hat. Stellen Sie sich vor, sie sind hier in Burgos verabredet. Um fünf am Nachmittag.«

»Aber wohnt die Frau denn nicht in Madrid?«

»Soweit ich weiß, war sie gerade im Norden, und auf dem Rückweg kommt sie halt hier in Burgos vorbei. Das Wichtige ist doch, dass endlich mal jemand den *Jakobswegmörder* identifizieren kann.«

»Ja, und dass dieser Albtraum ein für alle Mal ein Ende hat«, erwiderte Alonso.

»Na, ich wusste doch, dass Ihnen diese Nachricht gefällt«, sagte der Minister daraufhin, zufrieden mit sich selbst. »Darum habe ich angerufen.«

»Sie können sich nicht vorstellen, wie dankbar ich Ihnen dafür bin.«

»Kein Problem. Ich habe nichts gemacht, das Sie nicht auch für mich tun würden.«

KAPITEL XIII

13. April
Burgos

Der Tag erwachte unter wolkenlosem Himmel. Das wäre der perfekte Tag für einen Angelausflug zum Stausee Yesa, dachte sich Roncal. Durch eine logische Verknüpfung der Synapsen ließ ihn die Erinnerung an Yesa an Undués denken und damit automatisch an die schönen, romantischen Tage, die er dort mit Amaya verbracht hatte. Amaya... Er schaute auf seine Uhr, in der Hoffnung, noch ein paar Minuten herausschlagen zu können, um sie zu besuchen. Schuldgefühle kamen in ihm hoch, da er sie am gestrigen Abend nicht mehr angerufen hatte, doch er war in seinem Sessel vom Schlaf übermannt worden. Als er heute Morgen kurz nach sechs erwachte, mit einem riesigen Schädel und trockenem Mund, überfiel ihn eine Welle des Brechreizes. Aus dieser Misere konnten ihn nur ein doppelter Espresso und zwanzig Minuten unter der kalten Dusche befreien. Nun war es zwanzig vor neun, und er lag gerade noch in der Zeit, um pünktlich bei Fernández aufzutauchen. Er dachte darüber nach, Amaya anzurufen, aber hatte keine Lust auf lange Erklärungen, die sie bestimmt fordern würde. Daher schrieb er ihr nur folgende SMS: *Ich bin auf dem Weg nach Burgos. Ruf dich später an. Obwohl es manchmal nicht so scheint, liebe ich dich!* Das erledigt, schwang er sich in sein Auto und machte sich auf den Weg zum Haus des Polizisten Fernández.

Es war Sonntag, und zu dieser Uhrzeit waren kaum Fahrzeuge unterwegs. Roncal fuhr langsam und genoss den Anblick der ausgestorbenen Hauptverkehrsader. Dennoch erreichte er seinen Zielort früher als gedacht. Die imposante, massige Gestalt von Fernández erwartete ihn auf dem Bürgersteig. Roncal hatte das Gefühl, die Person, die dort mit einer Jutetasche in der einen und mit der anderen freien Hand winkend stand, sei jemand vollkommen Unbekanntes. Bis ihm plötzlich auffiel, dass es das erste Mal für ihn war, Fernández in Zivil zu sehen. Es erschien Roncal derart auffällig, dass er sich dachte: Oh, mein Gott. Alle Welt wird sofort merken, dass er ein Polizist ist.

Als er am Straßenrand hielt, stieg Fernández zu und murmelte: »Guten Morgen, Herr Kommissar.«

Während der ersten Kilometer sprachen sie beide kaum etwas. Roncal war vertieft in die Details seines Planes und Fernández, eher pragmatisch veranlagt, wie er den *Jakobswegmörder* erkennen würde.

»Herr Kommissar, mit Verlaub, aber was ist, wenn Gerardo Alonso nicht der Mörder ist?«, fragte Fernández.

»Es kann nur er sein«, entgegnete Roncal, ohne den Blick von der Straße zu nehmen.

»Was macht Sie da so sicher?«

Zum ersten Mal fühlte er Unsicherheit in sich aufsteigen, eine leichte Angst, schon wieder danebenzuliegen, dennoch sagte er voller Überzeugung: »Er ist der Einzige, der alle Opfer gekannt hatte.«

»Aber Klaus Wissermann hatte die Namen und Adressen aller und hätte genauso gut mit ihnen in Kontakt treten und sie zu einem Ort am Jakobsweg bestellen können, um sie dort dann um die Ecke zu bringen. Außerdem hatte er den Vorteil, dass er sie erkennen würde, aber sie ihn nicht«, gab Fernández zu bedenken.

Roncal dachte einen Augenblick über das Gesagte nach, bevor er antwortete. »Wissermann war gewiss ein verletzter Mann, der auf Rache schwor. Doch wäre er es gewesen, hätte er bestimmt gewollt, dass seine Opfer wissen, warum er sie umbrachte. Wissermann hätte sich niemals hinter einer Maskerade versteckt.«

»Ja, aber er hatte ein Motiv: sich an den Personen zu rächen, die er für den Tod seiner Tochter verantwortlich machte. Gerardo Alonso hat doch kein Motiv.«

»Nur weil wir noch kein Motiv kennen, heißt das ja noch lange nicht, dass es keines gibt.«

»Das mag sein, aber es gibt ein kleines, unumstößliches Detail...«, beharrte Fernández.

»Welches?«

»Ab dem dritten Mord wurde Gerardo Alonso rund um die Uhr von einer Einheit der Guardia Civil bewacht. Das bedeutet, er konnte eigentlich keinen Schritt tun, ohne dass es denen aufgefallen wäre.«

»Das stimmt, und ich bin mir sicher, die Kollegen haben ihre Arbeit auch gut gemacht. Aber es gibt einen Umstand, den Sie nicht vergessen sollten: das Vertrauen. Diese Einheit hatte den Auftrag, Gerardo Alonso zu beschützen. Wenn Gerardo Alonso also ein Hotel oder irgendein anderes Haus, das als gesichert angesehen wurde, betrat, wartete die Polizeieinheit an der Eingangstür, bis er wieder herauskam. Bis Gerardo Alonso«, sagte er und betonte den Namen des Politikers, »wieder herauskam. Wenn also ein Mann mit langen Haaren und Vollbart das Haus betrat und wieder verließ, dann ging das wohl gänzlich an den Männern der Guardia Civil vorbei, denn das war ja nicht ihre Zielperson.«

»Das kann schon sein«, räumte Fernández ein, »aber doch sind es nur Mutmaßungen.«

Roncal schwieg auf diese Feststellung der Tatsachen hin

253

und versuchte, an etwas anderes zu denken. Er war sich vollkommen im Klaren darüber, dass er alles auf eine Karte setzte. Wenn sein Plan funktionieren sollte und er den *Jakobswegmörder* fassen würde, wäre er so etwas wie ein Held bei der Kriminalpolizei – obwohl er dies natürlich nicht anstrebte –, sollte er allerdings falsch liegen... Wenn herauskäme, dass er seinen Vorgesetzten hintergangen hatte – und, noch schlimmer, den Minister –, indem er eine plötzliche Erinnerung Eva María Ortegas erfunden hatte, würde er nicht nur seine ganzen Privilegien als bester Ermittler seiner Einheit verlieren, sondern sogar einer Suspendierung ins Auge sehen müssen. Wäre es das alles wert, nur um den wirklichen Mörder zu finden?, fragte sich Roncal. Er war sich nicht sicher. Worüber er jedoch keinen Zweifel hegte, war seine Verpflichtung, alles in seiner Macht Stehende zu tun, um den Mörder vier unschuldiger Personen hinter Gitter zu bringen.

Gegen Mittag hatten sie Burgos erreicht, und die erste Entscheidung, die getroffen werden musste, war, wo sie parken sollten. Aber eigentlich musste er nicht lange überlegen, denn es gab nur eine Möglichkeit: so weit weg wie möglich vom Hotel *Puerta de Burgos*, in dem Gerardo Alonso immer abstieg, wenn er in der Stadt war. Somit beschlossen sie, das Auto beim königlichen Kloster *Monasterio de Las Huelgas* zu lassen.

»Was machen wir jetzt?«, wollte Fernández wissen.

»Warten Sie hier«, sagte Roncal, ohne auf seine Frage einzugehen, schwang sich aus dem Auto und entfernte sich ein paar Meter.

Zwei Telefonanrufe mussten getätigt werden. Der Erste galt Amaya, die sofort ranging.

»Wie geht es dir?«, fragte Roncal gleich, als er ihre Stimme hörte.

»Gut«, antwortete sie mit müder Stimme. »Und dir?«

»Gestern Abend bin ich hoch in mein Apartment, um

mich kurz zu erholen, und bin dabei eingeschlafen. Es tut mir leid«, entschuldigte er sich.

»Mach dir keinen Kopf. Ich versteh schon. Ich weiß ja, dass du gerade viel um die Ohren hast. Bist du in Burgos?«

»Ja, wir sind eben angekommen.«

»Weißt du schon, wann du zurückkommst?«

»Morgen.«

»Ruf mich bitte an, wenn du wieder da bist, okay?«

»Das werde ich.«

Im zweiten Telefonat galt es herauszufinden, ob Gerardo Alonso auch die richtigen Informationen erhalten hatte.

Er wählte eine Nummer und ließ es so lange klingeln, bis er schon fast wieder auflegen wollte, als sich doch noch die Stimme des Abgeordneten meldete: »Ja, bitte?«

»Hallo, hier ist Kommissar Roncal.«

Gerardo Alonso wirkte überrascht, wahrscheinlich war Roncal die letzte Person, mit der er gerade gerechnet hatte, und er brauchte einen Augenblick, um zu reagieren. »Ah! Wie geht es Ihnen, Herr Kommissar?«

Roncal entging nicht, dass Alonso dieses Mal das höfliche Begrüßungsritual ausgelassen hatte.

»Gut, danke. Ich wollte Sie nur wissen lassen, dass ich heute in Burgos sein werde.«

»Ja, weiß ich. Der Minister hat mich gestern angerufen, scheint, es gibt einen neuen Zeugen oder so was, richtig?«

»Ganz genau«, antwortete Roncal.

»Wollten Sie sich heute etwa mit mir treffen?«, fragte er, und Roncal kam es vor, als hätte er eine Beunruhigung in dessen Stimme ausmachen können.

»Nein, tut mir leid. Ich werde leider keine Zeit haben. Ich treffe mich um siebzehn Uhr mit der Zeugin auf der Plaza de Santa María, vor der Kathedrale, und so wie es aussieht, werde ich mich dort schon verspäten.«

»Sie haben mich gerade auf dem Weg ins Restaurant erwischt. Ich habe ein Mittagessen mit ein paar Industriellen außerhalb von Burgos … Sie wissen ja …«

»Ja«, unterbrach ihn Roncal, »verstehe, der Wahlkampf. Ich wollte Ihnen auch nur Bescheid geben, dass wir heute Abend so oder so endlich den Fall *Jakobswegmörder* ad acta legen können. Somit werde ich heute Abend Anweisungen geben, damit der Polizeischutz wieder aufgehoben wird.«

»Danke, Herr Kommissar«, sagte der Politiker.

»Keine Ursache.«

Nachdem Roncal das Gespräch beendet hatte, ging er wieder zurück zum Auto, wo ihn Fernández stoisch erwartete. Zum ersten Mal, seit er seinen Plan ausgearbeitet hatte, war er richtig aufgeregt. Alle Räder der Mühle fingen langsam an, perfekt ineinanderzugreifen. Jetzt hieß es nur noch abwarten. Er beugte sich zum Beifahrerfenster und fragte: »Haben Sie Lust, etwas essen zu gehen?«

Fernández schaute auf seine Uhr – es war halb eins – und streichelte über seinen riesigen Bauch. »Ich habe immer Lust zu essen, Herr Kommissar.«

»Na dann, lass uns gehen«, sagte Roncal. »Besser jetzt als später mit vollem Bauch zu unserem Treffen zu müssen.«

Fernández stieg aus dem Auto, und sie gingen zu einer Bar, die zwei Häuserblocks entfernt lag. Sie bestellten ein paar Tapas und für jeden ein Bier. Danach gab es auf die Empfehlung Roncals hin noch zwei kräftige Kaffees. »Um auch wirklich aufgeweckt zu sein«, merkte er an.

Als sie fertig waren, war er es gerade erst halb drei. Alonso wäre noch bei seinem Geschäftsessen, und somit würden sie kein Risiko eingehen, von ihm zusammen gesehen zu werden. Daher beschlossen sie, sich die angrenzenden Seitenstraßen der Kathedrale genau anzusehen und die kommende Performance schon mal durchzuspielen.

»Es ist wichtig, dass er Eva María nicht zu nahe kommt, damit ihr nichts geschieht«, sagte Roncal von der obersten Stufe der Treppe, die zur Plaza de Santa María führte.

»Aber was passiert, wenn ich ihn nicht erkenne und er sie angreift?«, fragte Fernández erneut, als ob diese Möglichkeit seine größte Sorge wäre.

»Jetzt seien Sie doch nicht so ein Pessimist, Fernández«, tadelte ihn Roncal. »Wenn wir annehmen, dass er genauso vorgeht wie die letzten Male, dann hat er längeres Haar und einen Vollbart und vielleicht auch noch ein bisschen Schminke im Gesicht.«

»Wenn er aber doch davon ausgehen kann, dass die Frau ihn damals in dieser Verkleidung gesehen hat, wird er dieses Mal doch mit Sicherheit eine andere wählen.«

»Aber Sie sind ja in der Nähe und noch dazu aufmerksam. Sobald sich ihr jemand nähert, dann halten Sie ihn auf, egal, wer es ist.«

»Und wo werden Sie sein?«

»Auf der Plaza del Rey San Fernando, beim Torbogen«, antwortete Roncal und zeigte mit dem Finger in die Richtung. »Beim kleinsten Mucks renne ich zur Plaza Santa María, und in weniger als dreißig Sekunden bin ich bei Ihnen und der Frau.«

»Und wenn er versucht, abzuhauen?«

»Das kann er nur über die Straße Santa Águeda«, sagte Roncal und deutete auf das Ende der Treppe, »und dann läuft er mir geradewegs in die Arme.«

Sie gingen gemeinsam die Treppenstufen hinunter, die Roncal als Schauplatz ausgesucht hatte. Obwohl sie sich inmitten der Stadt befanden, waren nur wenige Menschen unterwegs. Als Fernández ihn darauf ansprach, entgegnete Roncal, er habe genau deshalb diesen Tag und diese Uhrzeit gewählt, um menschliche Hindernisse zu umgehen, die diese Operation gefährden könnten.

»Wollen Sie nicht mal Eva María anrufen?«, wollte Fernández plötzlich wissen.

Roncal wunderte sich nicht darüber, dass Fernández gerade jetzt an Eva María Ortega dachte. Auch er hatte bereits überlegt, sich bei ihr zu melden. Die Angst, sie könnte doch noch im letzten Moment einen Rückzieher machen, oder von ihr zu hören, dass sie nicht nach Burgos oder nicht aus ihrem Hotel kommen würde, hatte ihn jedoch bisher davon abgehalten. »Ja, ich habe auch gerade daran gedacht, sie anzurufen«, log er.

Aber es half ja nichts. Er musste sein Handy zücken und Eva María anrufen; und er war natürlich auch ein bisschen neugierig.

»Hallo, Herr Kommissar«, meldete sie sich.

Roncal konnte einen Erleichterungsseufzer nicht unterdrücken, als er ihre Stimme hörte: Sie würde da sein. »Wo sind Sie gerade?«

»Am Bahnhof. Ich bin eben angekommen.«

Roncal blickte auf seine Uhr. Es war erst kurz vor vier. »Sehr gut«, sagte er. »Gehen Sie einen Kaffee trinken, und um halb fünf nehmen Sie ein Taxi zur Straße Fernán Gonzáles, bei der Kathedrale. Dort sehen Sie eine Treppe, die hinab zur Plaza de Santa María führt. Gehen Sie diese langsam und sehr wachsam hinunter. Mich werden Sie nicht sehen, da ich mich verstecken werde, aber es wird jemand in Ihrer Nähe sein, der jeden Ihrer Schritte überwacht. An dieser Treppe wird der Mann Sie …« – er wollte angreifen sagen, hielt sich jedoch im letzten Moment zurück; er wollte sie nicht noch mehr verängstigen – »… an Sie herantreten. Wenn es so weit ist, schreien Sie einfach und rennen los; rennen Sie, so schnell Sie können. Und machen Sie sich keine Sorgen, denken Sie immer daran, dass wir da sind, um Sie zu beschützen.«

Eva María Ortega war angespannt und atmete schwer und nervös ein und aus. Nach einer langen Pause fragte sie: »Noch etwas?«

»Nein. Bleibt nur noch, viel Glück zu wünschen.«

»Wenn dieses Arschloch wirklich meinen Tomás auf dem Gewissen hat, dann werden wir ihn kriegen!«, sagte sie bestimmt. »Wir sehen uns, wenn alles vorbei ist.«

»Worauf Sie sich verlassen können«, versprach Roncal und legte auf.

»So sei es«, sagte Roncal und zitierte den Spruch Cäsars, als dieser den Rubikon überquerte: »*Alea iacta est.* Die Würfel sind gefallen, jetzt liegt alles in Gottes Hand.«

»Oder in der des Teufels…«, murmelte Fernández, während er seinen Blick auf die Kirchturmspitzen richtete.

Sie besprachen ein paar letzte Details, und dann positionierte sich Fernández bei der Straße Fernán Gonzáles, in der Nähe der Treppe, und wartete auf die Ankunft Eva María Ortegas. Roncal hingegen überquerte den Platz und ging zum Ufer des Flusses Arlanzón, um Zeit zu schinden.

Es war zehn vor fünf, als ein Taxi auf der Höhe der Treppenstufen hielt. Aus diesem stieg Eva María Ortega. Alle Muskeln von Fernández waren zum Bersten gespannt, und er näherte sich, sodass er nur noch circa zehn Schritte von ihr entfernt war. Sie blieb kurz auf der höchsten Stufe stehen und blickte hinunter. Die Treppe war vollkommen leer, und nur ein paar wenige Menschen überquerten zu diesem Zeitpunkt den Platz. Die Kathedrale von Burgos, mit ihren Türmen, die aussahen wie geschmückte Weihnachtsbäume, erhob sich imposant vor ihr. Sie zögerte einen Augenblick, und Fernández befürchtete, sie würde kehrtmachen.

Sie fragte sich, wo ihr von Kommissar Roncal zugesicherter Personenschutz war. Da war niemand auf der Treppe, der ihr im Notfall helfen konnte. Dann drehte sie ihren Kopf nach rechts, und für den Bruchteil einer Sekunde kreuzte sich ihr Blick mit dem von Fernández, und da wusste sie, dass sie nicht allein war. Ganz langsam und mit allen Sinnen konzentriert auf ihre Umgebung, begann sie, die Treppe hinunterzugehen. Plötzlich rannte ein Mann im Jogginganzug über die Plaza San Fernando, streifte den Vorplatz der Kirche, überquerte die Plaza de Santa María und hechtete mit großen Schritten die Treppe hoch.

Eva María Ortega blieb wie angewurzelt mitten auf der Treppe stehen, als sie den rennenden Mann sah. Fernández griff instinktiv in seine rechte Jackentasche und umklammerte seine kleine Neun-Millimeter-Kahr-Pistole. Der Mann im Jogginganzug, mit dunklen Sonnengläsern, langer blonder Mähne und einem blauen Stirnband, kam bis auf Höhe Eva Marías, aber beachtete sie mit keinem Blick und rannte weiter, bis er aus ihrem Blickfeld verschwand. Fernández atmete schwer durch und blickte auch nicht auf, als der Jogger, ohne langsamer zu werden, auch an ihm vorbeirannte.

Als Eva María wieder ruhiger geworden war, setzte sie ihren Weg die Treppe hinunter fort. Gerade bei der letzten Treppenstufe angekommen, kam vollkommen unerwartet und plötzlich der Jogger von kurz zuvor wieder um die Ecke geschossen und rannte sie dieses Mal einfach um.

Alles passierte so schnell, dass Fernández diese Szene nur wie vernebelt sah. Der Mann im Jogginganzug, der eben noch uninteressiert an Eva und ihm vorbeigerannt war, stand nun neben der am Boden liegenden Frau, die Hilfe suchend einen Arm hochstreckte.

Der Mann im Jogginganzug streckte ebenfalls seinen Arm nach ihr aus, aber nicht um ihr zu helfen. In seiner Hand glänzte ein kleines Messer, ein Stilett, das geradewegs auf ihr Herz gerichtet war. Sie reagierte rasch und fing den Stoß mit ihrer Handtasche ab, die sie mit aller Wucht nach oben riss. Der Angreifer taumelte etwas nach hinten, genau so weit, dass sie ihm einen kräftigen Tritt in die Hoden verpasste, sodass er rückwärts hinfiel. Genau in diesem Moment warf sich Fernández auf ihn, versuchte, ihn handlungsunfähig zu machen, und rief: »Laufen Sie! Los!«

Während sich Eva schwerfällig erhob, sah sie die zwei Männer neben sich kämpfen. Sie erblickte das Stilett, das ihr bestimmt war, und musste mit ansehen, wie es sich in Fernández' Brust bohrte. Endlich begann sie instinktiv, so laut sie konnte, zu schreien, rannte zum Tor der Santa María und schrie immer wieder: »Hilfe! Er ist es! Hilfe!«

Der Mann im Joggingoutfit zog das Stilett aus Fernández' Brust und stürmte der Frau hinterher. Roncal lief ihr bereits entgegen, als er sah, dass sie von einem bewaffneten Mann verfolgt wurde. Er griff zu seiner Dienstwaffe und zielte mit beiden Händen auf den Mann, doch Eva hatte Roncal mittlerweile erreicht und umarmte ihn, Schutz suchend, was es ihm unmöglich machte, zu schießen. Der Mann nutzte den Moment, um in Richtung Kathedrale zu fliehen, und rannte durch den Haupteingang hinein, mit der Absicht, an einem Seitenausgang wieder hinauszulaufen.

Roncal hielt Eva bei den Schultern, vergewisserte sich, dass sie nicht verletzt war, und lief zu Fernández, der am Boden lag. Er beugte sich über ihn, und als er dessen Brust berührte, fühlte er, wie seine Hand nass wurde – sah das Blut, das aus der Wunde hervorsprudelte. Ein Tuch aus seiner Hosentasche musste als Erste Hilfe dienen, und er drückte es fest auf die Wunde. Eva María stand neben ihm, atmete schwer und war offensichtlich kurz vor einem Kreislaufzusammenbruch.

»Rufen Sie sofort die Polizei, und sie sollen einen Krankenwagen schicken!«, rief er ihr zu.

Sie suchte in ihrer Tasche das Mobiltelefon und wählte eine Nummer. Währenddessen schnappte Roncal ihre andere Hand und zog somit Eva María zu sich herunter, bis sie neben ihm in der Hocke war. Er legte ihre Hand auf das bereits blutdurchtränkte Tuch und sagte: »Drücken Sie, so fest Sie können, bis der Krankenwagen kommt.«

Danach rannte er dem Angreifer hinterher und geradewegs in die Kathedrale. Es schien, er kam genau im richtigen Moment, um sehen zu können, wie der Mann erfolglos versuchte, die Seitentür zu öffnen, die sich aber beharrlich weigerte.

Er drehte sich um und sah Roncal, der im Torbogen des Haupteingangs stand. Ihm blieb nichts anderes übrig, als in Richtung der Kirchtürme zu stürmen. Eine kleine, schwere Tür versperrte ihm den Weg, er drückte dagegen, sie öffnete sich und gab den Weg auf eine steile, enge Holztreppe frei, die er hochstürmte. Hinter ihm Roncal, der ihn bis zum zweiten Teil des Kirchturms verfolgte, dann überquerten sie eine Galerie, die von Statuen der ersten Könige des Königreichs Kastilien flankiert war. Von dort gelangten sie auf eine Metallplattform, an der die vier riesigen Kirchturmglocken befestigt waren. Hier war Endstation, es gab keinen Ausweg mehr, und Roncal blieb mit gezogener Waffe an der Tür stehen.

»Das Spiel ist aus, Herr Abgeordneter«, sagte er, ohne die Waffe zu senken.

Gerardo Alonso warf das blutverschmierte Messer auf den Boden, setzte sich und lehnte sich mit dem Rücken an die grobe Steinmauer. Er nahm die Brille und die Perücke ab. »Sie haben gewonnen, Roncal«, sagte er gelangweilt und nannte ihn wieder beim Nachnamen.

Roncal ließ seine Waffe sinken, bewegte sich aber nicht von seinem Platz weg. Mit beschwichtigendem Tonfall, den er schon einmal bei ihm angewandt hatte, fragte er ihn: »Warum?«

»Wissen Sie das denn nicht?«, entgegnete Alonso skeptisch. Um seine Mundwinkel spielte ein abwertender Gesichtszug.

»Kristin Wissermann«, sagte Roncal.

»Volltreffer!«, rief er schwach aus, schloss die Augen und lehnte seinen Kopf gegen die Wand.

262

»Was ist mit Kristin Wissermann geschehen?«, fragte Roncal und ergänzte: »Haben Sie sie auch umgebracht?«

Gerardo Alonso schüttelte leicht den Kopf.

»Stimmt es dann, dass sie sich selbst das Leben genommen hat?«

Wieder schüttelte er leicht den Kopf. »Es war ein Unfall.«

»Das nehm ich Ihnen nicht ab«, entgegnete Roncal. »Wenn es ein Unfall gewesen sein soll, warum haben Sie es nicht der Guardia Civil gemeldet?«

Gerardo Alonso schnalzte mit der Zunge und schaute Kommissar Roncal streng an. Er brauchte lange, um zu antworten. »Kristin war ein Flittchen«, sagte er abfällig. »Sie war mit Tomás und auch mit David im Bett, und dann stellte sie sich bei mir quer.«

»Und Sie akzeptierten kein Nein als Antwort.«

»Ich bin eben ein wahrheitsliebender Mensch«, erwiderte Alonso, als würde das sein Verhalten rechtfertigen.

»Was genau war in Manjarín passiert? Sind Sie als Gruppe unterwegs gewesen?«

»Ja.«

»Wer alles?«

»Außer Kristin und mir waren noch José Luís, Aitor, David, Tomás und Martín dabei.«

»Aitor?«, wiederholte Roncal. »Wer ist Aitor?« Wahrscheinlich der sechste Mann, den Amaya vermutet hatte.

»Er war ein Freund von mir aus der Theatergruppe der Uni. Wir waren gemeinsam zum Jakobsweg aufgebrochen, auf dem wir dann alle anderen kennengelernt hatten. Wir waren gerade den Monte Irago abgestiegen, als ich Aitor sah, wie er Kristin küsste. Das hat mich wütend gemacht. Diese Schlampe war bereit, sich von allen vögeln zu lassen, nur mit mir wollte sie nicht.«

»Was haben Sie dann getan?«

»Ich habe ihr eine runtergehauen. Das hat sie verdient.«

Roncal hatte das Gefühl, ihm alles aus der Nase ziehen zu müssen. Dennoch wäre es die Gelegenheit, Gerardo Alonso ein Geständnis zu entlocken, jetzt, wo er so gedemütigt und niedergeschlagen war. Er war sich sicher, wenn sich dessen Psyche wieder erholt hätte, wäre die Version seiner Taten eine radikal andere. Daher insistierte Roncal: »Und danach?«

»Dann habe ich versucht, sie zu küssen, aber das Luder hat mir einfach ins Gesicht gespuckt.«

»Und da haben Sie sie erneut geschlagen.«

»Ja.«

»Haben Sie sie vergewaltigt?«, fragte Roncal geradeheraus.

Gerardo Alonso blickte ihn böse an, und anstatt auf seine Frage einzugehen, sagte er: »Sie rannte den Berg hinauf. Rannte wie eine Bekloppte.«

»Wo waren Sie und die anderen?«

»Wir sind ihr hinterher. Ich habe Ihnen ja gesagt, sie ist wie eine Irre gerannt. Plötzlich hörten wir einen Schrei, und als wir ankamen, sahen wir sie dort liegen, tot.«

»Was taten Sie dann?«

»Was sollen wir schon getan haben? Sie war tot!«

»Warum haben Sie nicht die Polizei gerufen oder einen Krankenwagen?«

»Das wollten wir ja, aber José Luís sagte, er wolle von dem allem nichts wissen. Das würde uns nur Scherereien einbringen, und außerdem könnten wir ja auch wirklich nichts machen. Wir besprachen uns und beschlossen, jeder seines Weges zu gehen.«

Roncal erinnerte sich an die Akte, in der stand, dass Tomás Sánchez bei seiner Ankunft in Ponferrada Kristin als vermisst gemeldet hatte.

»Aber Tomás hat sich schuldig gefühlt, nicht?«, fragte Roncal.

Gerardo Alonso blickte ihn überrascht an. »Ja, der Depp ist zur Guardia Civil mit was weiß ich für einer Story. Fast hätte das unseren Kopf gekostet.«

»Wissen Sie was?«, sagte Roncal. »Sie können mir nichts vormachen. Sie haben sie vergewaltigt, und alle anderen waren Komplizen.«

Gerardo Alonso schwieg.

»Und fast seid ihr glimpflich aus der Sache rausgekommen«, sagte Roncal in verachtungsvollem Tonfall. »Was war dann der Auslöser für die vier Todesfälle in den letzten Wochen?«

»Sechs Jahre lang habe ich nichts von der Gruppe gehört, aber dann plötzlich, als ich vor vier Jahren zum Abgeordneten von Burgos gewählt wurde, erhielt ich einen Anruf von David Rocafort...«

»Er fing an, Sie zu erpressen?«

»Mehr oder weniger. Er sagte, es würde einen schönen Skandal geben, wenn jemand davon Wind bekäme, was damals am Monte Irago passiert war, und dass er kein Geld zum Leben habe...«

»Also waren Sie es, der ihm monatlich tausend Euro überwies.«

»Ja, das war ich. Und wir hätten noch lange Zeit so weitermachen können, aber vor einigen Monaten musste ich ja mit ein paar Industriellen nach Hannover auf die Messe fahren.«

»Und Klaus Wissermann erkannte Sie auf einem Foto in der Zeitung.«

»So ist es. Er kam in mein Hotel und zeigte mir das Foto, das Sie ja bereits kennen. Ich konnte mich nicht einmal an die Existenz dieses Fotos erinnern... Es war vor dem Kreuz Santo Toribio in der Nähe von Astorga aufgenommen worden. Da waren sie wieder, die Gesichter, die ich schon fast vergessen hatte. Es war, als würden mich die Geister der Vergangenheit einholen. Mein Gott... als ich das Foto sah, dachte ich, mir würde der Boden unter den Füßen weggezogen. Wenn ich die Zeit zurückdrehen könnte, würde ich alles anders machen«, klagte Alonso. »Wissermann hat mir erzählt, er hätte einen Privatdetektiv engagiert, um die restlichen Männer vom Foto ausfindig zu machen. Er wollte mit ihnen reden, jedem Einzelnen von ihnen. Er wollte die Wahrheit. Mir fiel auf, dass dieser Mann dabei war, den Verstand zu verlieren; wie besessen von dem Gedanken an seine Tochter und überzeugt davon, dass es kein Selbstmord war.«

»Und das stellte für Sie ein großes Risiko dar«, brachte es Roncal auf den Punkt.

Gerardo Alonso stand schwerfällig auf, was Roncal in Alarmbereitschaft versetzte. Warum ist die verflixte Polizei immer noch nicht da?, fragte er sich, obwohl es eigentlich so besser war, denn wenn die Polizei erst einmal hier wäre, dann würde Alonso mit Sicherheit seinen Redefluss unterbrechen. Schließlich war das, was er gerade ablieferte, kein bewusstes Geständnis. In diesem Moment sprach er nicht mit einem Polizisten, sondern einfach nur mit Roncal, mit dem Mann, der ihn besiegt hatte. Und sich alles von der Seele zu sprechen war nun mal der Tribut, den er zu zahlen hatte. Daher war Roncal überzeugt, dass, sobald seine Kollegen in Uniform auftauchten, sich dieser gebrochene Mann, den er gerade vor sich hatte, wieder zum stolzen und überheblichen Abgeordneten von Burgos wandeln würde. Einer, der es gewohnt war, die Menschen um sich herum zu manipulieren, wie es ihm gerade gefiel.

»Selbstverständlich durfte Wissermann auf gar keinen Fall mit jemandem von der Gruppe sprechen, denn einer von ihnen, Tomás oder David, könnte ins Plaudern geraten, und ich musste unbedingt verhindern, dass diese Angelegenheit ans Licht kommt. Da kam mir die Idee, wie ich zwei Fliegen mit einer Klappe schlagen könnte.«

»Meinen Sie die Erpressung, die David Ihnen aufgezwungen hatte?«

»Ja klar. Das Geld war mir egal, aber David war ein armer Mann, ein Mann, der sich benahm wie ein sechzehnjähriger pubertierender Teenager. Außerdem nahm er Drogen… Es wäre nur eine Frage der Zeit, bis er auspacken würde.«

»Und wie haben Sie es dann angestellt?«

»Das war einfach. Ich bat Wissermann, mir zu sagen, wann er mit dem Camino de Santiago beginnen wollte. Zudem machte er es mir noch leichter, indem er mich bat, ihn ab León nach Manjarín zu begleiten… Als er mir ein paar Monate später das genaue Datum geschrieben hatte, habe ich meine alten Freunde einen nach dem anderen zum Jakobsweg zitiert.«

»Was haben Sie denen denn gesagt, nach so vielen Jahren, um sie davon zu überzeugen, Sie auf dem Jakobsweg zu treffen?«

»Die Wahrheit«, antwortete Alonso. »Dass der Vater Kristins uns ausfindig gemacht hat und mit uns über den Tod seiner Tochter sprechen wollte.«

»Und niemandem kam es komisch vor, dass Sie mit ihnen ausgerechnet auf dem Jakobsweg reden wollten?«

»Anfangs schon, denn keiner von denen wollte kommen, aber als ich sie vor die Wahl stellte, ob sie Wissermann lieber auf dem Jakobsweg oder bei sich zu Hause sehen wollten, entschieden sich alle für den Jakobsweg.«

Roncal fühlte sich schlecht angesichts der Kühle, mit der Alonso über die Männer sprach, die er eiskalt ermordet hatte.

»Sie hatten alles bis ins Detail durchgeplant, nicht wahr?«, fragte er angewidert. »Wo und wie Sie jeden Einzelnen von ihren alten Freunden umbringen werden und dass sie Klaus Wissermann die Schuld in die Schuhe schieben wollen.«

Gerardo Alonso zog die Augenbrauen zusammen, als ob er nicht wüsste, wovon Roncal sprach. »Ich wollte das alles nicht tun«, sagte Alonso, als ob dieser Satz ein Freischein wäre und ihn von seinen Sünden reinwaschen würde.

Aber Roncal waren dessen Gewissensbisse ziemlich gleichgültig. Er wollte nur endlich die fehlenden Puzzleteile des Falles an ihrem Platz wissen.

»Und diese Karten, mit diesem kreuzähnlichen Dreizack und dem Stern, haben die eine Bedeutung gehabt, oder wollten Sie mich bloß verwirren?«

Ein hämisches Grinsen zierte Alonsos Gesicht, während er Roncal schief anblickte. Roncal war sicher, diese Frage bliebe unbeantwortet, und er würde ihn absichtlich hinhalten. Dennoch bekam er eine Antwort.

»Es war für sie.«

»Für Kristin?«

»Ja. Sie hatte so ein Kreuz in Puente la Reina gesehen, damals.«

Beinahe hätte Roncal geantwortet: Ja, ich habe es auch schon gesehen, aber er schwieg lieber und ließ sein Gegenüber weiterreden.

»Es war ein mittelalterliches Kreuz, und jemand hatte ihr erzählt, es sei mit ein paar Pilgern aus Deutschland gekommen, die es dann in dieser Kirche am Jakobsweg gelassen hätten. Das hatte sie damals sehr berührt, und ihr gefiel es, dass auch die Deutschen irgendwie am Geist des Jakobswegs mitgewirkt hatten und somit auch ein Teil des Ganzen waren.«

Sie schauten sich in die Augen und schwiegen eine Weile.

»Und der Stern?«, fragte Roncal schließlich.

»Der Stern ist der Weg. Haben Sie jemals die Milchstraße gesehen?«

Roncal antwortete nicht.

»Der Stern ist der Weg«, wiederholte Alonso, »der nach Compostela führt, zum Campo de Estrellas, also Sternenfeld.«

»Scheint ja, Sie sind ein richtiger Poet«, sagte Roncal mit Ironie im Unterton.

Alonso erwiderte nichts darauf.

»Wie war Ihr Verhältnis zu Kristin? Haben Sie sie geliebt?«

Diese Frage überraschte Alonso. »Ich glaubte, sie würde mich mögen. Aber eines Tages musste ich feststellen, dass ich keinen besonderen Platz in ihrem Leben einnahm«, antwortete er monoton.

»Und deshalb haben Sie sie umgebracht?«

Wieder schwieg Alonso. Und plötzlich sagte er: »José Luís Jiménez.«

»Was ist mit ihm?«

»Dieser dumme Angsthase zwang mich, bis nach Zaragoza zu fahren, um ihn aus dem Weg zu räumen.«

»Wissen Sie, warum er nicht zum vereinbarten Treffpunkt erschienen war?«, fragte Roncal.

»Nein«, antwortete Alonso lustlos.

»Er hatte in der Zeitung vom Mord an David Rocafort gelesen.«

Gerardo Alonso brach in lautes Gelächter aus.

»Er wusste, dass Sie der Mörder sind«, fuhr Roncal fort. »Was ich allerdings nicht verstehe, ist, warum er es nicht der Polizei gemeldet hat, um wenigstens ein paar Leben zu retten.«

»Da irren Sie sich«, entgegnete ihm Alonso mit erneut ironischem Grinsen im Gesicht. »Er war davon überzeugt, dass der Mord Davids auf das Konto von Kristins Vater ging. Das hat er mir selbst gesagt, als ich ihn auf der Plaza in Zaragoza getroffen habe. Dieser arme Dummkopf.«

»Sie sagten, es gebe eine weitere Person: Aitor. Was wurde aus ihm? Ist er auch tot?«

Anscheinend überraschte diese Frage Alonso, und jeglicher Respekt vor dem Kommissar schien sich aufgrund einer so törichten Frage vor dessen Augen in Rauch aufzulösen. »Aitor ist nicht auf dem Foto.«

»Und Sie haben all diese vier Morde nur begangen, um zu verhindern, dass jemand herausfinden könnte, dass ein Mädchen, das Sie vor zehn Jahren bedrängt haben, anschließend bei einem Unfall ums Leben kam?«

Roncal erhielt einen Blick, der ihn erschauern ließ.

»Die Leute mögen mich, und dieses Jahr werde ich noch um einiges mehr Stimmen bekommen als noch vor vier Jahren. Sie können das nicht verstehen, aber… ich möchte meine Wähler nicht enttäuschen.«

Drei Polizisten mit gezogenen Waffen stürmten den Schauplatz. Ein kurzer Moment der Unsicherheit entstand, als sie sahen, wie der Kommissar mit dem Mörder sprach, ohne seine Waffe in der Hand zu halten. Die Polizisten warteten auf eine Anweisung Roncals, schließlich hatte er den Verbrecher auch gestellt.

Gerardo Alonso blickte sie an, als wären sie Abschaum, und realisierte dann, dass er nun wirklich verloren hatte. »Ich will sofort mit dem Minister reden! Ich bin ein Abgeordneter dieses Landes und verlange, sofort mit dem Minister zu sprechen!«, brüllte er.

Einen Augenblick lang schien es Roncal so, als ob der Politiker in einem Anfall von Stolz von der Plattform zu den Kirchenglocken in die Tiefe springen würde. Aber es gehörte schon einiges an Mut dazu, sich das Leben zu nehmen. Wenn Roncal in diesem Moment Gefühle für Gerardo Alonso gehegt hatte, so war es reine Verachtung. Ohne ihn noch einmal anzublicken, winkte er den Polizisten. »Nehmt ihn fest.«

Roncal wollte nicht einmal mehr die Festnahme sehen. Es interessierte ihn einfach nicht. Er machte auf dem Absatz kehrt, ging wieder zurück an der Galerie der Statuen vorbei und nahm die enge Wendeltreppe zurück in das Mittelschiff der

Kirche. Als er die Plaza del Rey San Fernando betrat, schien die Sonne so hell, dass er seine Augen für einen Moment zukneifen musste. Nachdem er sich an das gleißende Licht des Tages gewöhnt hatte, blickte er sich nach Eva María und seinem Kollegen Fernández um, aber alles, was man sehen konnte, waren ein paar Polizisten und Polizeiautos.

Da er Fernández zuletzt am Boden in einer großen Blutlache liegen gesehen hatte, lief er zu einem Polizisten, der am Eingangstor der Kirche stand. »Wo ist mein verletzter Kollege?«

»Den haben sie ins Krankenhaus gebracht.«

»Und die Frau?«

»Die ist mit ihm im Krankenwagen gefahren.«

»Danke«, sagte Roncal und ging zum Torbogen Arco de Santa María, um ebenfalls ein Taxi ins Krankenhaus zu nehmen. Während er in die Richtung lief, hörte er hinter seinem Rücken die durchdringende Stimme des Politikers, der immer noch lauthals forderte, mit dem Minister telefonieren zu dürfen.

Er ging durch den Torbogen hindurch und hielt das erstbeste Taxi an, das vorbeifuhr, und nur wenige Minuten später war er im Krankenhaus. Fernández' Verletzung war glücklicherweise nicht lebensbedrohlich, dennoch befand er sich beim Eintreffen des Kommissars noch im Operationssaal, und Roncal war gezwungen, zu warten. Im Wartezimmer der Notaufnahme fand er Eva María.

Ohne ein Wort zu verlieren, setzte er sich zu ihr, und sie fragte ihn: »War das der Mörder?«

»Ja«, antwortete Roncal.

Eva stieß erleichtert einen Seufzer aus. »Ich würde nur noch gerne wissen, warum mein Tomás sterben musste.«

Roncal wollte ihr nicht sagen, dass er wahrscheinlich der Komplize der Vergewaltigung Kristins war. Zumal er kein Wort von dem vermeintlichen Unfall der Deutschen geglaubt hatte, wie ihm Gerardo Alonso weismachen wollte. Und selbst wenn Tomás von dem Status eines armen Opfers ebenfalls zu einem Verbrecher würde, so beschloss Roncal doch, dass niemand mehr leiden sollte in dieser Geschichte.

»Tomás wusste etwas über Gerardo Alonso, und wahrscheinlich wollte er ihn anzeigen. Deshalb hat Alonso ihn umgebracht.«

Eva María liefen die Tränen über die Wangen. »Tomás konnte Ungerechtigkeit nicht ertragen«, sagte sie. »Ich bin so stolz auf ihn.«

Roncal nahm eine Hand der Frau und streichelte sie. Ihr kullerten weiter die Tränen die Wangen hinunter, und sie legte ihren Kopf auf die Schulter Roncals.

* * *

Roncal beschloss, in Burgos zu bleiben, bis sein treuer Mitstreiter Fernández wieder auf dem Wege der Besserung war. Am Montagmorgen war dieser schließlich ansprechbar. Ein paar Stunden zuvor hatte Roncal Eva María Ortega endlich dazu bewegen können, ein Taxi zum Bahnhof zu nehmen, sodass sie nach Madrid zurückkehren konnte.

Obwohl Fernández noch nicht fit genug war, um eine lange Unterhaltung zu führen, jedoch bereits wieder verstand, was um ihn herum geschah, war das Erste, was Roncal zu ihm sagte: »Dieser Drecksack wollte Sie umbringen. Lieber Freund, dass Sie mir nicht noch mal in so eine Situation kommen.«

Fernández wollte antworten, konnte sich aber nur ein zufriedenes Lächeln abringen und schlief wieder ein.

Roncal blieb noch ein paar Stunden an dessen Bett sitzen, bis dieser wieder aufwachte. Er wiederholte seinen Satz von zuvor, und dieses Mal antwortete ihm Fernández: »Das ist nun mal die Kehrseite unseres Berufs. Damit müssen wir leben, Herr Kommissar.«

»Ich habe Ihre Frau bisher nicht angerufen, da ich sie nicht beunruhigen wollte. Ich dachte, das machen Sie besser persönlich, wenn Sie wieder bei Bewusstsein sind.«

»Danke, das war eine gute Entscheidung«, sagte Fernández und schaute auf sein Nachttischchen. »Wo ist ein Telefon?«

Roncal öffnete die Schublade, in der die persönlichen Dinge des Polizisten lagen, und reichte ihm sein Mobiltelefon. Anschließend verließ er das Zimmer, um ihn in Ruhe mit seiner Frau reden zu lassen.

Er ging zu einem Kaffeeautomaten, der auf dem Gang stand, und warf ein paar Münzen ein.

Mit seinem Getränk in der Hand, das sie wohl fälschlicherweise Kaffee nannten, lief er durch die Gänge und holte sich die Unterhaltung mit Quiñones wieder ins Gedächtnis.

Als er ihm gestern Abend von der Festnahme Gerardo Alonsos berichtet hatte, war am anderen Ende der Leitung ein langes Schweigen entstanden. Es war eine dieser seltenen Situationen, in der Roncal alles dafür gegeben hätte, das Gesicht seines Gesprächspartners sehen zu können. Mit einem Grinsen fragte er: »Sind Sie noch dran, Herr Kriminalhauptkommissar?«

»Ja, bin ich«, sagte er. »Ich gehe doch davon aus, dass Sie einen vernünftigen Grund für die Festnahme des Abgeordneten Gerardo Alonso haben?«

»Den handfestesten Beweis, Herr Hauptkommissar: ein umfangreiches Geständnis aus seinem Mund.« Roncal musste sich auf die Zunge beißen, um nicht in sarkastischem Tonfall hinzuzufügen: Haben Sie nicht schon mit dem Minister gesprochen, Herr Kommissar. Das machen Sie doch sonst so gern.

Das hätte zwar Roncals Stolz geschmeichelt, wäre aber nicht besonders intelligent gewesen. Daher schwieg er lieber.

»Ich möchte schnellstmöglich einen detaillierten Bericht auf meinem Schreibtisch, Herr Kommissar!«, hatte ihm sein Vorgesetzter in rauem Ton befohlen.

»Ja, Herr Hauptkommissar. Morgen wird er auf Ihrem Tisch liegen.«

Roncal nahm einen letzten Schluck von seinem Kaffee und blickte auf seine Armbanduhr. Es war neun Uhr. Sein Kollege hatte nun wahrscheinlich genug Zeit gehabt, seiner Frau die Situation zu erklären und sie zu beruhigen. Daher ging er zurück in Fernández' Zimmer und verabschiedete sich von ihm, um schnellstmöglich nach Zaragoza zurückzukehren. Er war gespannt darauf, das Gesicht seines Vorgesetzten zu sehen, wenn er ihm den endgültigen Abschlussbericht des Falles vorlegte.

Kapitel XIV

20. April
Undués de Lerda

»Er hat angebissen!«, rief Amaya begeistert aus, als sie sah, wie sich der Schwimmer an der Angel heftig hin und her bewegte.

Roncal, der neben ihr auf einer Decke vor sich hin döste, stützte sich träge auf einen Arm, um sich ein wenig aufzurichten. Neben ihnen standen noch die Überreste des Essens, eine leere Weinflasche und zwei leere Gläser. Er musste über den Anblick Amayas, die nicht wusste, was sie nun tun sollte, lachen.

»Hol die Schnur ein«, sagte er zwischen weiteren Lachern.

Amaya versuchte ihr Bestes, aber der Fisch schien stärker als sie zu sein. »Ich schaffe es nicht«, beschwerte sie sich.

In diesem Moment erschien der Fisch auf der Wasseroberfläche des Stausees, tauchte wieder unter und zog dabei mit aller Gewalt an der Angel. Es war ein riesiger Barsch, und Roncal war mit einem Satz auf den Beinen. Mit aller Kraft packte er die Angel, als Amaya fast dabei war, ins Wasser zu fallen.

»Ich glaube, hier hat eher der Fisch dich an der Angel als du den Fisch«, sagte er zu ihr.

Amaya musste lachen und ließ los. Während der nächsten zehn Minuten kämpfte der Fisch mit Roncal um sein Überleben, aber gab dann ganz plötzlich auf. Er ließ sich an Land ziehen, und auf einem Stein liegend bewegte er die Lippen noch ein paarmal auf und zu, bevor er endgültig besiegt war.

Roncal war so stolz auf seinen Fang, dass er einen Jubelschrei ausstieß.

Amaya lachte erneut. »Und in jedem Mann steckt doch noch der Jäger von damals.«

Auf diesen Satz hin antwortete Roncal mit affenartigen Gesten, während er einen kleinen Felsen hochkletterte und mit seinen Fäusten auf die Brust hämmerte.

Einige Tage zuvor, nachdem Roncal seinem Vorgesetzten den Abschlussbericht vorgelegt und Quiñones zu einer Pressekonferenz begleitet hatte, um die Sensationslust der Medien zu befriedigen, hatte er den Entschluss gefasst, den kurzen Urlaub dort wiederaufzunehmen, wo sie ihn vor einiger Zeit unterbrechen mussten: beim historischen Eiskeller von Undués. Sie hatten das Dorf am Mittwochmorgen erreicht und gingen eng umschlungen direkt dorthin. Arm in Arm schienen sie wie ein gewöhnliches verliebtes Pärchen, das die Einsamkeit genoss.

Roncal musste darüber nachdenken, wie sehr er sich in den letzten Wochen verändert hatte. Noch vor nicht allzu langer Zeit kehrte er immer sofort nach Abschluss eines Falles an seinen Schreibtisch zurück, um nicht verrückt zu werden. Nun aber war ihm bewusst geworden, dass er andere Prioritäten in sein Leben lassen musste und die Zeit des Lebens viel zu wertvoll war, um sie mit negativen Gedanken und Gefühlen aus der Vergangenheit zu vertun. Heute waren sie zum Yesastausee gefahren, um das Picknick zu wiederholen, das sie auf dem Teppich in Amayas Wohnzimmer abgehalten hatten.

Er hörte auf, den Clown zu spielen, und blickte Amaya unendlich zärtlich an, stieg den Felsen hinab, umschlang sie mit seinen Armen und küsste sie.

Die Magie dieses Moments wurde jäh unterbrochen vom Klingeln des Telefons, das Kommissar Roncal bei sich trug.

»Ich habe dich doch darum gebeten, es daheim zu lassen«, warf Amaya ihm liebevoll vor.

Ein rastloser Seufzer kam als Antwort. »Es ist nun mal mein Beruf. Da kann man nichts machen.«

Amaya bückte sich und nahm das Mobiltelefon, das beharrlich klingelte.

»Du kannst vielleicht nichts dagegen tun, aber ich schon«, sagte sie verschmitzt und warf das Gerät, so weit sie konnte, auf den See hinaus. Als das Wasser es schluckte und man kein Klingeln mehr vernahm, fügte sie hinzu: »So, es hat aufgehört zu klingeln. Nichts und niemand wird dich mir in den nächsten Tagen wegnehmen können.«

Roncal, der protestieren wollte, als er sah, wie das Wasser sein Arbeitsgerät verschluckte, sagte bloß: »Zu Befehl, Frau Oberkommissarin.«

Er nahm sie wieder in die Arme und küsste sie, als wären sie der letzte Mann und die letzte Frau auf Erden.

Zeitfracht Medien GmbH
Ferdinand-Jühlke-Straße 7
99095 Erfurt, Deutschland
produktsicherheit@kolibri360.de

Druck:
CPI Druckdienstleistungen GmbH
im Auftrag der
Zeitfracht Medien GmbH
Ein Unternehmen der Zeitfracht - Gruppe
Ferdinand-Jühlke-Str. 7
99095 Erfurt